海译
踪寻

文洁若 著

图书在版编目（CIP）数据

译海寻踪 / 文洁若著. — 南京：江苏凤凰文艺出版社，2016
（名家书坊）
ISBN 978-7-5399-8883-2

Ⅰ.①译… Ⅱ.①文… Ⅲ.①散文集－中国－当代 Ⅳ.①I267

中国版本图书馆 CIP 数据核字(2015)第 260055 号

书　　名	译海寻踪
著　　者	文洁若
责任编辑	蔡晓妮
责任校对	史誉瑕　王娜娜
出版发行	凤凰出版传媒股份有限公司
	江苏凤凰文艺出版社
出版社地址	南京市中央路 165 号，邮编：210009
出版社网址	http://www.jswenyi.com
经　　销	凤凰出版传媒股份有限公司
印　　刷	江苏凤凰新华印务有限公司
开　　本	880×1230 毫米 1/32
印　　张	8.75
字　　数	215 千字
版　　次	2016 年 9 月第 1 版　2016 年 9 月第 1 次印刷
标准书号	ISBN 978-7-5399-8883-2
定　　价	39.00 元

（江苏凤凰文艺版图书凡印刷、装订错误可随时向承印厂调换）

目录

岁月忆往

003 梦之谷奇遇
014 宝刀永不老
　　——记冰心大姐
025 巴金印象
　　——"人生只能是给予,而决不能是攫取!"
040 才貌是可以双全的
　　——林徽因侧影
048 悼凌叔华
055 由一帧照片想起的
060 我和萧乾的文学姻缘
066 萧乾逸事
076 近距离的观察
083 女权还是人权
　　——华严小说读后感
090 记新加坡"国际华文文艺营"
103 三访拉贾拉南

111	伊藤克
	——一个热爱中国的日本人
117	友情
121	忆华楼主罗孝建
125	萧桐的路
134	萧乾与女儿荔子
137	严复孙女严倚云
139	我的读书生涯

人生履痕

145	挪威散记
159	乔伊斯在中国
172	啊,令人神往的波特美朗半岛
181	祠堂庙宇在槟城
185	马来西亚槟州八日记
210	狮岛女作家蓉子

213	狮城三景
217	狮城花絮
224	展望二十一世纪
	——筑波博览会巡礼
232	在中日两国之间架起友好的金桥
	——池田大作其人其事
236	东京交通拾零
238	东洋大学巡礼
240	旅日散记
246	幼儿教育家海卓子
253	东京的麻布小学
257	公民纪律在日本
260	抗日英雄刘粹刚
265	从日本找回来的一张"全家福"
273	**后记**

岁月忆往

梦之谷奇遇
宝刀永不老
巴金印象
才貌是可以双全的
悼凌叔华
由一帧照片想起的
我和萧乾的文学姻缘
萧乾逸事
近距离的观察
女权还是人权
记新加坡"国际华文文艺营"
三访拉贾拉南
伊藤克
友情
忆华楼主罗孝建
萧桐的路
萧乾与女儿荔子
严复孙女严倚云
我的读书生涯

梦之谷奇遇

一

一九四五年我念高三,第一次读了萧乾的长篇小说《梦之谷》。那时我十八岁,刚好是书中的男女主人公谈恋爱的那个年龄。二十年代末叶在潮州发生的那场恋爱悲剧,曾深深牵动过我的心。八年后,命运使我和萧乾(也就是小说的作者)结缡时,我曾问过他可曾听到过那位"大眼睛的潮州姑娘"的下落,他听了感到茫然,仿佛不想再去回首往事。

八十年代初,由于一次偶然的机缘,他和书中的"岷姑娘"(真名陈树贞,是位已退休的护士)联系上了,知道她母亲(书中的梁太太)几年前已经去世。树贞本人由于遗传的原因,几年前目力就逐渐衰退,终于失明。生活不能自理,三年前回到故乡汕头,住在她童年住过的角石——也就是《梦之谷》故事的背景。

一九八七年二月,我们有机会来到汕头,住进第一招待所八号楼朝南的一个房间。安顿下来后,萧乾就招呼我到阳台上,指着对海一道远山对我说:"瞧,那就是蜈蚣岭,我的梦之谷就在半山上。"

是个半晴天,晦暗的阳光下,还弥漫着一层灰雾。我想起书中描写男主人公六十年前初到这南海小岛(现在才知道它原来是个半岛)的情景。如今,我竟陪他来到了这个旧游之地。正因为我本人一生的经历是那么平淡无奇,对于寻访萧乾少年时代的梦,我感到格外殷切。

我们抵汕的第一项活动就是游角石。几十年前,过海要雇舢板或搭电船,而今,我们的面包车径直开上了驳船。抵达对岸后,车子上了柏油马路。几位熟悉情况的当地同志一路介绍情况,像是在帮助萧乾填补这六十年的空白,把过去与现实衔接起来。

同行的丽秋曾于五十年代初叶在角石中学(现名金山中学)读过几年书。当时,周围的环境和小说中所描写的差不多。她看着马路两旁兜售柑橘、甘蔗等招徕游客的摊贩感慨地说:"当年这里可是一条幽静的小径,满是桃花,我们都读过《梦之谷》,在这里跑来跑去时,觉得自己仿佛就生活在梦之谷里。"她曾写过一篇散文《梦之谷里的梦》,发表在《羊城晚报·花地》上,以寄托她对当年的角石的依恋。

我们在一栋石壁小屋里找到了陈树贞。她神情开朗,两眼睁得大大的,怎么也看不出是位盲者。她亲切地回忆当年"乾哥"怎样教她们唱《葡萄仙子》和《麻雀与小孩》,并且告诉我,他们一家人于一九三四年迁居北京时,萧乾还专程到塘沽去迎接呢。

在贝满念完高中后,她考进协和护士学校。她母亲是一九八二年八十多岁时去世的。阿贞的大哥(书中的庆云)也已去世,她目前和大嫂(已经七十多岁了)住在一起,两个人相依为命。我问大嫂:"当年萧乾串门时,你们就住在这儿吗?"

她说:"不在这儿。这房子是后来租的,比那一座小。可是灶间和当年给乾哥煮芋粥的那个一模一样。"

半个多世纪的岁月竟没有给这一家人的生活方式带来多少变化!他们至今连自来水还没有,喝的依然是井水,只是当年的少妇(阿贞的大嫂),如今已变成老奶奶了。

小小的屋子，一下子挤进七八个人。椅子不够了，我和萧乾把阿贞夹在中间，坐在床上，各握着她的一只手。她怎样也不相信萧乾的头都秃了，伸手去摸了摸，才信服。

我对阿贞说："我一直纳闷，你的眼睛看不见，信怎么写得那么工整。"

她得意地笑了笑说："不但给你们的信是我亲手写的，我还是全家的秘书呢！要不要表演一下给你们看？"

原来她的大嫂患了白内障，侄女由于遗传上的原因，视力也在减退。她们三人常常自己开玩笑说："我们一家三口，只有两只眼睛。"指的是大嫂和侄女各一只加在一起，才勉强算得上一双。她们对自身的际遇如此豁达，倒使我挺感动。

阿贞叫侄女递给她一本硬皮书，她摸索着把白纸摊在封皮上，每写完一行，便沿着边儿把纸推上去一厘米左右。接着又刷刷刷地写下去。纸上出现了这么几行字：

今天乾哥和乾嫂并好几位领导来看我们，真是高兴。

陈树贞　二月六日

在小说里，庆云是独子，岷姑娘是梁师母的侄女。在实际生活中，"岷姑娘"陈树贞的母亲陈太太有三儿一女。阿贞丧母后，和患肺病的小弟树雄同住在天津。唐山大地震时，天津也有不少房屋倒塌，弟弟连惊带累，终于死在医院了。阿贞的生活不能自理，她虽已退休，但医院里的同志们还轮流来她家照应，直到在武汉的二弟把她接去住了一个时期，最后回到汕头和大嫂同住。阿贞带着感激的心情诉说着这一切。新中国成立后的风风雨雨，似乎从来没波及到她。

叙了一会儿旧,我们又前往金山中学,看看萧乾当年教书的旧址。

萧乾四下里打量着,竭力去辨认往昔的痕迹。他指着高处一座灰色旧楼对我说:"那——那就是我教过ㄅㄆㄇㄈ的地方!"然而当年他住过的那栋白色的楼,像是已经拆掉了。

我们参观了校园。操场南头一栋旧楼是西讲堂,东讲堂已划给另一个单位了。萧乾还认出了昔日林校长住过的那栋灰楼。

近年来,角石已辟为汕头的风景区,从前人迹罕至处,现在修成了海滨公园,山巅还建起了一座飘然亭。可是玉塘则再也不是山峦环抱、树丛遮掩下的世外桃源,它像梦一样地消逝了。

二

这一天早晨,我瞥见有两位来客正跟萧乾悄声谈着什么,看样子在回避着我。出于好奇,我就走过去问道:"你们谈什么秘密呀,这么鬼鬼祟祟!"

那二位的脸上泛出困惑的神色,萧乾既兴奋又踌躇地对我说:"他们正在告诉我,原来《梦之谷》里女主人公盈姑娘的原型萧曙雯还活着,并且就住在汕头……"

我对来客说:"假若萧乾不便去见她,我倒真想去看望看望她呢。"

曙雯小时因不能忍受后母的虐待,老早就脱离了家庭,十五岁读小学五年级时,经同学介绍,曾加入共青团,并当过儿童团辅导员。在白色恐怖下,她与地下党经常保持联系,替地委当过通讯员。贺龙和叶挺将军率红军入汕时,她又冒着生命危险,在街头贴标语,散发传单。当时她有二十一个同伴被杀害,她是少数幸存者之一。

曙雯因交不起学费，小学毕业后就在汕头湘雅百货公司当店员。一次，姓陈的小学校长到店里来买东西，见到她就一口答应资助她升学，因而便考进了萧乾当时任教的角石中学。这是一九二八年，后来那个不怀好意的校长向她求婚，她坚决拒绝，并且转学到韩江师范专科班。那校长又勾结韩江师范的训育主任陈某，检查、扣留她的私信，并且对她施加压力，威胁她说，不答应婚事就宰了她。她意识到处境危险，只好敷衍说，等毕业后再结婚。她同萧乾的恋爱悲剧大约就发生在这期间。毕业时陈又来纠缠，但她始终没屈服，最后还是同一位复旦大学毕业的教师结了婚。

小说《梦之谷》结尾时，"盈"是个被土豪劣绅吞噬了的弱女子，而现实生活中，萧曙雯却是位具有顽强意志、有胆有识的女子。

萧曙雯把一生都献给了小学教育。自一九三二年起，她就在金浦乡小和汕头市第三小学当教员。日军侵占潮汕后，她同丈夫用扁担一头挑着孩子，另一头挑行李逃难。由于她能教国语、美术、音乐、手工四门课，所以教学从未中断过。扁担挑到哪儿，她就教到哪儿。

一九五七年她被错划为右派。"文革"期间，又被诬为国民党潜伏特务，三次遭到抄家。一九七〇年被迫迁至一间破板屋，原住房由另一户人家强占。儿子也被赶到农村去劳动。

几个月后，那间板屋的主人由海南岛回来，将她那点家当一股脑儿丢在街上。她丈夫是位老实人，心情郁闷，患肝癌死去。那以后，这位小学教员就真的以课堂为家了：白天教书，晚上就用课桌拼成床睡在上面。清早，趁学生还没来上课，又把桌子重新摆好。铺盖卷起丢到走廊里。她居然就这样生活了九年！目前总算熬到有了个固定摆床铺的地方，然而屋子上漏下淹，难以下脚。有两个儿子在外地，唯一留在汕头的儿子也无法住在一起。

听到曙雯一生这不寻常的经历和眼下的处境,我更认为应该去看看她。我问萧乾:"咱们不一定再有机会来了,你去见她一面吗?"

他沉吟了好半晌才说:"不啦。我也像亚瑟·魏理那样,为了保持早年那个美好的印象,同时也让她心目中的我依然是个小伙子,还是不去的好。而且,去了对两个人都是太大的刺激,心脏也怕吃不消。"他要我代表他去探望这位老教师。

魏理是英国一位汉学家。四十年代初,萧乾问他为什么不去中国访问,他说,他希望在脑海里永远保存唐诗里留给他的古代中国的形象。

潮州那次初恋失败之后,那个长篇的主题在萧乾的脑子里酝酿了七八年才形成。然而小说毕竟是小说,实际生活中,曙雯当时就在他班上,并不是另一家女子师范的学生。书中演戏的情节也完全是虚构的。作品中写了三个性格不同的姑娘,其实,当时岷姑娘的原型陈树贞还只有十岁。作者显然是把后来才到北京协和医院来学护士的她,搬到数年前的汕头去了。

三

阴历大年初三,汕头市为期六天的迎春联欢节正值高潮。盛装的人们涌向市体育馆,观看"万众同乐"文艺晚会的演出。

萧乾留在招待所里,我与陪同的小蔡逶迤行来,不久就到了新兴路小学校的大门口。我蓦地想到命运多么离奇,小说中的那个少年,将近六十年来走南闯北,跑遍了大半个地球;而那位少女呢,则始终围着汕头市这一带转。

小蔡说:"请你在门外等一等,她受了这么多年的挫折,只怕突然来了生人,会受刺激。"

过一会儿,小蔡挥手招呼我进去。那是个方形院子,北面是三层楼的教室,他把我引向西侧的一间小屋。门是虚掩着的。一进去,一股难闻的气味扑鼻而来。"文革"期间,我也曾在低劣的居住环境下被各种异臭困扰过,但最近几年已经淡忘了。

等我的眼睛对昏暗习惯了,才看清半旧的竹床是室内唯一的一件像样的家具——它几乎占去了一半面积。从墙后传来了哗哗的水声。小蔡低声告诉我:"她在洗澡,隔壁就是冲凉房。"

他又朝房间的右壁指了指,说:"隔壁是供全校师生使用的公共厕所,又不是抽水的,臭气就是从那里来的!"

我眼前倏地浮现出《梦之谷》中的一段情景:男主人公最后一次去看望女主人公时,她病病歪歪地躺在私立进德小学的一间屋子里。五十八年后,她依然住在一家小学里。

小蔡把电灯拧亮了。这是一间不足七平方米的小屋,紧贴着厕所的墙角下,有个小土炉,上面架着只旧铝锅。旁边是一堆木屑、树枝。我正四下里打量着,锅里居然冒出白气,咕嘟咕嘟地直把锅盖往上顶。

冲凉声停了。

院中传来小蔡叽里咕噜用潮州话介绍情况的声音。照事先商定的,我是作为北京的一个记者来看望她的。

出现在我眼前的是一位形容枯槁的老年妇女,她的腰板还是挺直的,看上去身体硬朗,衣服整洁。但昔日油黑的头发,如今早已花白;秀丽如水的大眼睛,也早已失去了光彩。当然,我们不可能在一位年近八旬的老妪身上找到她少女时的风韵,但摧残她的,难道仅仅是无情的岁月吗?

我和她并肩坐在床沿上。屋里看不见热水瓶或茶壶,她当然也没有张罗泡茶。虽然小蔡已经用潮州话介绍过,我还是用普通话这么开了腔：

"我是北京的一个记者，这次是到汕头来采访春节联欢会的。年轻的时候我就读过《梦之谷》，也和作者萧乾同志认识。多年来，他一直担心那部小说会不会给你带来不幸。"

这话像是勾起了什么痛苦的回忆。她紧锁双眉，定睛望着我，慢条斯理地说："一九五七年我被错划为右派倒不是因为那本书，而是因为我在大鸣大放时候给校长提过意见。"

虽然带着潮汕口音，她的普通话说得还很不错。照小说所讲，她的父亲是驻扎广州郊外的绿营旗人。

我又问道："你可知道萧乾在一九五七年也戴过右派帽子吗？"

"怎么不知道！还有人故意把《人民日报》上批判他的文章贴在我们门上哩。"

我惊讶地说："《梦之谷》只是在一九三八年印过一版，正赶上抗战，新中国成立后，直到八十年代才又重排出版。而且，那毕竟是小说呀。为什么这么多年后还要把作者和你拉在一起！"

曙雯摇头说："这里的人可不把它看作是小说。他们把书里所写的都当成是真人真事。'文革'前，我一直保存着一本《梦之谷》。"

我说："读过这本书的人，对于书里的男女主人公都只有一腔同情，对您的美丽影子，尤其留有印象。恨的只是那有钱有势的校董和那时的社会。我听小蔡说，您受了不少苦，想不到身体还这么硬朗。"

"我每天早晨都去中山公园，锻炼一下身体。"

听得出这是位意志倔强的女性。我对她肃然起敬。萧乾曾告诉我，他最后是在中山公园和曙雯分手的。

我说："昨天晚上我曾到中山公园去看花灯。今天本来有广东潮剧院一团演出的潮州戏《八宝与狄青》,为了来拜访您,我放弃了。"

她听了却无限遗憾地说:"哎呀,多可惜呀!听说很不容易弄到票哩。连我们校长都没弄到。"

真高兴她对生活还表现得这么热切。

这时,她那双眼睛放出了喜悦的光辉。我记起她原是教音乐的,而且至今还有兴致弹琴。

她接着问起萧乾目前的家庭状况,我简单地介绍说:他结了婚,有三个子女,晚年很不错。她听得很认真,像是感到欣慰。我还说:"萧乾也曾在一间八平方米'门洞'里住过好几年。门口就是尿池子,全院子几十口人都往里面倒尿,有时甚至还倒屎。不过,粉碎'四人帮'后,这八九年来总算调整了,一步步地得到改善。想不到你当了一辈子小学教师,至今住得还这么糟。"她站起来,指指冲凉房说:"现在好多了呢。我也经过了两次改善。这间屋子本来是通到冲凉房的过道,当初我只不过是在过道上摆了张床。冲凉的人出来进去都从我床边过,溅得满屋子都是水,还净丢东西。现在好歹把冲凉房隔了出去,成为单独的屋子了。在住进过道以前,足足有九年,我连摆张床的地方也没有哩。"

我暗自思忖,我们所遭遇的,跟她比起来,真是小巫见大巫了。"那么,在哪儿做饭呢?"

"本来开水房有个炉子,但那年头人家说,怕我这个摘帽右派下毒药,毒害革命师生,不许我用。我就把那只炉子放在屋檐下,拾些柴火。饭煮得半生不熟,凑凑合合吃下去。"

"萧乾曾对我说,《梦之谷》不是纪实的报告文学,而是小说。所以虽然其中主要情节有事实根据,但也有不少虚构的地方。他描述去进德小学看望您那次,曾联想到《茶花女》的女主人公。他一直不明白,当年您为什么改变了主意,不跟他去北京?"

曙雯说:"当时我担心他再不离开汕头,姓陈的会对他下毒手。我就是要他赶快走。其实,萧乾走的那天,我也悄悄地跟到码头上,原想跳上船,和他一道走的。可我看到有四个掖着手枪的汉子守在码头上。当时的情势是:他一个人走,他们就会放他走掉。如果我也上船,他们就会对他下毒手,把他干掉。所以我没敢上去。"

我原是想同她——一部描写初恋的小说中的女主人公谈谈往事的,看来她更关心的是尽早摆脱今天这种狼狈境地。她面无表情地说下去:"我已经是奔八十的人了,不能老这么孤身下去呀。所以光解决我一个人的住房问题还是不行,总得把儿子一家搬来。万一我得了急病,也有个照应呀。"

我对她说,几年前我们的住处比她今天强不了多少。我相信她也会有得到妥善安置的那一天。临告辞前,我和她合拍了一张照片。她把我们送到学校大门口。刚走出两步,一回头,她已不见了踪影。我立刻想,这可是位果断、麻利、不拖泥带水的女性。她有的是一颗不向命运低头的倔强灵魂。

第二天晚上,我又放弃了去汕头大学看潮剧的机会,独自在宾馆等小蔡。他将替我取来曙雯写的材料。

八张白纸上,她用朴素的文字毫无怨艾地写下了自己布满荆棘的一生:在七十七年的生涯中,这位老教师把最好的年华献给了人民的教育事业。她的要求不高,只希望在垂暮之年,有个安身之所。

站在招待所的阳台上,望着对岸镀了一层银光的蜈蚣岭,我陷入了沉思。

我原是怀着一股子浪漫情绪来游历梦之谷,并访问书中的女主人公的,然而迎接我的却是多么严酷的现实呀!一个当了一辈子小学教师的妇女,而且在艰难的岁月里还曾为革命尽过力,晚年却过得这么孤,这么苦。我欷歔,我慨叹,我为她大声疾呼!

一九八七年二月二十五日于闽江之畔
(原载《羊城晚报》,一九八七年四月十四日)

宝刀永不老

——记冰心大姐

一九八五年十月,我作为国际交流基金研究员赴东京东洋大学研究日本近、现代文学时,亚[①]一天来信说,他的老师吴文藻教授不幸于九月二十五日溘然长逝。师娘就是他从十岁起称作"大姐"的冰心。当他赶去吊唁时,只见冰心大姐正在劝慰文藻先生的几位泣不成声的生前好友和学生。她神色安详地说:"人总归有一死,文藻只不过比我早走了一步。"亚竭力抑制住自己的感情,同时,此情此景越发使得他景仰大姐惊人的镇定和豁达。

冰心大姐和文藻教授是一九二三年在赴美的船上结识的,婚后近六十年伉俪情笃。如今老伴先她而去,心中的悲恸可想而知。她却能如此节哀,转而慰藉吊唁者。她的气度宏大,智慧诚然,达到了透明的地步,这也充分显示出她的人格的力量。

冰心大姐待人总是那么宽厚慈祥,然而对于生活中的不合理,对社会的不公,又是那么义愤填膺。

成长于温馨的家庭中、涉世不深的她,二十年代曾在《寄小读者》中写道:"小朋友,请为我感谢,我的生命中是只有祝福,没有诅咒!"

[①] 亚是日语"亚克桑"(第三人称代词,即"他")的首字。婚前,我家每提到萧乾即用此字,沿用至今。

如今,这位九旬老人仍在祝福着大家,然而对于人间的黑暗面,"文革"也罢,"鬼楼"也罢,她都大义凛然地怒斥。每当我读她那些为民请命的文章时,就感到她的声音响彻云霄。

十八世纪的英国诗人济慈在他那首不朽的十四行诗《初读查普曼译荷马史诗》中,描绘了《伊利昂纪》和《奥德修纪》这两大史诗曾怎样开阔他的视野,使他翱翔于诗的境界。我呢,除了家庭和学校,第一次使我沉浸于小说世界的,正是冰心女士的《寂寞》。

那时我还是孔德小学一年级的学生,刚刚识得了百十来个字,并学会了注音字母。放学回家后,就一头扎进东厢房的书堆里。我是在姐姐们的旧国语课本中最初读到《寂寞》的,记得还附有插图。靠着注音字母的帮助,不满七岁的我完全领会了故事,并曾替文中妹妹突然走掉后,心情抑郁的那个小小难过了好久。光阴荏苒,半个多世纪后,进入九十年代重读这篇佳作,它依然使我感到无限惆怅。我想,这就是真正的艺术感染力吧。

一九五四年和亚结缡后,我曾对他谈起这篇小说。他告诉我,作品中的男主人公小小的原型,正是他儿时的同窗谢为楫。当时他们同在崇实小学读书。放学后,亚往往连家都不回,背着书包就和为楫一道到中剪子巷他家去玩。为楫生得眉清目秀,性格温和,出自书香门第,又在姐姐冰心的熏陶下,自幼爱好文学。十二岁时就在《儿童世界》上发表童话《绿宝石》。

冰心和为楫的父亲谢葆璋老先生历任巡洋舰副舰长、清政府海军练营营长、海军学校校长、民国政府海军部军学司司长等职。他素来清廉,生活俭朴。她的母亲杨福慈出生于清朝学官世家,知书识礼,为人仁慈。子女们耳濡目染,受到良好的影响。

谢老先生素喜养花,不但把自己租住的三合院栽培成一座百花园,连门口都种上些野茉莉、蜀葵什么的,还在大门外竖起一个秋千架。花和秋千架吸引来附近的孩子,遂有了"谢家大院"之称。亚和为楫玩累了,便进屋去歇歇,因而跟为楫的姐姐婉莹自然也熟了。亚跟着为楫喊她"大姐"——就是后来在"五四"文坛上升起的新星冰心女士。

一九三一年,冰心写了短篇小说《分》,借在医院里同一天呱呱落地的两个婴儿的不同遭遇,抒写了她对社会的观察。尽管生长在官宦人家,在贫富悬殊的社会中,她的眼睛一向是朝下看的。

二十年代初,北京东城建成一条有轨电车,从东直门直通到天桥。朱自清先生编著的《中国歌谣》一书中,收录了一首北京儿歌:"车碰车,车出辙,弓子弯,天线折。脚踏板儿刮汽车,脚铃锤儿掉脑颏……"就是那时电车的绝妙写照。

出于好奇,为楫请亚坐了一趟电车。两个孩子在北新桥上了车,为楫买了两张到东单的票。车子刚开到船板胡同,就听座中一位乘客念叨:"这玩意儿只要一串电,大家准都会变成瞎子。"说话的人也许只是为了逗逗小孩,可亚听了,吓得怎么也不肯再坐了。车开到十二条,他就闹着要下车,为楫也只好跟着下来。为楫回家就把这档子事告诉了冰心大姐。至今大姐一见到亚,就喜欢抓他这个笑柄。

亚原名秉(炳)乾。由于"乾"字也可读作"干",从上小学起,同学们便常喊他"小饼干"。冰心大姐也从为楫那里晓得了他这个绰号,直到七十年后的今天,大姐仍喊他"饼干",而她的儿女们则叫他"饼干舅舅",孙儿辈自然也跟着喊起"饼干爷爷"。

一九二三年,冰心取得燕京大学女学士学位,同时获"金钥匙"荣誉奖,并作为最优毕业生,得了新英格兰有名的威尔斯利大学研究院的奖学金,当年八月赴美深造。三年后,她取得了硕士学位,于八月初回到北京。这年暑假,亚和为楫刚好初中毕业。为了维持生计,亚考进北新书局,当上一名练习生。

冰心在美国期间,北新书局已将她在《晨报·儿童世界》专栏上陆陆续续发表的《寄儿童世界的小读者·通讯》二十九篇和《山中杂感》十则,收集成册,并于一九二六年五月出版。这就是几代人曾以热切心情捧读的《寄小读者》。骑着自行车到中剪子巷的寓所给冰心女士送稿费的,恰恰是亚。

当亚汗涔涔地从手腕上解下手绢包,打开来,把稿费递给她时,她同他亲切交谈,为他沏上一杯香片茶。她依然是他的"大姐"。亚悄悄告诉她,此书的实际印数比版权页上写的要多好多,书局就是这样欺负作家。

亚在北新书局只待了一个暑假,就因和两个小学徒一起闹"罢工"而被解雇,他又溜回了学校。一九二九年,亚从汕头回到北平,进了燕京的国文专修班。当时冰心已和吴文藻教授结了婚。燕京大学本来是不准夫妻同时在校任教的,他们伉俪是唯一的例外。一九三三年,亚又由辅仁大学转入燕京大学本科,读新闻系三年级,还选修了文藻老师的社会学。于是,冰心不仅是"大姐",同时又成了亚的师娘。这时她正在燕京、清华两家大学任教。课余,亚经常到燕南园那座精致舒适的小楼去探望他们。

一九三五年,亚毕业于燕京大学,七月一日受聘于《大公报》,负责编《小公园》。不久,杨振声、沈从文两位先生把《文艺》也交他编了。从此,冰心遂成为亚的重要撰稿人。那个时期,亚每月都从天津来到北平,在"来今雨轩"举行茶会,同时约稿。冰心大姐当然也在被邀之列。后来他又去上海,主编津沪两地《大公报·文艺》。一九三八年,他赴香港主编《大公报·文艺》,与阔别十余载的为楫在那里重逢。那时为楫已是一艘海关缉私舰的舰长了。他身穿笔挺的白色海军制服,戴着雪白的手套,风姿潇洒。他曾邀亚搭乘自己指挥的舰艇,从香港一直开到宝安县海面。两人一面欣赏海景,一面畅叙别情。

亚转年前往英伦,一去就是七载。他于一九四六年回到上海,刚好与举家赴东京的冰心相左。一九四八年十月,亚到香港,翌年八月登上"华安号",来到北京,参加了国际新闻局的筹备工作。冰心一家人则于一九五一年回到北京。亚是一九五三年在作家协会一次接待德国诗人的会上见到她的。她远远地就向亚热情地招手,脸上漾着亲切的笑容。亚赶过去,坐在她身边。那以后,他们不时地在类似的会议上晤见。一九五六年,作协党委决定派冰心和亚以及董秋斯参加中直党委举办的一期马列主义学习。他们都脱产,不但没有星期天,平时连电话都不接。那阵子他们经常在一起,一同接受改造。

在一九五七年的反右风暴中,有六位教授(如吴景超等)由于在大鸣大放期间提出社会学这门课在社会主义中国应有一席之地,竟一塌刮子被错划为右派。吴文藻老师则只因为是社会学家,也未能幸免。他纳闷地说:"我要是有心反社会主义,那又何必千辛万苦地回到祖国来呢?"冰心大姐也想不通。周恩来总理特地把冰心大姐接到中南海自己家中,开导她,劝她多帮助自己的老伴。那时,他们的儿子吴平以及冰心的三弟为楫也相继被错划为右派。文藻老师于一九五九年摘帽,属于最早的一批。

在那次的大鸣大放中,亚发表了两篇文章。其中一篇是以亲身的经历追述过去商务印书馆同作家的关系并指陈现在的出版社却成了"衙门"。作协在王府井大街文联大楼礼堂里为亚召开过四次批判会。一九六一年亚从柏各庄农场回京后,老友翁独健告诉亚,一九五七年他被动员多次,但还是硬顶住了,不曾参加对亚的批判。有些朋友顶不住，答应在会场上说几句。但看到别人咬牙切齿地把亚的问题上纲上线，生怕自己的措词太温和，就只好临时竭力加码。会场上有两位最了解他的老友的批法，同整个气氛有点不大合拍。一位是亚于一九二九年就结为姐弟的杨刚，她反复提醒亚"不要忘了你是穷苦出身"。亚从小学生时期就喊作"大姐"的冰心，则提起亚当年在北新书局当练习生时，替她送稿费的往事。她说，那时亚曾悄悄地告诉她，书局怎样在印数上捣鬼，克扣作家的稿费，究竟旧社会的书局老实不老实，他是应该知道的。

　　我重新听到冰心大姐的消息，是八年后的事了。一九六五年，人民文学出版社出版了日本女作家有吉佐和子的中篇小说《木偶净琉璃》，是我约钱稻孙先生译的。后面还附了我译的同一作者的短篇小说《黑衣》。有吉于当年五月来我国访问，下榻金鱼胡同的和平宾馆。她看到出版社送去的这个译本，自是十分欣悦，要求会见译者。出版社社长许觉民便带我去拜访她。那次，有吉准备住一年，把她刚会走路的小女儿也带来了。她告诉我，前几天，冰心女士曾应她的请求，为她的女儿起了个中国名字：玉清。有吉还讲了一下从冰心那里逗来的"玉清"的出典——陶弘景《水仙赋》中有云："迎九玄于金阙，谒三素于玉清。"

　　战后初期，冰心一家人曾在日本住过几年，但三个子女当时进的都是国际学校，所以没有正经学过日语。冰心是用十分流利的英语和有吉交谈的，有吉对她发音的纯正甚为钦佩，说是"像音乐一样悦耳"。一九八〇年，以巴金为团长，冰心为副团长的中国作家代表团访日时，当年的小玉清已出脱成一位秀逸的少女了。她非常喜欢冰心奶奶为她起的这个名字。日本女孩子有叫"玉枝"的，也有叫"清子"的，然而将"玉清"二字连在一起用的，却是绝无仅有。当人们问起这个名字的来历时，玉清姑娘就会骄傲地回答说,这是国际知名的资深作家冰心女士给起的。

一九六九年我同亚带着孩子们去了湖北咸宁五七干校。起初,我绝没料到冰心大姐也未能逃过那个劫数。那时我们在向阳湖畔的十四连,五连(作协)同我们只隔一个山坳,同属一个大队。一次在大会上,我们听到大队长表扬了几位"五七战士",其中竟有冰心的名字。我们立即记起关于五七干校的那条最高指示中"除老弱病残者外"一语,便私下里叨咕:"难道年届七旬还够不上'老'吗?"当时不同连,不作兴往来,怕落个"串连"的罪名,所以亚始终也没去看她。

粉碎"四人帮"后,大地回春,像中国许许多多知识分子一样,冰心和我们这两家人的政治待遇和生活条件均有了改善。冰心大姐家里一下子有三个成员(丈夫、胞弟和儿子)的问题都得到改正。我们搬到天坛南门附近居住后,亚和远在兰州的为楫之间曾鱼雁往还。亚建议为楫将他早年署名冰季出版的两部小说集《幻醉及其他》和《温柔》,以及零星发表在《现代》等杂志上的短篇,重新整理付梓。亚清楚地记得张天翼曾对他称赞过冰季的小说。亚也认为,为楫自幼熟悉北京的生活,出手不凡。一九七八年以后,亚曾为旧时师友杨振声、杨刚、林徽因张罗过出集子,向出版社建议并分别写了序跋,但搜集散载于报刊上的旧作这项无比艰巨的工作,毕竟得由另外一些年富力强的戚友或研究者去做。亚为肾结石的问题到处求医,后来又动了手术,从此身体垮下来,再也不能像过去那样骑车跑图书馆了。为楫始终没找到热心的帮手,此事就这么搁置下来。亚时常说,希望年青一代的文学研究者不要只抱住文学史上的几棵大树,也要观赏一下路边的奇花异草。

一九八三年七月,亚的选集第一、二卷由四川人民出版社出版了。他首先想到的是送给老友冰心和巴金。尽管进入八十年代后，亚和冰心大姐见面的机会多了起来，我一直忙于业务，迄未陪亚一道去造访过。我提出，赠给冰心大姐的，由我自己跑一趟。那天，下了三二〇路公共汽车后，我就走进民族学院的东门，一边沿着操场穿过那宽敞的校园，一边回顾着三十年前初见冰心大姐的情景。

那时我还是文学出版社整理科的一名小助编。出版社刚刚成立两年，不论是古典、"五四"，还是外文部的稿件，经编辑看过后，都先交到整理科进行技术加工（其中也包括文字加工），再发到出版部。由于日本文学专家、老编审张梦麟尚未从中华书局调来，遇到从日文翻译的来稿，领导上总是让我帮助审阅。一天，台基厂的对外友协举行一次欢迎日本儿童文学家的座谈会，社里派我去参加了。与会者不多，大家随意坐在一张张方桌周围。我刚坐定，冰心和金近便坐到我这张桌上来。他们热烈地谈论着怎样开展儿童文学问题。当时年已过半百的冰心大姐，温文尔雅，体态轻盈，从谈吐中显示出她学识的渊博和思维的敏捷。当时，我只沉浸在她那清朗悦耳、几乎不带福建乡音的北京话里。

冰心一家人是一九八三年年底才搬进民族学院现在这座高知楼的，我去的那次，他们住得还挺挤。由于亚事先通了电话，冰心大姐已端坐在长沙发上等候我了。大姐面色白皙，双颊微泛红润。我知道，大姐是一九八〇年为人民文学出版社赶译马耳他总统的《燃灯者》时突然患脑血栓而住进医院的，以后又摔坏了右腿。然而她那双眼睛还是那么明亮，满脸泛着微笑，说起话来和我初次见到她时一样柔和委婉。她身材仍然那么纤秀，穿着剪裁得体的中式衫裤，色泽淡雅，透出飘逸之感。

一九五三年那次，冰心并没有意识到坐在她面前的女青年是个从小热爱她的作品的忠实读者。如今，她晓得了我就是和她的饼干老弟共过患难的生活伴侣,我完全可以无拘无束地和我所崇敬的这位老作家谈一谈了。但我蓦地记起大姐是为了给出版社赶译稿子而病倒的,送进医院抢救的期间,跟我坐在同一个办公室的那部稿子的责任编辑曾十分焦虑。十年浩劫,大姐一家人不可避免地也受到了冲击。如今,大地复苏,正在意气风发地加倍工作时,大姐的行动却不便了,该是多么遗憾!所幸凭着她精辟剔透的见解,奔涌的才思,不衰的记忆力,她依然笔耕不辍。我不想多耽误她宝贵的辰光。于是,就把亚的选集第一、二卷和一本一九七七年出版的《有吉佐和子小说选》(其中有我译的两篇)递给她后,替亚向她致了意,便起身告辞了。

一九八六年六月我从日本回国,看到冰心大姐的外孙陈钢常常来我们家串门。他当时还在念大学,专业是电子计算机,课余爱好摄影。亚曾介绍他给《人民画报》投稿,那个刊物遂以整版篇幅刊出了钢钢为他姥姥和文化界老友(叶圣陶、夏衍、巴金、阳翰笙、钱钟书、杨绛、费孝通、赵朴初和亚等)所拍摄的合影。

一九八七年春间,亚听说冰心大姐要到叶圣老家去共赏海棠花,便又建议钢钢去拍摄这个盛举并写篇报道。钢钢是学工的,然而在家庭的熏陶下,中英文基础都很好。他果然写出一篇生动精彩的短文。不久,连同他拍的彩色照片一起,刊载在对外宣传的月刊《中国建设》(《现代中国》的前身)上了。当年秋天,叶圣老谢世,这也就成为弥足珍贵的纪念。

有一次,钢钢说他觉得"姥姥有点寂寞",我们听了,不觉一愣。因为我们每次去拜访大姐,都看到她受到无微不至的照顾。二女婿陈恕的胞姐十年如一日地照料她的起居。二女儿一家人和她同住,三世同堂。晚上,住在附近的大女儿一家人也过来一道用餐。儿孙都这么孝顺,应该说是享到天伦之乐了。

冰心大姐是极重感情的。每次读她那篇《南归——贡献给母亲在天之灵》,我就禁不住热泪盈眶。如今,大姐那慈祥的父亲,相敬如宾的老伴,以及三个胞弟,先后都辞世了,尽管还有这么多人关心她,敬爱她,也无法弥补生活中的这一缺憾。有一次,我陪亚去看大姐。临告别时,亚到洗手间去了,屋里只剩下我和冰心大姐,她亲热地握着我的手,语重心长地说:"我的三个弟弟都不在了。见了'饼干',就像见了我弟弟一样。"

另外一次,天津一位女编辑到我们家来,托亚代他们杂志社向冰心老人约稿。亚先拨通电话,说明情况,接着由编辑在电话中直接谈,老人答应了。编辑是远路来的,很想去登门拜访。老人回说:"稿子我已答应了,写好后,给你们寄去就是,不必来了。"那位编辑挂断电话前,问大姐还有没有话对亚说。大姐说:"请你转告萧乾,有空就来看看我。"

刚对那位女编辑说完"不必来了",又要她转告亚"有空就来看看我",我从而感到大姐对这位"饼干"老弟情意之深厚。尽管大姐门上贴了"医嘱谢客"的条子,来探望她的人还是不少。有预先打电话约好的,也有硬闯来的,尤其是外宾。她也只好接待。

前些日子就碰到这种情况。我们是照约定的时间(下午三点)去的,开门的陈大姐告诉我们,方才有一位日本客人,事先没打招呼就来了。我们进去一看,原来是和我有过一面之交的日本岐阜教育大学教授、儿童文学家君岛久子女士(七十年代末,人民文学出版社社长严文井曾要我为他和这位外宾做过口译)。君岛女士拿着一份报纸,想知道上面所刊载的"冰心儿童图书奖"的来由。我就按照大姐说的,用日语告诉她,要是想参加即将在人民大会堂举行的发奖大会,通过什么途径可以拿到票。中日这两位女作家还彼此赠送了各自的著作。

亚去拜访大姐，一向以不超过半小时为原则，而且那天下午四点钟还有台湾客人来我们家访问，所以到了三点半，我们就告辞了。大姐不无抱憾地对亚说："下次你们来，再好好谈谈。"又小声略带调侃地朝我补上一句："你们走了，客人大概也坐不长，因为双方都是哑巴了。"

亚运期间，亚曾给《中国体育报》写了一篇《电视机前的遐想》，其中有这么一句："竞赛的决定性因素在后劲。"他对我说，"五四"作家当中，后劲最足的，莫如咱们这位冰心大姐了。大姐确实是宝刀永不老，气势越来越壮。卓如的《冰心传》，只写到一九五一年。我们翘盼着读她的续作，尤其这十年，冰心大姐真是大放异彩。

一九九〇年十一月四日
（原载《人物》，一九九一年第三期）

巴金印象
——"人生只能是给予，而决不能是攫取！"

一、"黄金般的心"

一九五四年夏季的一天，亚打电话到出版社编辑部，要我中午务必赶到东安市场一家餐馆去吃饭，说他的一位挚友刚从上海来，非常想见到我。他没再多说什么就挂上了。

快下班时落起雨来。我就冒着瓢泼大雨赶到那家餐馆。一个大圆桌围坐得满满的，他们给我留了个位子。已经上了凉盘和饮料，大家显然在等我到了才开席。一位满头乌发、戴着一副近视镜、目光慈祥而敏锐的中年人站起来，热情地向我伸出手，用四川口音说："欢迎，欢迎。"亚就把我介绍给他，说："洁若，这是巴金。"——那时，座中通称他为老巴。这就是我第一次会到巴金。

我是一九五三年结识亚的。他曾对我说："我是朋友堆里滚大的。"但他告诉我，新中国成立后，有些朋友地位变了，自然就疏远了；偶尔见到，也带理儿不理儿的。唯独巴金，尽管当时很受重视，每次到京，必然把他那些被时代所冷落的朋友（像亚自己）一个个地约到一起，找家餐馆聚一聚，而且每次都是巴金做东。

果然，从那以后，我又随亚一道去参加过多次这样的聚会。那些年巴金常出国，每次来回都得路经北京。亚管这种聚会叫"大东茶室"，那是三十年代在上海，巴金与友人经常聚会的场所。一九五六年，巴金在东单新开路一家叫作康乐的四川馆子请我们。酒足饭饱之后，巴金又点了一碗红糟五花肉。我们都没有勇气下筷了，巴金却一连吃了七八块，吃得津津有味。我暗自想道：年过半百胃口还这么好，而且怎么吃也不发胖，真是头等的健康！那一次，亚还和巴金在北海比赛过一次划船。尽管亚比巴金小五六岁，却费了九牛二虎之力才只和巴金划了个平手。

当时我们住在总布胡同作协宿舍，家中除了日用品外，一无摆设。但是玻璃橱里却精心保存着巴金分别从捷克和东德带给孩子们的两样玩具：用红白二色丝绒做的表情滑稽的娃娃和一上弦就能走动的黑绒企鹅。可惜"文革"抄家时也不知道成了什么人的"战利品"。亚知道巴金的女儿小林喜欢音乐之后，也曾到东安市场去给她买了一把琴，交巴金捎回上海。

那几年亚似乎有这么个原则：对于三十年代很熟、如今地位悬殊的老友，除非像巴金这样念旧，否则他绝不去高攀，即便住在同一个大院子里。然而对于当时比他处境更黯淡的几位，他却经常去走访。他喜欢向我背诵《名贤集》上的一句话："贫居闹市无人问，富在深山有远亲。"

好在我是一向清静惯了的，对寂寞的生活安之若素，只希望交际应酬越少越好。这样，在繁忙的编辑工作之余，每晚还可以看看书，搞点翻译。

反右斗争中，亚由于发表了两篇文章而成为活靶子，在王府井大街的文联大楼礼堂一连为他开了四次批判会。在所有的揭发批判中，最刺伤他的是一位他十分尊重，并且也很了解他的老友，竟然在会上说他"早在三十年代就跟美帝国主义有勾结"。指的是他曾协助美国青年威廉·阿兰编过八期《中国简报》。那是最早对外宣传中国新文学成就的英文刊物,亚在那上面撰文介绍过鲁迅、茅盾和郁达夫,并发表了巴金和沈从文的访问记①。

那些揭发批判,几乎使亚对人性丧失了信念。多年来支撑他的,是那之前不久,在中南海紫光阁与巴金最后的一次会面。当时,《人民日报》上已公开点了亚的名,大家都把他视为毒蛇猛兽,躲得远远的。然而,在那次全文艺界的大会上,巴金却在众目睽睽之下,坚持和他坐在一起,宽慰他,劝他好好做检查。那天,周总理也特地把亚和吴祖光叫起来,鼓励他们"好好检讨,积极参加战斗"。但是周总理的关怀和巴金的友情也终究未能挽救亚,免除他戴右派帽子的厄运。在漫长的二十二年的黑夜中,巴金那天给予他的温暖,对他表示的殷切期望,却帮助他对这个世界始终抱有希望。

关于李健吾,巴金曾写过这样一句话:"黄金般的心是不会从人间消失的。"②

巴金有的,也正是这样一颗黄金般的心。

二、"友情是我生命中的一盏明灯"

现在回想起来,在史无前例的"文化大革命"中,巴金成为"四人帮"的眼中钉似乎具有内在的必然性。他们鼓吹的是仇恨,而巴金的哲学却立足于人类的爱。生活的逻辑是离奇的:亚自从一九五七年起就销声匿迹了,一九六六年倒反而避开了批斗锋芒。当然,我们也不可避免地双双进了"牛棚"。那时,每天完成被指派的

---

① 见鲍霁编《萧乾研究资料》,第五五五至五五七页,北京十月文艺出版社,一九八八年版。
② 见《随想录·病中集》,第四〇页,人民文学出版社一九八六年版。

劳动后,便互相交换着看在街上花两分钱买来的小报。每当读到巴金在上海被当作"无产阶级死敌"被揪斗时,我们就痛苦万分。尤其是有一次听说上海造反派对巴金进行电视批斗大会,巴金刚讲了半截,荧光屏上的画面便戛然消失了。这引起了我们痛苦的悬念,担心莫非是他挨了打!

一九六八年夏天,上海作协多次派人来向亚及冯雪峰外调巴金。一次,傍晚回到住房被强占后我们被赶去的那间巴勒斯坦难民营般的小东屋后,亚告诉我,外调人员看了他写的材料,向他发了火,说:"不许美化黑老K!"同"牛棚"的一个女难友由于顶撞了外调人员,被打得鼻青眼肿,引起脑震荡。亚还算幸运,竟然不曾受什么皮肉之苦。

十年"文革",除了小道消息,谁也不晓得对方的命运,唯有相互默默地祝祷平安。那时,我们一直担心巴金会不会被迫害致死。

随着"四人帮"的倒台,大地的复苏,渐渐又恢复了人间的气息。一九七六年冬天,我们以无比欢快喜悦的心情,听说巴金依然健在。但亚作为摘帽右派,心有余悸,生怕会给老友惹麻烦,所以给巴金的第一封信是以我的名义写的。这封慰问信我们还不敢邮寄,是托我中学时候的老同学张祉瑠的外甥谢天吉(一位年轻的音乐家)亲自送去的。

一九七八年,巴金来北京开会了。那时我们家里还没装电话,巴金是从他下榻的前门饭店打电话到我办公室的。当我在电话中又听到巴金那带有浓重川音的熟稔声音时,我着实兴奋极了。他约我和亚于次日前往前门饭店去吃午饭。我说:"我想给您和小林弄两张内部电影票,可能晚些才能到。但是炳乾一定准时来。"他向我表示谢意。

第二天,当我拿到电影票,奔到前门饭店时,巴金和亚已吃过饭,正坐在沙发上亲热地叙谈。只见除了小林,屋子里还坐着一位青年——巴金的另一老友马宗融的儿子少弥。

镌刻在我心版上的是一九五六年最后一次见到的巴金——年过半百还保持着年轻人的体态,头上连一根白发也没有的巴金。如今他满头银丝,动作也迟缓了。关于自己,他谈得不多,以后读了《随想录》,我才知道那十年间他受了多大罪,又是怎样以无比坚强的意志挺过来的。

那天我们除了简略地叙叙各自的遭遇和现状,谈得最多的是老舍之死。巴老说,他读了井上靖的《壶》后,曾告诉作者,他不相信老舍会像故事中所描述的那样抱着壶跳楼。老舍不会把壶摔碎,他要把美好的珍品留在人间。可惜当时担任口译的青年没有读过这篇作品,无法传达巴老的心意。

我告诉巴老,我订《井上靖小说选》那个选目时,也未理解作者为什么要让故事这么收场,所以另选了四篇,请人译出,已于一九七七年出版。我自己更喜欢水上勉于一九六七年写的《蟋蟀葫芦》中对老舍所表达的缅怀之情,因而把它译出来了①。

次晨,我们老早就在小西天的电影资料馆外面等着巴金和小林的到来。这位新中国成立后一直不领工资、后来还把大部分稿费都捐出去建立中国现代文学馆的老作家,竟连出租汽车都不肯坐,而是在女儿搀扶下搭乘无轨电车来的。那阵子内部电影还很稀罕,每举办一场,连胡同口外都站满了希望能捞到一张退票的人。小林看得很过瘾。巴老和亚却一直在小声谈话,根本没顾得上看电影。我寻思:两位老友二十几年来蹲在各自的陷阱里,如今

---

① 最初刊载于《春风》杂志一九七九年第二期,后收入《水上勉选集》,人民文学出版社一九八二年版。

真有说不完的话。

这之后,巴老又到北京来开会,住在北新桥华侨饭店,我再度陪着亚赶去探望。当天下午,两位老友谈了很久,感慨颇深。他们逐个儿地怀念那些未能活着重见光明的友人。另外一次,巴老住在西苑饭店。我们是阖家去看巴老的,因为三个子女都渴望见见爸爸的这位挚友。

一九八〇年四月初,巴老又来北京,在西直门的国务院第一招待所下榻。那一次,他是作为中国作家代表团团长应邀访日,在北京与副团长冰心等人会齐,一道出发。亚说,每次见到老巴,总要谈上老半天。这回老友行前想必很忙,亚怕影响他的健康,就不去打扰了,而由我代他去探望一下。我从招待所的传达室打了个电话,来到楼梯口。抬头一看,巴老已经在二楼平台上迎候了,我实在感到惶恐不安。不论从年龄还是任何方面来说,我都是他的晚辈,怎么能让在十年浩劫中受尽摧残、步履维艰的老人,走上这样长一段过道来迎候我呢!

在沙发上坐定后,我取出自己译的日本女作家佐多稻子的长篇小说《树影》,是刚刚由湖南人民出版社出版的。一本送给巴老,一本托小林带给作者。我告诉小林:"书中我附了一封信。用不着面交她本人,由招待人员转去就成了。这还是搁笔十年之后,我于一九七六年译出的。"

多年来,这是我头一次单独会见巴金,而且当时室内也没有旁的来客。我觉得有千言万语要告诉巴金:想说说我自十五岁念初三时就爱读他的《家》、《春》、《秋》和《爱情三部曲》,并且深深地引起共鸣;也想对他在"文革"中的遭际表示慰问。然而我什么也没说,我不忍心用自己的饶舌来消耗他的精力。他也只默默地望着我,仿佛表示,你们也算熬过来了。于是,我只简单地说了句:

"炳乾要我向您问好。他怕来了,会占用您的时间。他请您一路多加保重。"他连连点头称谢。从我们当时住的天坛南门到西直门,来回要用两个多小时。可我仅仅坐了不到十分钟,就匆匆告辞了。

那以后,这一对劫后余生的老友,就分别受到病魔的折磨。亚在一九八〇年底和一九八一年夏,做了两次全身麻醉大手术(一次是摘取结石,另一次是割除左肾),接着又动了三次小手术。巴老则腿部骨折。有好几年,两位老友非但未能见面,连来往的信函也少了。

一九八四年五月,东京召开了国际笔会第四十七届代表大会。巴老是中国笔会会长,刚刚康复的他,就率领由十五位作家组成的代表团出席大会。同时那次他还是大会特邀的"世界七大文化名人"之一。

大会结束后,代表团胜利归来,并在北京沙滩的中国作协会议室举行了一次汇报会。当时亚因病未能出席,我去参加了。副团长朱子奇说:"巴老的威望极高。他只要坐在大会会场上,即使不说话,也就产生了巨大的影响。"

那天与会者约有二百人,巴老坐在头一排。这位穿着朴素、态度谦虚的老人,身上确实仿佛有股磁力,一下子把全场的注意力吸引住了。休息时间,不断地有人到他跟前去致意。我也不由自主地踅到前排,替亚问候了他一下,并且请他千万注意身体。

巴老赴日前,在《人民日报》(一九八四年五月二日)上发表了他的《友情是我生命中的一盏明灯》一文。其中有一段话,深深打动了我的心:

友谊的带子把我们的心和朋友的心拴在一起,越拴越牢。……友谊的眼泪,像春天的细雨,滋润着我的心,培养了人间最美好的感情。对我来说,友情是我的生命中的一盏明灯,离了它我的生存就没有光彩,离了它我的生命就不会开花结果。

我理解,他心目中的友谊是恒温的,是不以生活的浮沉为转移的。

三、"人生只能是给予"

一九八〇年,巴老倡议创办一所中国现代文学馆,立即得到了包括老一代的茅盾、叶圣陶、夏衍、冰心等在内的许许多多作家的热烈支持。五年后,巴老的这个夙愿终于实现了,这就是由中国作家协会领导、坐落在北京万寿寺内的中国现代文学馆。巴老不但捐赠了大批藏书和文稿,而且迄今已捐赠给文学馆人民币三十几万元。想到巴老一向靠稿费为生,从不拿工资,家里生活非常俭朴,就更觉得他的奉献是多么可贵的。早在三十年代他就说过:"人生只能是给予,而决不能是攫取!"

他这一生,从不攫取,真正是在不断地给予。

一九八五年三月下旬,巴老来京参加文学馆开馆典礼,并发表讲话说:"我相信中国现代文学馆是一股强大的力量……只要我一息尚存,我愿意为文学馆的发展出力。我想,这个文学馆是整个集体的事业,所以是人人都有份的,也希望大家出力,把这个文学馆办得更好。"

这次,巴老下榻于北京饭店。适逢全国政协开会,他就多逗留了一些日子。这时,我们已搬到复兴门外,家里也装了电话,两位老友在电话里畅谈了一下。四月五日那天,我们去饭店看望巴老,恰好和他住在同一饭店的香港摄影家陈复礼也来拜访。于是,陈先生就为我们拍了几张饶有纪念意义的照片。

亚意识到,继三十年代的文化生活出版社和五十年代的平明出版社之后,现代文学馆是巴老毕生又一文化业绩。他多少也为这个馆出了些力。巴老在一九八六年二月十七日的来信中说:

> 你为文学馆多出力,这是一件大好事,我们后代子孙会感激你的。不管文学馆有多少困难,有多少缺点,但我们必须支持它。我们不支持,不尽力,谁来支持,谁来尽力!精神文明不是空谈出来的!

近年来,亚确实把对巴老的友谊体现在对文学馆的关怀上。每逢台港或海外有朋友来访,他都一趟趟地陪他们去参观,撰文为它宣传,并为文学馆拉了些赞助。

完成五卷《随想录》后,由于健康关系,巴老不得不搁笔了。亚知道巴老写字吃力,而他又有个亲自回信的习惯,甚至信皮都自己写,亚就尽量不直接写信给巴老。他要么写给小林,要么写给巴老的弟弟李济生。就这样,每年他们总还有些书信往来。

一九八七年四月三十日,巴老在致亚的信中写道:

> ……有许多话要对你说,不是没有时间,是没有精力,我已是一个废人了。要是我能够写,每天写两千字,那有多好啊。这些年我浪费了多少宝贵的时光!想到这,我就悔,我就恨。不过我总算留下一部《随想录》,让后人知道我的经历,我的感情;我还指出了一条路,一个目标:讲真话。谁也不能把我一笔勾掉。这十年我毕竟不是白活。……

我始终乐观,我们这个民族固然衰老……难道我就不能跟阿Q永远划清界限?想想实在难过!

在一九八八年四月三十日的来信中,巴老写道:

我好久不给你写信了,并非不想写,更不是无话可说,唯一的原因是干扰太多,难得有时间在书桌前坐下来。这些年你做了不少事,写了不少文章,我也知道一些,看到一些,我为你高兴。从一些熟人那里知道你近两年为文学馆帮过不少忙,出过力,虽然这是大家的事情,我却想紧紧握住你的手,连声说:"谢谢。"我真感谢你。

……只要我注意劳逸结合,听医生的话,不逞能,大概就不会来个突变,那么我们还可以见面畅谈。一定可以。……

一九八九年三月下旬,我应邀赴上海参加新西兰女作家凯瑟琳·曼斯菲尔德的作品讨论会,亚事先写信告诉了巴老。多年来,巴老一向是亲自写回信,这次的回信却是口述的。全文如下:

炳乾:

谢谢你的信。这些时候我一直想念你。我为有你这样的朋友感到自豪。我放心了。作为朋友,我也不会辜负你。我等着洁若的到来,她会告诉我你们的情况。

我的近况不好,摔了一跤,至今疼痛不堪,在治疗中,希望取得效果。

其余的以后再谈。多保重。

问洁若好。

祝

好！

巴金口述
一九八九年三月二日

我动身前，巴老还特地叫女儿小林打来了长途电话，告诉我他住进了华东医院。我是三月二十日上午十点半飞抵上海的。出了机场，在朋友谢天吉的爱人陈黎予的陪同下，直奔华东医院。巴老的侄女国糇迎出病房说：病人刚刚休息。医院里规定下午两点钟才能会客。于是，我们便决定先到巴老的府上去拜访。

我这是初次来到武康路的巴老住宅。前来开门的巴老的九妹端珏未等我通报姓名，一眼就认出了我。可能她看到过我的照片，也可能巴老的家人已知道我那天抵沪。

一九五六年亚曾登门造访过巴老，给他印象最深的是七十书架的书籍。如今巴老已把这些藏书分门别类捐献给几所图书馆、学校和文学馆。

一九六二年，我曾读到日本文艺评论家龟井胜一郎的《中国纪行》，其中有一篇详细地描述了在巴老家做客的情景：当年十一岁的小棠耍着红缨枪，一副活泼可爱的样子跃然纸上。女主人萧珊一边张罗着给远客倒茶，一边笑吟吟地欣赏儿子的顽皮——显而易见，他是妈妈的宠儿。还有那宽敞的走廊，院中那拾掇得十分整齐、绿油油的草坪。

弹指间，出现在我眼前的小棠比爸爸高多了，他已发表了近二十篇文采粲然、构思精巧的短篇小说。这时我想起了巴老的《怀念萧珊》、《再忆萧珊》这两篇文章。我感到，她确实依然还活在她挚爱的"李先生"以及她的儿女和朋友心中。巴老前几年摔断腿住院期间，客厅里铺上了地毯,并把临院的走廊改装成"太阳间"。除此而外,这座小楼的陈设基本上保持了女主人生前的格局。她永远和亲人们在一起。

下午两点钟,我们准时返回医院。这时,巴老已起床了。国糅扶伯父坐在椅子上。我送给巴老一本我译的《蜜月》——凯瑟琳·曼斯菲尔德小说集,一本一九八六年六月号的《早稻田文学》,并把刊载于其中第七十三页右下角的巴老的相片指给巴老看,相片下面的说明却是"萧乾"。原来四年前我作为日本国际交流基金的研究员,在东京东洋大学研究日本文学时,早稻田文学杂志社约我译了两篇亚的小说,收在中国文学特辑里。他们要一篇作者简介和一帧近影。我便把陈复礼先生那次在北京饭店为巴老和亚所拍摄的合影送了去。岂料因篇幅关系,他们只能保留作者一个人,而且把巴老当作亚了。当我打电话给编辑部要求更正时,他们连声道歉,说已有好几个读者向他们指出这个错误了。巴老听罢,不禁咯咯笑起来。他的伤痛尚未痊愈,说话还很吃力。我生怕他太累,趁按摩师进来之际,就告辞了。

一九九〇年六月上旬,亚因心脏病犯了,住院检查。结果心脏犹在其次,更严重的是十年前动了左肾切除手术后,剩下的那个右肾,不堪重荷,功能逐渐衰竭,已不及常人的三分之一了。他原预定在六月下旬赴上海参加《全国文史笔记丛书》编辑工作座谈会,也早已写信告诉巴老了。听了大夫的宣告后,他怕远行吃不消,曾一度要打退堂鼓,但转念一想,他已经整整五年没见到老友了。巴老今后来北京的可能性越来越小,而他自己的健康状况又是那么差,趁着腿脚还利落,还是决定前往。

于是,出院的次日,我就陪他上了飞机。

抵沪的当天,亚就从衡山宾馆给巴老打了电话。第二天(二十一日)下午三点,我们走进了巴老那幽静雅致的客厅。天气炎热,但厅内只开了一台老式电风扇。巴老坐在玻璃书橱前的扶手椅上,因为这里有穿堂风。他身穿无领白色线衣,气色和精神都比去年三月我在医院里看到他时强多了。听到亚的脚步声,巴老在家人的搀扶下,拄着拐杖站起来迎亚。亚赶忙扶老友坐下,拉过一把椅子,紧贴着他坐下。

两位老友欣喜得一时语塞。亚首先把他今年出版的《红毛长谈》以及《未带地图的旅人》英译本捧献给从三十年代起一直关心他、指引他的这位挚友、益友和畏友。我也把带来的土产一样样地摆在圆桌上。亚首先谈了谈文学馆的近况,亚深知这是巴老最关心的事。我晓得动身之前,他曾特意向杨犁馆长了解了一下。这之后,话题才展开来,亚边谈边握住巴老那颤巍巍的手,问道:"上次你给我写那封短信①,说花了三天。那么你写的悼念从文的那篇②,花了多少时间?"这时,巴老微笑着,伸出三个指头,带点自我嘲讽地说:"三个月!"(记得亚告诉过我,巴老当年每天写上七八千字是常事,他的笔头快是出了名的。)他们还一道回忆了三十年代的人和事。我在旁听了,由衷地感到老一辈的作家对友情的珍视。

亚事先告诉我,巴老气力差,我们只坐半小时。但他几次欠起身要走,巴老总想起还有话要说,又坐了下来。辞别时,两位老友依依不舍地紧紧握着手,连坐在一旁的我,眼睛都有些湿润了。

接着,我们又驱车去看了亚的另一对老友王辛笛夫妇。

二十七日下午,也即是我们离沪赴杭的头一天,亚又照约定偕我去了武康路。这回,为了节省我们的时间,王辛笛夫妇特意赶到巴老家来会我们。亚把《全国文史笔记丛书》筹备会印发的有关四川及上

---

① 见《人民日报》(一九九〇年三月五日),标题是"你还是小青年"。
② 即《怀念从文》,《长河不尽流——怀念沈从文先生》代序,湖南文艺出版社一九八九年版。

海的一些笔记初稿,带给巴老看。他送给巴老一张今年五月间陪林海音参观文学馆时,他和那位台湾女作家站在巴老那巨幅油画前的合影。林海音看到书库里有不少她本人的和其他台湾作家的作品,很高兴,她答应把自己所主持的纯文学出版社出版的《纯文学丛书》,送给文学馆一整套。巴老曾说他要为文学馆献出自己"最后的一分光和热"[①],看到自己耕耘起来的这块园地得到各方面的支持和关怀,他自是欣慰不已。

像上回一样,亚几次要告辞,话犹未尽,又留下来。最后,他怕太累着老友,还是坚决站起身来。

这时,巴老叫家人取来《巴金全集》中已出的十卷送给我们。在第一卷的扉页上,巴老两天前就写好了这样几行字:

赠　炳乾
　　洁若
　　　　　　　　巴金九〇年六月廿五日
我还记得你到燕大蔚秀园看我,一转眼就是五十七年,你也老了! 可是读你的文章,你还是那么年轻,你永远不会老!

字体俊秀挺拔,不像是出自老人之手。我问巴老的家人,他写了多久,回答说是这次写得较快,差不多是一挥而就的。这说明了巴老正在逐渐康复。

临别时,亚紧紧握着巴老的手说:"尽管你身体比我弱,气力比我差,可是没有五脏器官的毛病,肯定比我活得长。除了心脏,我还有肾的问题。咱们活一天就得欢势一天,绝不能让疾病压倒。

[①] 见巴老一九八五年九月二十八日致杨苡信。

彼此保重吧。"巴老微笑着连连点头。

巴老拄着拐杖，一步步地踱出客厅和大厅，一直送到楼门口。亚一面穿过前院朝大门走去，一面不断地回头向老友挥手——巴老一直站在门口目送着我们，直到我们留连不舍地迈出大门。

汽车沿着沪西绿荫笼罩的柏油马路驰回宾馆。我一路都在想：巴老毕生执著地追求光明，忠实于人类。他的作品影响了几代青年，他的高尚品格与情操，是我们仰慕的楷模。

一九九〇年十月十五日
（原载《人物》，一九九二年第一期）

才貌是可以双全的

——林徽因侧影

我大舅父万勉之早年留学日本,回国后在北平任职,娶了贵阳李家的一位姑娘。她和梁启超的正夫人李蕙仙是堂姐妹,因此,我刚刚懂事就听大人们谈起过梁启超及其长子梁思成的名字。我大姐幼时聪明伶俐,四五岁上就能背诵上百首唐诗,深得大舅妈的宠爱。一九二五年左右,有一次,大舅妈和我母亲带她到梁家去串门。梁启超很喜欢这个活泼可爱的小姑娘,摸了摸她的头,递给她一根涂了黄油的嫩老玉米。

一九一五年,我五叔考入清华学堂,和梁思成同学。这位五叔是我父亲的幼弟,比他小十来岁。可惜他体质羸弱,未毕业就因患肺病而死。

我上初中后,有一次大姐拿一本北新书局出版的冰心短篇小说集《冬儿姑娘》给我看,说书里那篇《我们太太的客厅》的女主人公和诗人是以林徽因和徐志摩为原型而写的。当徐志摩因飞机失事而不幸遇难后,家里更是经常谈起他,也提到他和陆小曼之间的风流韵事。

光阴荏苒,一九四六年我考进了清华大学外语系。当时辅仁大学附属中学女校的同班同学几乎全都报考了,而只有我和王君钰被录取,她学的是工科。

在静斋宿舍里,高班的同学们经常谈起梁思成和林徽因伉俪。

原来这些同学都上过西南联大,抗战胜利后,才随校从昆明复员到北平,然后根据各人志愿,分别插入清华、北大或南开。由于是战时,西南联大师生间的关系似乎格外亲密,学生们对建筑系梁、林两教授的家庭情况了如指掌。当时传为美谈的是这对夫妇多年来与哲学系金岳霖教授之间不平凡的友谊。据说金教授年轻时就爱上了林徽因,为了她的缘故,竟然终身未娶。不论战前在北平东城北总布胡同,还是战后迁回清华之后,两家总住紧邻。学问渊博、风趣幽默的金教授是梁家的常客。他把着手教梁家一对子女英语。那时,大学当局对多年来患有肺病的林徽因关怀备至,并在她那新林院八号的住宅前竖起一块木牌,嘱往来的行人及附近的孩子们不要吵闹,以免影响病人休息。

在静斋,我有个叫谢延泉的同屋同学,她跟林徽因的女儿梁再冰十分要好,曾到梁家去玩过几次。她说,尽管大夫严禁林徽因说话,好生静养,可病人见了来客总是说个不停。谢延泉还亲眼看见金教授体贴入微地给林徽因端来一盘蛋糕。那年头,蛋糕可是罕物!估计不是去哈达门的法国面包房就是去东安市场的吉士林买来的。

逻辑学是清华外文系的一门必修课。虽然我被分配到一位姓王的教授那一班,可我还是慕名去听过几次金岳霖的课。一个星期日下午,我在骑河楼上校车返回清华时,恰好和金教授同车。车上的金教授,一反平时在讲台上的学者派头,和身旁的两个孩子说说笑笑,指指点点——他们在数西四到西直门之间,马路旁到底有多少根电线杆子!我一下子就猜出,那必然是梁思成、林徽因的儿女梁再冰和梁从诫了。

我十分崇敬金教授这种完全无私的、柏拉图式的爱,也佩服梁思成那开阔的胸襟。他们二人都摆脱了凡夫俗子那种占有欲,共同爱护一位卓绝的才女。金认识林徽因时,她已同梁思成结了婚,但他对她的感情竟是那样地执著,就把林所生的子女都看成自己的孩子。这真是人间最真诚而美好的关系。当时,梁再冰正在北大外语系学习,梁从诫也在城里的中学住宿,金岳霖可能是进城陪这两个孩子逛了一天,再带他们回家去看望父母。

我还记起了那时的一个传闻:清华北大南开是联合招生,梁再冰填的第一志愿当然是清华,却被分数线略低于清华的北大录取了。林徽因无论如何也不相信爱女的考分竟够不上清华的录取标准!后来校方把卷子调出来给她看,她这才服了。记得每个报考生都给个号,我拿到的号是"350003"——"35"指的是民国三十五年,即一九四六年。卷子上只写号,不许写名字。这样,作弊的可能性就微乎其微了。连梁思成、林徽因这样一对名教授的女儿,在投考本校时也丝毫得不到特殊照顾。回想起来,当时的考试制度还是公正的。

一九四七年的清华校庆,由于是经过八年抗战,校友们第一次团聚,所以办得格外隆重。在大礼堂听了校长、来宾和校友的致辞后,我就溜到图书馆的小阅览室去翻阅旧校刊。林徽因的一张半身照把我吸引住了。她身着白衣,打着一把轻巧的薄纱旱伞,脸上是温馨的笑容。正当我对着照片上这位妙龄才女出神的时候,蓦地听见一片喊喊喳喳声,抬头一看,照片的主人竟然在阅览室门口出现了。按说经过抗日期间岁月的磨难,她的健康已受严重损害,但她那俊秀端丽的面容,姣好苗条的身材,尤其是那双深邃明亮的大眼睛,依然充满了美感。至今我还是认为,林徽因是我平生见过的最令人神往的东方美人。她的美在于神韵——天生丽质和超人的才智与后天良好高深的教育相得益彰。没想到已生了两个孩子、年过四十的林徽因,尚能如此打动同性的我,那么也难怪当年多情的诗人徐志摩会为风华正茂的她所倾倒了。她款款来到一张摊开在长桌上的一幅古画前面,热切地评论着。听说她经常对文学艺术作精辟的议论,可惜从未有人在旁速记,或用录音机把它录下来。由于她周围堵起了厚厚的人墙,我也仅仅依稀听见她在对那幅梅花图上的几个"墨点"发表意见。

我第二次看到林徽因,大约是一九四八年的事。一个晚上,由学生剧团在大礼堂用英语演出《守望莱茵河》。我去得较早,坐在前面靠边的座位上。一会儿,林徽因出现了,坐到头排中间,和她一道进来的还有梁思成和金岳霖。开演前,梁从诫过来了,为了避免挡住后面观众的视线,他单膝跪在妈妈前面,低声和她说话。林徽因伸出一只纤柔的手,亲热地抚摸着爱子的头。林徽因的一举一动都充满了美感。我记起她是擅长演戏的,曾用英语在泰戈尔的著名诗剧《齐德拉》中扮演公主齐德拉。我在清华的那几年,那是唯一的一次演英文戏,说不定还请林徽因当过顾问,所以她才抱病来看演出呢。

一九五四年我和萧乾结缡后,他不止一次对我谈起一九三三年初次会见林徽因的往事。那年九月,他的第一篇短篇小说《蚕》,在天津《大公报·文艺》上发表了。作品登在副刊最下端,为了挤篇幅,行与行之间甚至未加铅条,排得密密匝匝。林徽因非但仔细读了,还特地写信给编者沈从文,约还在燕京大学三年级念着书的萧乾到北总布胡同她家去,开了一次茶会,给予他热情的鼓励。使当时二十三岁的萧乾最感动的是,她反复说:"用感情写作的人不多,你就是一个。"萧乾还告诉我,一九四八年他从上海来北平时,曾去清华同林徽因谈了一整天,晚上在金岳霖家过的夜。一九五四年国庆,我陪萧乾到北大法国文学家陈占元教授家度假,我们还一道去拜访过我的美国教师温德老人。由于那时林徽因的身体已经衰竭,经常卧床,连她所担任的"中国建筑史"课程也是躺在床上讲授的,我们就没忍心去打搅她。

转年四月一日，噩耗传来，萧乾立即给梁思成去了一封慰问他并沉痛地悼念徽因的信。梁思成在病榻上回了他一信。"文革"浩劫之后，我还看到过那封信。一九七三年我们从干校回京后，由于全家人只有一间八平方米"门洞"，出版社和文物局陆续发还的百十来本残旧的书，我都堆放在办公室的一只底板脱落、门也关不严、已废置不用的破柜子里。一天，忽然发现其中一本书里夹着当年梁思成的那封来函。梁思成用秀丽挺拔的字迹密密麻麻地写了两页。首先对萧乾的慰问表示感谢。接着说，林徽因病危时，他因肺结核病住在同仁医院林徽因隔壁的病房里。信中他还无限感慨地回顾了他从少年时代就结识，并共同生活了将近三十年的林徽因的往事。信是直写的，虽然是钢笔字，用的却是荣宝斋那种宣纸信笺。倘若是七十年代末，我会把这封信看作无价之宝，赶紧保存下来。当时，经过"史无前例"的浩劫，整个人尚处在懵懵懂懂状态。我竟把这封信重新放回到那只根本不能上锁的破柜子里，甚至也没向萧乾提起。记得大约同时，萧乾从出版社发还的一口旧牛皮箱子里发现了我母亲唯一的念物——周围嵌着一圈珍珠的一颗大翡翠。一九六六年八月二十三日抄家后，出版社的革委会接到街道上的通知后，在把被批斗够了的萧乾押回出版社的时候，胡乱从家里抄了这么一箱子东西和书。接着就打派仗，也没顾得打开看看。几年后又原封不动地发还给我们了。萧乾紧张地对我说："不要忘了最高指示——三五年再来一次，现在已七年了。趁早打发掉，免得又成为罪状！"我连看也没看它一眼，就听任他蹬上自行车赶到王府井的珠宝店去，把它三文不值两文地处理掉了。说实在的，直到十一届三中全会后，我们才相信头上悬的那把达摩克利斯剑总算消失了。我时常想，说不定哪一天，夹在某本旧书中的梁思成来信，会再一次露面。

一九七九年萧乾赴美参加衣阿华国际写作计划的活动,事后到各州去转了转。林徽因的二弟林桓当时正在俄亥俄大学任美术学院院长,他创作的陶瓷作品已为欧美各大博物馆所收藏。林桓听说萧乾来美,就跑了好几个州才找到了萧乾——那阵子他在几家大学作巡回演讲。一九三二年萧乾一度在福州英华中学教过林桓。阔别了近半个世纪的师生畅谈了一通。林桓表示很想回国讲学,为祖国的陶瓷事业出点力气。萧乾回京后,曾为此替他多方奔走过,但始终没有结果。

八十年代初,萧乾从美国为梁从诫带来了一封费正清写给他的信。梁从诫住在干面胡同,离我所在的出版社不远,我顺路把信送去了。当年的英俊少年已成长为风度翩翩的中年人。我还看到了他那位在景山学校教英文的妻子和小女儿——她长得很漂亮,令人想起奶奶林徽因。告辞出来,忽然看见金岳霖教授独自坐在外屋玩纸牌。尽管那时他已八十开外了,腰背依然挺直。我告诉他,一九四六至一九四七年,我曾旁听过他的逻辑课,而正式教我的是一位王教授。他不假思索地就把那位王教授的名字说了出来。林徽因和梁思成相继去世了。金岳霖居然能活到新时期,并在从诫夫妇的照拂下安度晚年,还是幸福的。

去年八月,我陪萧乾去看望冰心大姐。那是凌叔华去世后头一次见到大姐。话题不知怎的就转到林徽因身上。我想起费正清送给萧乾的《五十年回忆录》中,有一章谈及徐志摩当年在英国怎样热烈追求过林徽因。我对大姐说:"我听说陆小曼抽大烟,挥霍成性。我总觉得徐志摩真正爱的是林徽因。他和陆小曼的那场热恋,很有点做作的味道。"

大姐回答说:"林徽因认识徐志摩的时候,她才十六岁,徐比她大十来岁,而且是个有妇之夫。像林徽因这样一位大家闺秀,是绝不会让他为自己的缘故打离婚的。"

接着,大姐随手在案头的一张白纸上写下这样十个字:

> 说什么已往,
> 骷髅的磷光。

大姐回忆说:一九三一年十一月十一日,徐志摩因事从北平去上海前,曾来看望过她。这两句话就是徐志摩当时写下来的。他用了"骷髅"、"磷光"这样一些字眼,说明他当时已心灰意冷。十九日,徐志摩赶回北平来听林徽因用英文做的有关中国古建筑的报告。当天没有班机,他想方设法搭乘了一架运邮件的飞机。因雾太大,在鲁境失事,不幸遇难身亡。

正写到这里,梁从诫打来电话,由于萧乾适赴文史馆开会,是我接的。他说,十五日晚上费慰梅给他挂来长途,告诉他费正清已于十四日逝世,委托梁从诫转告在北京的友人。我感到了岁月的无情:又一位了解中国并曾支持过梁思成和林徽因的美国朋友离开了人间。一九八七年一月我陪萧乾赴港时,曾在香港中文大学的一位教授家里看到一部梁思成的英文遗著《中国建筑史图录》(据梁从诫说,其中"前言"部分,一半出自林徽因的手笔),那就是由于费正清夫妇的无私帮助,才得以在美国出版的。

一九八八年萧乾的老友、马来西亚槟州首席部长林苍祐偕夫人访华,我们到香格里拉饭店去看望他们。他指着周围像雨后春笋般冒起来的新型大厦对我们说:"这些跟任何西欧大城市有什么两样?还有什么民族特色?"

一九八五年一月我们访问槟州时,曾目睹马来西亚的华族从中国运木材石料，不惜工本盖起富于民族特色的祠堂庙宇和牌楼。在美国、日本、新加坡，凡是有华裔居民的地方，都能看到琉璃瓦、大屋顶的建筑。然而我们却好端端地把城墙、牌楼、三座门等历史悠久的文物群都毁掉了。在《大匠的困惑》一书中，林洙记述了梁思成、林徽因伉俪在保存古迹方面所作的努力（尽管到头来在很大程度上归于徒劳），让后人进一步了解这两位中国知识分子的动人事迹。

放下此书，我不禁黯然想道：林徽因倘非死于一九五五年，而奇迹般地活到一九六六年八月，又当如何？红卫兵绝不会因为她已病危而轻饶了她。在红八月的冲击下，她很可能和梁思成同归于尽。从这一点来说，她的早逝竟是值得庆幸的。她的遗体得以安葬于八宝山革命烈士公墓，那里还为她竖起一块汉白玉墓碑。

美国汉学家费正清的夫人费慰梅在《回忆林徽因》一文中说："在她身上有着艺术家的全部气质。她能够以其精细的洞察力为任何一门艺术留下自己的痕迹。"

欧洲文艺复兴时期，曾出现过像达·芬奇那样的多面手。他既是大画家，又是大数学家、力学家和工程师。林徽因则是在中国的文艺复兴（五四运动）时期脱颖而出的一位多才多艺的人。她在建筑学方面的功绩，无疑是主要的，然而在诗歌、小说、散文、戏剧方面，也都有所建树。我衷心希望文学研究者在搜集、钻研"五四"以来的几位大师的鸿著之余，也来顾盼一下这位像彗星般闪现在"五四"文坛上的才女所留下的珍贵的痕迹，她是不应被遗忘的。

一九九一年九月十六日
（原载《随笔》，一九九二年第一期）

悼凌叔华

自去年十二月以来,一位九旬老人躺在石景山医院的病床上。她因扭伤了腰部,住院治疗,却常常向守在床畔的女儿啜嚅着:"我想吃豌豆黄,吃山楂糕……"这位老太太还不分季节地点过西瓜、蒜苗、菠菜。她也提到了烤白薯、茯苓饼、片儿汤、馄饨、羊肉馅饺子,以至麻花、烧饼、油条、云片糕。经主治大夫批准,这些北京风味小吃全都让她吃到了,只有"驴打滚儿"和汤圆,怕不好消化,没敢答应她的要求。有一次她说想尝尝苏州酥糖,女儿也千方百计托人从产地捎了来。

今年三月二十五日,她过九十大寿。女儿为她定做了一座高四层的巨型蛋糕。女儿、女婿、外孙、外孙女,以及医务人员一道围在她床前热烈地向她祝了寿。那一天吃的是龙须面。

进入四月后,她因乳腺癌复发,转移到淋巴而卧床不起。五月十五日,她在昏迷几天之后,忽然又表示想看看北海的白塔和童年住过的史家胡同旧居。医院领导和家属开了个紧急会议,经过反复考虑,决定满足老太太这个也许是最后的愿望。十六日一早,他们在面包车里准备了全套抢救设备,十位大夫护士陪同前往。车子是从东门开进北海公园的。时间很早,游客稀少。老太太一直躺在担架上,人们抬着担架沿着湖畔转悠,让她看那矗立在树丛上端的白塔。外孙问:"看见了吗?"老太太脸上泛出笑容,说:"看见了,白塔寺。"女儿纠正她说:"不是白塔寺,是白塔。"她说:"看见了。白塔真美,湖水、小桥、亭子也美,柳树也美……"

在所有这些夙愿都得到满足之后,老太太就永久地阖上了眼睛,脸上漾着幸福的微笑。

她就是"五四"以来与冰心、庐隐齐名的女作家凌叔华。她在海外漂泊了四十二年之后,抱着落叶归根的愿望,回到了自己的出生地,并且在这里结束了她不平凡的一生。

凌叔华是一九四七年随丈夫陈源(西滢)离开祖国,旅居法、英、美、加及新加坡诸国的。她在海外著书、执教、演讲,宣传中国文学与艺术,并多次举办个人画展。新中国成立后,她屡次回来观光。七十四岁时,还去了敦煌,遍访石窟。这次病笃,她坚决返回北京,并在故土度过她生命最后一段日子。

我在初中时就喜欢读凌叔华的作品。那时,我们班上就有凌叔华在《小刘》中所刻画的那种调皮的女孩子,她真是把人物写活了。由于作者又是画家,读她那篇关于富士山的游记时,像是在欣赏一幅秀逸的水墨画。

萧乾告诉我,一九三三年左右,当他还在燕京大学读书时,沈从文就曾带他到史家胡同去,介绍他认识了陈源、凌叔华夫妇。一九三五年萧乾接手编《大公报·文艺》时,凌叔华正在汉口编《武汉日报·现代文艺》副刊,他们二人曾相互在自己编的刊物上发表对方的作品,更多的是彼此转稿,并戏称作"联号"。一九三六年,上海《大公报》出版前,报社曾派萧乾赴各地去组稿。过武汉时,还在陈、凌夫妇那坐落于珞珈山的寓所住过一宿。

"八·一三"后,逃难中的萧乾又带着当时的妻子"小树叶"借宿陈家,随后就搬到旅馆去了。抗战胜利后,一九四六和一九四七年,萧乾又在上海和香港和他们重逢,那时他们的独生女小滢已十来岁了。她还记得萧乾带她乘出租汽车到处逛,给她买袜子和冰激凌的往事。

断绝音信三十多年后,八十年代初,凌叔华托访英代表团的人捎回一本她签了字的英文短篇小说集《古韵》(一九五三年出版于伦敦,一九六九年重印),送给萧乾。

一九八一年春,萧乾忽然收到凌叔华从华侨大厦写来的一封信。那时我们还住在天坛南门旁边,家里没有电话。萧乾做左肾摘结石手术后,身体尚未康复。我便前往华侨大厦按照凌叔华在信中写的房间号码,找到她,并将她接到寓所。

凌叔华皮肤白净,皱纹不多,一对清亮亮的眼睛透出内在的睿智。她身材适中,仪表端庄,没有老态。可能是头发稀疏了,在室内也扎着一块小小的丝巾。

萧乾和凌叔华畅诉别情时,我也在场。她告诉我们,一九六〇年春,她辞去新加坡南洋大学教职后,曾短期回中国大陆,到过北京和武汉。一九七四年她踏访敦煌回英后,写了《敦煌礼赞》。

凌叔华精神矍铄,娓娓而谈。她说,此行的目的是重访昆明,因为她的新作中有一段是以昆明为背景的。必须亲眼看看那里的景物。她对艺术的这种执著追求,使我们由衷地钦佩。我把办公室的电话号码留给了她。她从昆明返京后,我又赶到华侨大厦去,为她送行。

一九八四年秋,在中国驻伦敦大使馆举行的一次晚宴上,我们又见到了凌叔华。当时她的背已略驼,但仍显得挺硬朗。她对萧乾说:"我生在北京,尽管到西方已三十几年,我的心却还留在中国。只是因为在伦敦生活相当方便,小滢一家人也都在英国定居,所以总拿不定主意回不回去。"

一九八五年,萧乾收到凌叔华从英国寄来的信。信中她对于故宫博物馆六十周年纪念未能受到邀请一事表示遗憾。萧乾立即为此给一位中央领导打了报告,还将她的原信附去。次晨,那位领导人就来电话询问凌在伦敦的地址,并给她发了电报,邀请她前来。可惜她动身前病倒了,未能成行。

去年十二月初,凌叔华的女婿英国汉学家秦乃瑞护送她回到北京,住进石景山医院,治疗腰伤。四十年代萧乾旅英之际,曾教过秦乃瑞中文,这个中国名字还是他给起的。一九五四年,秦乃瑞作为英国文艺科学代表团团员,应中国人民对外文化协会的邀请,首次访华,并受到周总理的接见。一九五七至一九五八年,他又来北大留学。以后秦乃瑞担任了爱丁堡大学中文系主任和苏格兰中国协会主席。他和小滢结婚后,七十年代也屡次访华。一九七二年率领一个代表团来到广州,兴奋得甚至犯了心脏病。八十年代初,我国政府又邀请他来华,担任人大会议文件英文稿定稿工作的顾问。小滢为了让小儿子思源学中文,辞去英国广播电台的职务,携子来华,一家三口人住在友谊宾馆。思源进了附近的西颐小学,还考上了什刹海业余体校武术班,李连杰是他的师兄。秦乃瑞任期满回英国后,小滢带着孩子继续留在中国任教。这期间思源还参加了电影《少林小子》的演出。思源在中国住了三年,拍电影时跑了不少地方,至今仍讲得一口流利的北京话。

凌叔华过九十大寿那天,小滢叫人在蛋糕上用奶油浇上"生日快乐"字样。人家送的那个蛋糕上,则是个巨大的"寿"字。石景山医院对这位国际知名的老作家照顾得到了家,每天给她三顿正餐,两次点心。

本来在医院上上下下医护人员的精心护理以及家人的照料下,凌叔华的腰伤逐渐好转,能坐起来了。不幸到了四月,因多年前已痊愈的癌症复发并转移,从而病笃了。从此,医院对她进行二十四小时的特殊护理。老太太的血管特别细,医院专门指定一位医术高明的小儿科护士长为她打针,以减轻痛苦。凌叔华那个在美国一家电脑公司工作的外孙女秦小明,这是头一次回中国。小明看护姥姥一周后,因假期已满,回到美国。她写信给妈妈小滢说:"石景山医院对我姥姥照顾得无微不至,使我感动不已。我相信世界上再也没有第二个国家,能找到如此富于奉献精神,医德又这么高的医务人员了。"

当然,老太太和蔼可亲,礼数周到,也赢得了大家的心。为了防止病毒感染,医院要求前来探视病人的人都穿上消过毒的罩衣。有些朋友来看望凌叔华,发现总有好几个人围着她转,为她做这做那,就纳闷她在北京怎么有这么多亲戚,后来才晓得大多是医务人员。

过生日以及去北海那天,医院都为凌叔华录了像。出门时太仓促,小滢忘了替妈妈扎上她心爱的彩色丝巾,想去买一条,可惜店铺尚未开张。小滢引为恨事的是未能把妈妈打扮得漂亮一些。游完北海,汽车经过灯市口大街时,小滢特地指给妈妈看,因为这也是妈妈经常念叨的地方。接着,一行人又来到凌叔华在史家胡同的旧居。凌叔华的父亲凌福彭是光绪年间的进士,与康有为同榜,授顺天府府尹。他在干面胡同买了座大宅子,有九十九间屋子,凌叔华就生在这里。她结婚时,把后花园分给她,作为陪嫁,从史家胡同的后门出入。相隔四十三年,这座四合院已改建成幼儿园。这里,三百个小娃娃手捧一束束的鲜花,唱着歌,夹道欢迎远方来的奶奶,一片欢腾景象。凌叔华感动得不禁淌下两行热泪。

祖国,只有祖国才能这么温暖啊!

在天真烂漫的娃娃们的簇拥下,凌叔华一下子勾起了童年的美好回忆。她嘴里一遍遍地啜嚅着自己的母亲李若兰的名字。恍惚间,又说着吃语:"妈妈等着我吃饭。"她整个儿回到童年时代了。

凌叔华回石景山医院后,当天下午一言未发。然而第二天,却对她钟爱的外孙思源说了很多话。

凌叔华是十五个兄弟姐妹中的老十。她父亲一度被派到东京任职,把家眷也带了去。有一次四个哥哥姐姐在京都游瀑布时,因山洪暴发而淹死,其中就有跟她最要好的八姐。只因为八姐临出发时向她借了把木梳,她一辈子见了木梳就黯然神伤。凌叔华弥留之际,浮现在她脑海里的就是这桩往事。当然,更多的是愉快的回忆!父母怎样带她到泰山、北戴河、大连、青岛等处去避暑,海边多么凉爽⋯⋯

癌症是痛苦的,幸而凌叔华始终沉浸在儿时甜美的追想里。在亲人和大夫护士的陪伴下,她安详地度过了生命最后的几天,于二十二日傍晚溘然长逝。小滢为妈妈换上了早就准备好的黑地绣花绸袍和披风。这是妈妈生前珍藏的料子,小滢从伦敦带了来,请人在这里缝制的。她还为妈妈戴上一顶式样别致的黑帽,并别上一枚金质饰针。

小滢作为苏格兰中国协会的公共关系部长,与担任协会主席的秦乃瑞密切配合,正在蓬蓬勃勃地开展英中友好活动。人们戏称小滢为中国驻爱丁堡的"名誉领事",他们的家则被称作旅英华人的联络站。小滢对祖国的一片热诚,使我国驻英使馆的工作人员也深深感动。足足两年的时间,使馆的人员曾主动天天为凌叔华送去可口的饭菜。

凌叔华腰部扭伤后,表示"想回国,只是不知该怎样回去,太晚啦"。也是一位好友和全体使馆人员积极设法协助秦乃瑞把岳母护送来的。

凌叔华在天津读师范女中时，曾与邓颖超是同窗，在燕京大学，又与冰心同学。二十年代，大学还没毕业，她就开始了小说创作。她在一些作品中反映了旧家庭中婉顺女子的苦闷，揭露了封建礼教对人的残害，个别作品(如《杨妈》)对下层妇女表示了同情。她擅长描绘旧北京的人情风貌，几乎每篇都是浓淡相间、色彩鲜明的风俗画。五十年代，她又在新加坡南洋大学和加拿大教中国近、现代文学，孜孜不倦地从事中外文化的交流工作。(目前在国立新加坡大学担任图书馆主任的余秀斌，当年就是凌叔华在南洋大学教过的学生，她闻噩耗，已专程飞到北京，等待参加六月六日举行的遗体告别仪式。)她还先后在伦敦、牛津和爱丁堡这三座大学开设中国文学与书画的专题讲座，介绍中国悠久灿烂的艺术、文物和园林。一九六二年至一九八三年间，她把自己画的水墨山水花鸟，连同自己所收藏的明清名画，在法、英、美和新加坡等国举办个人画展和藏画展览，颇有影响。一九六〇年以还，她每次回国都流露出对祖国锦绣山河与传统文化的无限眷恋与挚爱。

一九七〇年客死在异土的陈源的骨灰，现在也已运回国，将与凌叔华的骨灰一并合葬于陈源的故里——无锡。小滢为儿子取名"思源"，就包含着双层意义：一则要他记住外祖父陈源，二则是饮水思源，要他念念不忘自己的中国血统。

由一帧照片想起的

我最早的记忆是一九三一年"九一八事变"后,二姐给我看的一张照片。那是一本杂志的封底,有几个人被埋在土里,只露出个脑袋。二姐说,那是东三省的爱国学生,被日本侵略者活埋的,不出一天就会死掉。她翻开地图给我看,告诉我中国的地形像一片桑叶,如今被吃去了一大块。

一九三三年九月,我进入了孔德学校一年级学习。它是北京市二十七中的前身。校园很大,分幼儿园、小学部、初中部和高中部,每月出一本《孔德校刊》,刊载优秀的作文和图画,培养了不少人才。

一九三四年七月,全家人去了日本。父亲自一九一六年起,即在中国驻日使馆任外交官。这一年,最小的弟弟也两岁了,他才决定把子女接到东京去受教育。只有早婚的二姐已去上海,没有跟去。

大姐、三姐进圣心女学校去读英文、法文。父亲请幼儿园的海章子老师给我们四个小的补习日文。半年后,我们分别进了麻布小学和附属幼儿园,另外又请一位开私塾的今野老师每晚来辅导两小时。他懂得儿童心理,说要是我们能自己把学校留的家庭作业做好,不用他操心,他就可以把时间用在讲故事上。为了听故事,我们总在他来到之前兢兢业业把功课做好,他只消花几分钟过一下目就成了。他讲的娓娓动听,使我们从小受到了文学熏陶。在那间小客厅里,我们过了多少个神奇、美妙的夜晚啊!我们沉浸在日本民间传说、格林和安徒生的童话,以及为日本儿童改编的通俗易懂的世界名著里。其中包括雨果的《悲惨世界》、莎士比亚的戏剧、荷马的两大史诗,还有《天方夜谭》等等。

当时家里有位叫花子的日本帮工,是从农村来的姑娘,高小毕业后,进城来挣几个钱。白天,我们姐弟四人总跟在她身边转,很快就能听能讲了。有一次,花子为我们买了一副扑克牌。几个孩子玩得开心极了,晚上十一点多钟还不肯去睡觉。父亲散了宴会回家后,看到我们这副情景,皱起眉头说,扑克是变相的赌博,吩咐花子第二天就把那副纸牌退掉,换来一副伊吕波纸牌。这副纸牌由四十八张组成,分别印上配有彩色图的谚语。在玩牌过程中,我们把四十八句谚语全背熟了。

父亲曾语重心长地对我说:"要是你刻苦用功,将来在一本书上印上自己的名字,该有多好。我一辈子最大的遗憾就是连一本著作也没出版过。"我感到在众多的子女中,他把希望寄托在我身上。(父亲逝世数年后,我从老翻译家钱稻孙口中得悉,他的叔叔钱玄同生前,我父亲常到受壁胡同去看望他。钱玄同不止一次地对钱稻孙夸过父亲的文笔好。我想,那指的大概是父亲的职业文字。作为外交官,他曾给外交部写过大批分析时局的报告,忧国之情跃然纸上。这些,他全都留了底,妥为保存。说不定作为朋友,他也给钱玄同看过。)

一九三六年七月,我们举家回国。我继续就读于坐落在北京东单的日本小学。转年七月,北京沦陷,生活愈加艰苦了。为了节省车钱,我每天上学都走路,来回要用两小时。一九四〇年三月小学毕业,四月进入东单三条的圣心学校,攻读英、法文。我知道家里供我念这个学费比一般学校贵一倍的外国学校,多么不容易,所以,我发奋学习,经常跳级。一九四一年十二月,我以第一名的成绩念完四年级,即将升入五年级了。但因经济拮据,只好辍学。我本来计划再用三年时间,把这个十年一贯制学校上完,所以受到极大打击,但我只能勇敢地面对现实。因在大学读书的三姐病倒了,我就在家里照顾她,同时还定下了自学计划。我读了《红楼梦》、《三国演义》、《水浒传》、《西游记》,并背会了白居易的《长恨歌》、《琵琶行》等长诗,从此爱上了中国古典文学。一九四二年九月,我到辅仁大学附属中学女校初三当旁听生,转年考入高中。

初三那年,教国文的张先生给了我很大影响。她鼓励我们读鲁迅、巴金的作品,并用火一般的语言激发我们的民族主义情绪。她的丈夫刘先生教高中部。我听四姐说,日本宪兵怀疑他是共产党,曾屡次抓他上老虎凳,灌辣椒水和肥皂水。在张先生的启发下,我写了两篇作文。第一篇是自传。我写道,我在日本小学念三年级时,姐姐上五年级,六年级有个姓钱的女生,因成绩好,举行毕业典礼时,代表毕业生致词。我和姐姐也年年获得优等生奖状。当时,全校二百多名日本孩子中,只有我们三个中国学生,却个个替中华民族争了光。上圣心后,又和英、美各国的孩子一道念英文。那些金发碧眼的孩子,用的是母语,我在那里念了将近两年书,每月评奖,上台领奖章的总是我。中国有灿烂的传统文化,我相信,迟早有一天会在世界上显示自己的力量。张先生用刚劲的墨笔字,为我写了整整一页的批语,最后一句是:"努力吧,前途是不可限量的。"另一篇是《自由与压迫》。我写了个寓言体故事,把自由比作受侵略的中国,把压迫比作侵略者日本,表示了中国必胜,日本必败的信心。张先生叫全班同学传阅了这篇作文,然后嘱我把它烧掉,免得留下后患。教历史地理的郭先生是清华大学毕业的。她撇开伪教育局制定的课本,用自己编的教材给我们上课。我明白了整个中国近代史是由一系列不平等条约构成的,而我们的锦绣山河又怎样惨遭践踏。她告诉我们,报纸要从反面读。倘若同一个地区被敌军占领了两次,就证明我们的军队一度把敌军击退。有个从唐山来的住校生说,她的家乡每天晚上都有八路军在活动。北京也发生过骑马的日本兵被击毙的事件。我不再留恋圣心了,因为在那里,我只能学到外语,在这里,我却受到了爱国主义教育。假如我有机会与这两位恩师重逢,我会告诉她们,当年我受益于她们太深了,她们的教诲像火炬一般照亮了我的心。

一九四五年八月,日本投降了。高三那一年,几乎每天都有新鲜事物。一九四六年,清华、北大、南开联合招生,全班同学都报考了。听说是三万多名中取一千名。当我在榜上发现自己的名字时,就想起了"有志者事竟成"这句格言。

多年来,二姐的音容笑貌不断浮现在我眼前。杨晦先生生前,我登门拜访过他三次,了解到二姐的一些情况,原来她当年与杨晦结婚,跟他一道去上海,是为了追求革命。可惜她生下一个女儿后,没几天就病死在医院里。杨晦拖着个吃奶的娃娃,终究没能去延安,抗战爆发后去了西南联大。可以告慰于二姐的是,她的女儿杨江城很早就入了党,总算继承了她的遗志。小时,我和四姐格外恋慕她,她上学去了,就若有所失。四姐五岁,我三岁半时,我们商量到学校去找她。我们从堂屋桌上够下一包大铜子儿,把还不会说话的小弟弟也抱上,人力车夫居然把我们拉到了东华门的孔德学校。学生正像潮水似的往外涌,二姐本来已出了校门,临时回来取东西,才发现了我们。那次,可把母亲急坏了。

一九八五年六月,我来到阔别半个世纪的日本。这是一趟"回到童年的旅行"——我重访了一九三五年全家人避过暑的逗子海岸,在麻布十番徜徉,并于一九八六年五月十日参加了麻布小学成立一百一十周年纪念大会。我还找到了海卓子老师,她于四十年前自己开办了一座白金幼儿园,七十七岁高龄仍担任园长。我们的旧照相簿已在十年浩劫中烧毁，而她，竟然保存了一张我们半个世纪前在东京的全家福。九岁上拍的这张照片，勾起了我对往事的回忆。我小时的理想总算实现了，不止一本书上印上了自己的名字。但我不能把它看作我个人的成绩。因为假若中国依然像新中国成立前那样穷困，民不聊生，我翻译的东西根本就不会有出路。现在国家强盛了，出版事业欣欣向荣，书才能源源不断地出下去。

半个世纪前，我们明明是外交官员的家属，附近的日本顽童却聚在我们的窗户底下喊："支那人！"自一八九五年中日甲午战争后，日本军国主义者就认为中国可欺，为了培养将来的炮灰，他们向天真的儿童灌输轻蔑中国人的思想，日本军队在全面侵华战争中干的暴行，是经过几十年的舆论准备的。

重返日本，最深切的感受是，新中国成立后我国政府对日本采取的政策颇得人心。我们没有向日本索取赔款，把一小撮军国主义者做的事和受蒙蔽的一般人分开。对这两点，日本人是感谢和钦佩的。我发现，日本人民确实衷心希望两国人民长期友好下去。

一年来，每逢在日本报纸上看到中华健儿在科学、音乐、体育等各条战线上做出的成绩，真是不由得感到高兴。我们每个人要是都能以国家利益为重，把自己的本职工作做好，就能尽快地实现国家的繁荣富强，人民的富裕幸福，让中国在促进人类的持久和平上起到应有的作用。

我和萧乾的文学姻缘

一九三五至一九三六年间,我大姐文馥若(又名文桂新)以修微的笔名写了三篇小说和随笔,从东京寄给《国闻周报》。不但都发表了,还收到编辑写来的热情洋溢的鼓励信,这件事无疑对我也产生了很大影响。

后来听姐姐说,《大公报·文艺》是年轻的作家兼记者萧乾主持的,《国闻周报》文艺栏也由他兼管,说不定那封信也是他写的。念高中时,又读萧乾的长篇小说《梦之谷》,留下了深刻的印象。

再一次听到萧乾的名字是一九五三年初,我已经由清华外文系毕业,在出版社工作两年半了。一天,编辑部主任突然跑进我们的办公室来说:"萧乾调到文学出版社来了,但他正在修改一部电影剧本,暂时不来上班。如果有什么稿子想请他加工,可以通过秘书送到他家里。"

因译作与萧乾结缘

我提请萧乾加工苏联小说《百万富翁》的中译文。此书当时社会上已有了三个译本,这是第四个了。译文生硬,在校对过程中,不断发现不通顺的句子,校样改到第五次还不能付梓。虽不是我发的稿,我却主动承担了在校样上逐字校订的任务。

五十年代初,很多苏联作品都是像这样根据英译本转译的。改完后,仍不满意,因为原来是直译的,佶屈聱牙,尽管下了不少功夫，我只做到了使译文"信达"，以我那时的文字功底，"雅"就做不到了。

十天后，校样改回来了，我琢磨了许久都未能改好的句子，经萧乾校订后，做到了融会贯通，甩掉了翻译腔，颇像创作了。这么一来，这最后一个译本，才真正做到了后来居上，超过了前三个译本。

按照制度，校样得退给校对科，我便把原文和原译文以及萧乾的改动都抄下来，研究该怎样校订和润色稿件。后来听说萧乾终于上班了，就在我们的楼下办公。

一天，我捧着蒋天佐译的美国作家杰克·伦敦的《荒野的呼唤》并带上原书，去向萧乾请教一个句子。那是再版书，译者不肯照我的意思改。我不认识萧乾，所以是请和他同一个办公室的郭姓归侨介绍的。

萧乾的答复是，这个句子原意含糊，我提出的修改意见有道理，假若是我自己翻译，完全可以这么翻。但译者愿意那么译，也不能说他译错了。这不是黑白错，属于可改可不改的问题，既然是别人译的，以不改为宜。

在认识萧乾以前，我常常以自己十九岁时能考上竞争性很强的清华大学，在校期间成绩名列前茅，走上工作岗位后，对编辑工作也能胜任愉快而沾沾自喜。但我了解到他的生涯后，常常以他在我这个年龄已做出多少成绩来鞭策自己。

编辑工作的质量和数量，很大程度上要靠本人的自觉。一个织布女工在机器前偷懒，马上会出废品，一个编辑加工稿件时马虎一点儿，毛病就不容易看出来。

阵地式译法

倘若说，和萧乾结婚以前，我已经以工作认真努力获得好评的话,在他的影响下,文字也逐渐变得洒脱一些了,好几位有名望的译者都对我加工过的稿子表示满意。

萧乾说,倘若他有心搞翻译,一九四九年至一九五四年之间,有的是机会,但白天累了一天,晚上想听听音乐,休息休息,不愿意再熬夜搞翻译了。

我们结婚后,他在我的带动下接连译了三本书:《莎士比亚戏剧故事集》《大伟人江奈生·魏尔德传》和《好兵帅克》。

《莎士比亚戏剧故事集》印了八十万部,一九八〇年还由商务印书馆出版了英汉对照本,其他两本也都曾再版。不少人称赞《好兵帅克》的译笔,说文字幽默俏皮,表达了原著的风韵。

萧乾告诉我,自己是游击式的,就是说,并不抱住一位作家的作品译。但他更尊重阵地式的译法,比如译契诃夫的汝龙和译巴尔扎克的傅雷。这么搞翻译,对作者理解更深,译时也能更贴近原作。

反对死译和硬译

他反对死译或硬译,认为译文学作品,首先要抓住原作的精神。如果原文是悲怆的,译出后引不出同样感情,再忠实也是不忠实。

一九五七年七月他开始受批判,直到一九七九年二月他的右派问题得到改正,这漫长的二十二年,对国家和个人来说,都是困难重重,谈不上什么成绩。一九五八年四月他到唐山柏各庄农场劳动去了,前途渺茫,但幸而我还能继续留在出版社工作,尽管多次搬家,总比流浪到外地要强多了。

萧乾的最大志愿还是搞创作,没有条件从事创作时才搞翻译。一九六一年春天,我听到一个可靠消息,说要把他从农场调回来翻译菲尔丁的《弃儿汤姆·琼斯的历史》,便作为一条特大喜讯,写信告诉他。他的反应之冷淡,使我大吃一惊。他在回信中写道:"我对翻译这部小说,兴趣不大。"

他是最早调回来的一个,后来从其他人的工作安排中,他才知道能够搞翻译,算是最可羡慕的了。

严守文学工作

一九八〇年在香港回顾这段生活时,他是这么说的:"我从一九五七年被打成'右派'以后……以为自己从此不能再搞文艺了……没想到还会有今天!当时要不靠那点外文,也许早就卖酱油去了。真的啊,一九五七年以后,重新分配工作时,不少人改了行。我始终没离开文学工作,只是从创作退到翻译,靠的还是懂得点儿蝌蚪文吧!"

一九六六年以前,向我约稿的还真不少,萧乾常劝我少揽一些。我说我是"有求必应",练练笔也是好的。熟能生巧,五十年代初期我译《日本劳动者》时,曾五易其稿;十年后,萧乾在农场期间,我为《世界文学》杂志突击翻译的《心河》(宫本百合子著)、《架着双拐的人》(远藤周作著),都是一遍定稿,连底稿都未来得及打。

最有成果的时期

当然,萧乾回到北京后,我又产生了依赖心理,总想请他润色一遍再送出去。他也常说:"我这辈子就准备给你当 ghost 了。"指的就是做些默默无闻的工作。

一九七九年二月,情况变了。对我们二人来说,这段岁月是最有成果的时期。尽管这期间我们各出了七次国(六次是一起去的,另外,他单独去了一次美国,我单独去了一次日本),他还动了大大小小五次手术,他却把旧作全部整理出来,由几家出版社分别出版。另外新写了几十万字,大部分是由我誊清的。

其实,外面不难找到抄稿者,费用也不高,但是如果让别人抄,就得注意把字写得工整,免得人家认不得。这样,思维就受到限制,效率也会降低。不论他写得多么潦草,我都能辨认,而且总能找出一些问题,他说我有看家本领。

他常念叨要跑好人生这最后一圈,我也感到惊讶,想不到他还真有后劲。在美国的小儿子多次劝他把自己看作一个提鸟笼逛公园的老人,做工作是饶的,不做工作是应该的。但我不能想象一个头脑完全静止下来的萧乾。他固然也去公园散步,打打太极拳,那都是为了更好地写作。

近几年我才译了几部真正有艺术价值的日本作品,如泉镜花《高野圣僧》,幸田露伴的《五重塔》等,但不再给他看了。我写的随笔、评论、序言等,则仍请他寓目。

三十几年来,我不断地向他学习写作方法。我没当过记者,但我知道他最反感那些对他一无所知的采访者。

一九八五年六月至一九八六年六月,我只身重返日本东京,研究日本文学。

夫妻合作无间

一次,香港《文艺》杂志约我写一篇远藤周作访问记。我事先把几家图书馆所藏的二十几本远藤的作品全看了,想好了问题,按照电话里约定的那样只采访了一小时,便写出一篇三千字的访问记《早春东瀛访远藤》,编辑部一字未改地予以发表了。

我们二人最喜欢用的字是"team work"(合作),每逢我们一方有了紧急任务,就共同协助完成它。老三桐儿还没正式学英文就听懂了这个字。他小时看见我成天伏案工作,就说:"我长大了,当什么也不当编辑,太苦啦!"他确实没有当编辑,然而如今在美国费城,还是经常作画到深夜。

我有时想,倘若孩子不是生长在这么个环境下,而耳濡目染的是赌博、吸毒,他会成长为一个什么样的人呢?我有时两三点钟才睡,萧乾则习惯早睡早起,我几乎刚躺下,他已起床到书房去写作了。

萧乾逸事

二战时期的萧乾

萧乾逝世后,他的老友陆铿从美国寄来了《不带地图的旅人,安息》一文,我把它收在《微笑着离去:忆萧乾》里。其中有两段披露了当时中国记者在西欧战场活动的情况:

> 第二次世界大战,盟军在诺曼底开辟第二战场!萧乾当时是第一个也是唯一的中国记者。盟军在诺曼底登陆后,中国又陆续派了七个驻欧中国记者。任玲逊和徐兆墉因为要驻守中央社伦敦办事处和巴黎办事处,所以在前线活动的只有萧乾、余捷元、乐恕人、毛树清、丁垂远和我。
>
> 纽伦堡大审纳粹战犯时,萧乾和我几乎是同时到达,故人异国相逢,兴奋可以想见。本来在随艾森豪威尔进军柏林时,我们就应碰头的。只是我被分在南路,由美军机护送,萧乾分在北路,由英军机护送,因而未能相逢。
>
> 抗战胜利,紧接着内战,幸而我们没有在内战战场上相遇。直到一九五七年,萧乾在北京被划为右派,我在昆明被划为右派。

陆铿把萧乾看作是他"记者生涯的启蒙者"。他写道:"我和萧乾结识,还在一九三九年春。当时,又是作家、又是记者的萧乾,沿着滇缅公路采访到了我的家乡云南保山。其时,我正在保山县立中学任教,并组成了'保山县抗日救亡宣传团',萧乾希望了解一下祖国边疆对日本侵略中国的反应,县里的人就建议他访问县中。到了县中,学校让我出面接谈,一见如故。他朴实的态度和诚挚的语言感染了我,第一印象是记者可爱。我因一九三八年为缅甸《仰光日报》写过保山农民为修滇缅公路流血流汗的通讯,与萧乾接触后更增加了做记者的冲动,从此就担任了《仰光日报》的通讯记者。回溯往事,萧乾的言行在我身上收到了潜移默化之功,我之所以选择记者为终身职业和事业,不能忘记萧乾的启蒙。"

改革开放后,陆铿赴美定居。至于陆的文章中所提到的余、乐、毛、丁这四位在西欧战场活动过的中国记者,早在四十年代末就离开了大陆。所以,萧乾就成了采访过西欧战场的中国记者中唯一在神州大地落叶归根的。

萧乾与恩尼派尔

一九九三年十月八日,台北的资深翻译家黄文范先生光临舍下,将他所译的《恩尼派尔全集》(共五卷)赠送给萧乾。恩尼派尔生于一九〇〇年,比萧乾大十岁,曾作为美国战地记者在欧洲战场上采访。但他没等到德国投降,就到太平洋战场去,日本投降两个月前,于一九四五年六月十八日在琉球的伊江岛英勇捐躯。黄文范在《访萧乾》(见《微笑着离去:忆萧乾》)一文中写道:

在我们抗战那一代的心目中,在《大公报》上连续发表萧先生随着美军柏奇将军的第七军团,在欧陆战场上飙举霆击,长驱直入,作出一系列欧洲战场的写实报道,也像恩尼派尔一般,永远铭记在国人的心里。

黄文范还寄来了《恩尼派尔与萧乾》一文,我把它也收在《微笑着离去:忆萧乾》里。黄文范写道:

> 我认为第二次世界大战时期驰名的记者,美国的恩尼派尔与中国的萧乾,有许许多多相同之处,一时瑜亮,可以相提并论。……他们是同一个时代的人,……他们所受教育的时代,使他们具有相近似的世界观与采访着眼点。……他们都在欧洲战区,随了盟军登陆欧洲,尽管他们随军攻击的轴线成九十度,互不交集。恩尼派尔在美军巴顿将军的第三军团,从诺曼底登陆向东挺进;而萧乾则随了柏奇将军的第七军团,自法国南部登陆向北挺进。他们两人互不相识,但他们发出的战地报道脍炙人口,在东方与西方备受欢迎。
>
> 由于他们所追随的军团不同,遭遇也不一致。萧乾文中谈及随军前进,以少校军阶,既吃苦任劳,也吃香喝辣,受到优渥待遇。而恩尼派尔在军纪严厉的巴顿将军麾下,为了忘戴钢盔,一次罚二十五美元,竟遭宪兵罚掉好几百美元(六十年前的美元)!所以他恼火之至,所有报道中,从不写巴顿半个字……
>
> 普通人都以为,新闻报道只有一天的风光,翌日便会抛进历史的故纸堆里。但历史上,却有许许多多精彩的新闻报道,由于观察敏锐,文笔生动,具有文学杰作的生命力,而流传下来。以神来之笔持之以恒,作长期多篇的持续报道,并不因为时过境迁,而能在半世纪以后,还为人所津津乐道,从而结集出书,久销不衰的记者,放眼当世,就只有恩尼派尔与萧乾两

人了。

一九九五年五月,北京三联书店出版了萧乾所著《一个中国记者看二战》,次年二月第二次印刷。其中收集了萧乾于二战期间所写的"现场报道"二十一篇,以及半个世纪后补写的八篇"回顾与反思"(《一个中国记者对二次欧战的观感》等)。

今年二月间,德国一家出版社前来洽译此书,说明萧乾当年所写的这些新闻报道经得起时间的考验。用黄文范的话来说,萧乾的"报道之所以历久弥新,是由于具备文学的气质,朴实感人,内容丝毫不见沉闷,完完全全是一流的散文……是当时名记者的精心杰作,可以传诵不朽"。

正因为如此,进入二十一世纪后,德国人认为仍有借鉴价值。

萧乾与英语教学

"文化大革命"期间,高考取消了,然而也不能废掉大学,工农兵学员就应运而生。就是从工人农民解放军当中选拔政治表现突出的青年,送到各大学里去培养,学制为三年。七十年代中叶,我曾陪萧乾到宽街的一座四合院去看望赵萝蕤先生。北京大学的这位一级教授告诉我们,她正奉命培养分到北大的一批工农兵学员。这些从农村来的青年,从未接触过英语,要从字母教起。她摊开双手,无奈地说:"这不是赶着鸭子上架嘛!杀鸡焉用牛刀!"

赵先生是一九四八年底在美国芝加哥大学取得博士学位后回到刚刚解放的北平的。她在燕京大学任西语系主任,兼任清华大学客座教授。一九四九年三月为清华外国语文学系四年级学生开了一门"文学研究方法"。我当时念三年级,也选了这门课,深为她那口流利悦耳的英语以及新颖的教学方法所倾倒。一九五四年与萧乾结婚后,才知道她和先生陈梦家(古文字学家、考古学家、诗人)双双是萧乾三十年代以来的好友。对赵先生来说,在清华为毕业班开课,比教人英文字母要容易一些,因为她从未教过初级英语。

当时,萧乾的处境比赵先生困难得多。赵先生的丈夫陈梦家于一九五七年被错划为右派,于一九六六年被迫害致死。但她本人什么问题也没有。萧乾呢,自一九五七年起,"右派帽子"犹如一把达摩克利斯剑,一直悬在他的头上。这顶帽子,分明在一九六四年已摘了,然而"文革"以来,他才晓得自己只不过成了"摘帽右派",其重千钧的帽子仍在上空晃着。由于这顶帽子,原单位拒绝接受他。一九七五年,出版口把各出版社像他这号人组织起来,并派了十几个刚刚毕业的工农兵学员与他们共事。他完全不知道该如何对待这些政治条件比他优越得多的年轻同事。

萧乾本人于一九三〇年考入辅仁大学英文系后,就成了系主任雷德曼的助理,帮同班同学改卷子(见《未带地图的旅人》第五七页,中国文联出版公司)。他还翻译了郭沫若的《王昭君》、田汉的《湖上的悲剧》和熊佛西的《艺术家》,发表在英文校刊《辅仁学报》上。然而,五十年代萧乾在译文杂志社做编委兼编辑部副主任期间,曾因把本社编辑凌山女士的一篇译稿改得过了头,引起她的丈夫、翻译界泰斗董秋斯先生的不满,最后以萧乾离开译文社告终。一九四八年他已因"称公称老"四个字,开罪了文艺界泰斗郭沫若,现在又开罪了翻译界泰斗,真是四面楚歌。从此,除非是知根知底者,他再也不敢放手改旁人的译稿了。

我们的女儿荔子在干校劳动了两年,毕业于"五七"战士办的向阳初中,后就回京当上一名无轨电车售票员。她从未跟爸爸学过英文,完全是自学的。萧乾曾把女儿的译文拿给一位工农兵学员看,言外之意是:一个没上过高中大学的人凭着自学可以译到这个程度。你是个大学毕业生,不能指靠旁人给你改译稿来取得进步。人贵自立。对照着原文多琢磨一下好的译文,勤学苦练,水到渠成,译文水平自然就会提高。

在编译组,萧乾除了自己翻译,也和人民出版社的邓蜀生、于干等同志从事最后定稿的工作。与他共事的这些小青年,如果有心学,完全可以去瞧瞧老同志怎样校改旁人的稿子,从中受益。大可不必让老同志深入浅出地为他们讲解英文。因此,当工农兵学员向他请教难译的句子时,他就把它译出来,听任他们自己去琢磨。对方是在名牌大学(一部分人来自上海复旦大学,四十年代萧乾曾在那里任教)读过三年本科的毕业生,应该有能力自己去分析。不必像对待中学生那样,掰开揉碎地为他们讲解。

萧乾认为,这样做是对工农兵学员的尊重。

一九七五年,萧乾已因右派受了十八年的践踏与歧视。在公共场合,他不得不步步设防,免得更大的灾难落到他与家人头上。然而,一旦回到北小街门楼胡同那间门洞改成的八米斗室,他就恢复了本色。这是他的堡垒,在这里,他可以自由地呼吸——尽管从门前那个尿池子里一股股地飘来恶臭,他只好常年点香。

在这间斗室,自一九七三年七月到一九七八年六月搬到天坛南里,他足足教了六年英语。这十几个学生程度不一,全都是没有学历的,他们对老师很满意,认为受益匪浅。有的后来考上了北京大学,有的出国深造去了。因为屋子太小,每次只教一个人。他还替黄钢、谭家昆伉俪的儿子认真仔细地校订过五万字的科幻小说翻译习作。这些学生,既有朋友的儿女,又有熟人介绍来的。反正都是信得过的,不会抓住他的一两句话,就给他打小报告,上纲上线批判他。

改革开放后,一九九三年至一九九六年,萧乾把着手教过两个小保姆英语。一个叫张鹏,在石家庄郊外的农村只念过小学,是从二十六个字母教起的。学了两年多,每逢外宾来访,还能跟人家扯上几句。有一次我们晚间去参加外事活动,估计会有洋人打电话来,萧乾就在纸上用英文写好该怎样回答,对方居然听懂了她的话。她在我们家天天刻苦学习,以初中毕业的同等学力入了我们这座居民楼对面的小学办的业余高中,后来拿到了高中毕业文凭。另一个是山西姑娘和霞,到我们家来时只有十六岁,没考上高中,父母送她到萧乾身边来半工半读。萧乾每天教她半个小时,他身体欠佳时,由我来代课。今年三月上旬她陪着出差的父亲赴京,来到我家,在萧乾的遗像前,与我合影。小霞的介绍人是萧乾的挚友翁独健的长女翁如璧家的牛阿姨。她和小霞是同乡。费显华、翁如璧伉俪为我们请了一桌饭。席间,和霞的父亲和我碰杯,感谢萧乾和我当年对他女儿的培养。原来小霞在我们家期间,耳濡目染,不但学了英语,文化水平也提高了。回家乡后边工作边坚持自学,取得了大专文凭,并成了所在部门的主任。斯人已去,风范长存。萧乾在最后住院前的那段岁月中,亲切教诲小霞,对她的前途起了深远的影响。

萧乾与人突击合译《拿破仑论》

《文汇报》(二〇〇一年三月十日)"新书摘"《毛泽东与作家们》(摘自《毛泽东与中国文学》,孙琴安著,重庆出版社二〇〇〇年六月版)在"萧乾的通讯成了范本"一栏中写道:

> 萧乾是中国现代著名作家和翻译家。写过很多小说和散文,但毛泽东注意到的,却是他写的长篇通讯。

开国大典以后,萧乾非常热情地工作,为新社会服务,并积极参加土地改革,一头扎进湖南农村,写出长篇通讯《在土地改革中学习》,发表在一九五一年三月一日《人民日报》上。第二天,毛泽东看了这篇文章,十分重视,马上写信给胡乔木。信云:

乔木同志:

三月一日《人民日报》载萧乾《在土地改革中学习》一文,写得很好,请为广播,发各地登载,并可出单行本,或和李俊新所写文章一起出一本。请叫新华社组织这类文章,各土改区每省有一篇或几篇。

不数日,萧乾的名字就随着报纸、广播,传遍全国。然而,尽管如此,萧乾在一九五七年仍被打成右派,发配到劳改农场去劳动。"文化大革命"中还被批斗游街,乃至自杀未遂。

可巧的是,毛泽东晚年想读一本《拿破仑论》的书。此书无中文本,需从英文翻译。译笔必须流利而又要忠实于原著,这就需要一个精通中英文字的人来进行。有关部门经过反复研究,觉得萧乾是个具备条件而又十分合适的人选。于是特地把他从劳动改造的队伍中抽调到北京,专为毛泽东译书。所以,毛泽东晚年所读的《拿破仑论》这本书,实出自萧乾的译笔。

最后一段,与事实略有出入。

萧乾于一九五八年四月被送到柏各庄农场去从事"监督劳动"(比劳改略胜一筹)。一九六一年六月,调到人民文学出版社。一九六九年随出版社"一锅端"到咸宁"五七"干校。一九七三年一月,他请假回京治病。由于七月间我被调回出版社,他就没有再回干校。出版社一方面拒绝接受他,一方面又给他翻译任务,同时叮咛我:"但萧乾不可以此为借口,赖着不回干校。"实际上,这项翻译任务成了他的救命稻草。(干校的最后一年,他患了冠心病,倘非有我日夜照顾,他早就葬身于向阳湖畔了。)

萧乾在《未带地图的旅人》第三四四页上这样写道:

洁若调回出版社后,我也有事干了。单位分配我与人合译沃克的《战争风云》。干校方面还不断写信来,催我回去劳动。我回了一封长信,居然奏了效。转年,干校解散了,我和其他一些外文干部被编入翻译组——由于这样或那样的原因,我们都未能调回原单位。选题是由各个出版社提供的,以西方军事政治文献为主。我们译过《美国海军史》、《肯尼迪在白宫一千天》、《麦克米伦回忆录》、《第二次世界大战史》、《光荣与梦想》等。一次,毛主席传令要看《拿破仑论》,我们是在几天之内日夜赶译出来的。

关于《拿破仑论》,我在《我与萧乾》一书中写得更详细一些:

萧乾在翻译组先后与人合译了《拿破仑论》等有关国际政治的译稿多种。

《拿破仑论》是毛泽东主席急着要看,几个人夜以继日地抢译的,三天译竣,不出一周就出版了。那时出版工作几乎全停了,动用出版社、印刷厂和装订厂的多少人力物力,不计成本地去翻译出版供伟大领袖一个人看的"大字本",这种速度也并不是什么奇迹。(《我与萧乾》第一六二页,广西教育出版社一九九四年一月第二次印刷)

萧乾和我都从未写过他是"二战期间采访西欧战场的唯一的中国记者",这种说法却流传开了。萧乾和我都在书中写过《拿破仑论》是他与旁人"合译的",现在却被说成是"《拿破仑论》这本书,实出自萧乾的译笔",这样就把别人的劳动抹杀了。谨在此予以匡正。

萧乾对青年人的告诫

萧乾认为,在一定的时候,保持沉默也是保护自己的手段。"文革"期间,中学生分成四三派和四四派。前者反对唯血统论,后者则主张老子要是英雄,儿子必是好汉;老子要是反动,儿子必是混蛋的唯血统论。他认识的一个青年在小报上写了一篇驳斥唯血统论的文章,占一整版。他看后谆谆告诫那个青年,不可陷得太深,为了保护自己,以保持沉默为宜。后来我们才知道,竟有像遇罗克那样因坚持反对唯血统论而牺牲性命的事。

我们周围也出现了像张志新那样的刚烈女子。她是戏编室的编辑赵光远的年轻妻子,是自然博物馆的讲解员。她写了一张替刘少奇辩护的大字报塞进抽屉里,被人揭发,结果锒铛入狱。赵受了刺激,跳楼自杀。不久,妻子被枪决。

十年"文革",我们关闭了思想的闸门,也教会孩子们谨言慎行。留得青山在,不怕没柴烧!

近距离的观察

今年六月中旬我刚从东京飞回来,还在机场上萧乾就说,《花城文库》要收他一本选集。四川的四卷选集是他自己编的。这回他要我来试试看,说这样也许可以更客观些。

由于八月又得陪他出访,我只好放下计划中旁的工作,努力在动身之前完成这项任务。两个月来,我把他已印行的和正在排印中的文章,大致又浏览了一遍,选出这三十六篇。这里谨向读者做些说明。

小说:就题材而论,我知道萧乾的短篇小说中最具特色的是反宗教的那几篇。"五四"以来,确实很少人写过。另外,多次得到选家青睐的《栗子》也许是最早写"一二·九运动"的小说。然而我自己更喜欢的还是他早期的那几篇。从《篱下》和《矮檐》(以及这里未选入的《落日》)孤儿寡母过的寄人篱下的日子中,最能看到他童年的影子。小说中的环哥和乐子兴许就是他的自我写照。那个手脚闲不住的淘气鬼以及母子俩的处境——特别是寡母的心境,都是寥寥几笔就勾勒得那么逼真。在顽皮表层下,蕴藏着那么深切感人的悲怆凄楚。

不知怎的,我对《俘虏》有种偏爱,我觉得这是他的小说中诗意最为浓郁的一篇。它用感染力很强烈的文字,把读者整个带进了孩子们的欢乐世界。这里,我闻到了草坪的清香,瞥见了萤火虫的飞动,分享了童心的喜怒哀乐。作者自幼喜欢花花草草和小动物

(如今住在套房里还养着几只乌龟），然而他很少写到活物——《俘虏》是个例外。看他是用怎样抒情的笔，描写咪咪（猫）半夜回到荔子身边的：

> 平常，更锣擦着街门敲过去时，咪咪便由那特别为它细长身躯开的小窟窿中轻盈地钻了进来。两颗闪烁的眸子，灯笼似地往四下照。然后，通身披了秋月下的露珠，用它那在屋脊上散步那么轻悄悄的步子，蹒跚地走近荔子枕畔，用那敏锐的鼻子嗅嗅她的脸，或舐舐小主人的指头，像是说：枣树我爬倦了，在屋脊上和同伴也打够了架，月亮美得很呢，草地可给露水淹湿了。所以我回来了。就踮着绵软的脚尖儿，溜着床腿，钻进它那小草窝里，噜噜噜地睡去了。
>
> ——《俘虏》

这么细腻而充满温情的描写，只能出自一个爱猫者之手。全篇还有一个特点，就是人、蝙蝠、萤火虫以及天空的星星，浑然融为一体。因此，读时迷离扑朔，像是做了一场仲夏夜之梦。小说是以七月放莲花灯为主线，描写了旧时北京孩子们玩的游戏，唱的儿歌，以及有关猫拜月的传说，都带有浓郁的民俗学色彩。对北京城的这种深厚感情，还再现于八十年代他所写的《北京城杂忆》。

全篇最使我动心的，是荔子丢失咪咪后，夜晚出来喊猫的那段，那也是故事的转折点。从那以后，铁柱儿就不再捉弄荔子了。

《俘虏》大概就是这么点的题。据他自己说，这篇带有寓言意味，象征着他"那时对两性关系心中正有着一种古怪的质疑"。（见《给自己的信》，《萧乾选集》第三卷第二七三页）

二十年代，作者正处于社会的底层。《雨夕》和《印子车的命运》中都埋藏着他的愤懑不平。萧乾多次告诉我,童年时期经常"吃片儿汤"——就是老师用板子打他的手心。《邓山东》表现了他对学校体罚的强烈反感。

散文:一九八〇年以来,以《美国点滴》为开端,萧乾先后为《人民日报》及《北京晚报》写过几批系列短文。他自己一生编过七年报纸副刊,最懂得报纸的需要:短小精悍。他是完全按照报纸的规格要求写的。在各自的总题目下,每篇都是独立的短文。形式之外,在内容上这几篇也有一个共同特点:或借古喻今(《北京城杂忆》),或借外喻中。无论写美国还是欧洲,他都是为了国内的借鉴。这基本上也是四十年代他在国外写的那些通讯的特征。

通讯特写:这次我选了从未收过集子的四篇。早在一九四七年萧乾编《人生采访》时,它们就被丢入字纸篓里了。这回还是李辉为了写《萧乾传》(中国文联出版公司)及编他的《红毛长谈》(台声出版社),翻遍了旧《大公报》,才发现的。我曾问过萧乾,一九四七年为什么没收入集子里。他说,那是纯新闻报道。我现在选它们,意思是为了表示四十年代在国外当新闻记者的,写通讯并不仅限于军事、政治和经济。那么大一场战事,他却写起猫狗(活宝)来,然而从这样细小的事物,也还是能反映一些大的方面。

这里也包含着萧乾的一点写作哲学。他说:他总是想"以小见大",或者说"皮薄馅大",即在较小的形式(题目)下,装进更多的内容。他说,倘若反过来,读者必然会失望。

杂文:一九五四年我们结缡后,萧乾曾作为一个隐秘告诉过我,说一九四六年他从英国回到上海,目睹国民党的黑暗统治,真是深恶痛绝。对于打了八年抗日战争,再打内战,他也强烈反对。于是,就用"塔塔木林"这一笔名,佯作刚来到上海滩的一个洋人,以似通非通、半文半白的文字,写了些文章,总题名《红毛长谈》。

第一篇《法治与人治》即用笑骂笔法,开头还套用了国民党"总理遗嘱",抨击了当时贪污腐化、贫富悬殊的现象以及南京政府利用"戡乱"来掩饰其发动内战的罪责。刊出后,颇为轰动。接着,他又模仿《镜花缘》的笔法,以乌托邦的形式,用他理想中的中国对照当时的现实。

一九五六年,我翻阅了一下《红毛长谈》。问他为什么不重印出来。(那一年,北京的人民文学出版社和上海文艺出版社分别向他组稿,要出他的旧作,甚至还订了合同。当然,转年气候一变,就都不算数了。)他摇头说,那是他离开祖国长达七年,回来之后信笔写的,没有把握。另外,一九四六年写的,说的是反话,骂的明明是国民党,万一给人一歪曲,那还了得!

这回李辉编他的杂文选,不但收了进去,书名就叫"红毛长谈"。萧乾说今天讲理了,可以放心。四十年代写的,总不至于用八十年代的尺子来衡量吧。因此,我这里也选了几篇。

萧乾一生虽然一直同外国文学打交道,但他从未具体地说受过哪个外国作家的影响。他总说,阅读古今中外作品,就像吃饭。吃下去之后,变成营养,变成热量,你不能说那热量是来自哪种食品。但我认为在小说方面,他受曼殊斐尔(现译作曼斯菲尔德)的影响较大,那是他最早接触的外国作家。十六岁上,他曾奉书局老板之命去北大红楼图书馆抄录徐志摩的译文。他还记得有一回抄着抄着,把稿纸都哭湿了。同样,我认为在讽刺方面,英国十八世纪小说家菲尔丁对他有一定的影响。五十年代他译《大伟人江奈生·魏尔德传》时,就曾多次对那通篇反话的讽刺作品拍案叫绝。

然而新中国成立后,除了一篇《"上"人回家》,他没敢再写讽刺文章,并且一九五七年以后常以此为得意,说:"幸而没写!"我实际上也这么想。

自剖：这一组文章我选了十四篇之多。我是有意这么做的。我认为这是萧乾文学生涯中一个特点。从一九三二年起，他隔个时期，碰到个场合，就解剖自己。自然，他解剖的不一定都对头。他自己也承认这里有自我怜惜的成分。然而这多多少少可以使读者对他（并通过他的生涯，对他所经历的时代）有所了解。像在《往事三瞥》中，他就很坦率地承认一九四九年他拒绝剑桥大学的教职，回到北京，并不是像许多知识分子那样，出于对革命的认识。正相反，当时他顾虑重重，并为之失过眠。我觉得说得真实些比把自己打扮起来好。

同时，从白俄流浪者对他青少年时期留下的深刻印象，也不难理解他最后的果决。

不止一次（包括一九五七年至一九七九年间），有人问他后不后悔，他始终坚定地给以否定的回答。他总说，既然是中国人，荣也罢，辱也罢，甜也罢，苦也罢，就应分享自己民族命运的甘苦。只有这样，才能改善自己民族的命运。倘若哪里开心往哪里去，民族命运岂不就变动不了啦！

一九七九年后，这种自剖文字，他写得似乎更起劲了。他一直在用"代序"的形式来零敲碎打地写回忆录，并且想最终把自己的一生都串起来。有一次他从医院回来，对我说，现在爱克斯光落后了，有了一种叫 CT 的检查法，对人体做断层扫描。他又说，他那些"代序"汇总起来也许就是他的 CT 透视图。

一九八三年，在新加坡的一次文艺集会上，萧乾曾说："我首先是个老记者，从没想过要当作家。"与会的人们以为他是故作谦虚，或妄自菲薄。其实，这里包含着他一点自知之明。当巴金在一封信里谈到他的才华并且把他同当今两位文学大师相提并论时，他在回信中说（大意），我晓得我的才能多么有限，我没有你那种悲天悯人的热情,没写过也写不出反映时代的重大题材,没有你那磅礴的气势,绵密的组织力,和在长篇里驾驭情节、刻画众多人物的能力。事实上,一九三八年写完《梦之谷》以后,不但长篇,他连短篇也没再写了。

不过,不管是水灾、筑路还是伦敦大轰炸,四五十年前在记者生活中灯下赶写的一些通讯,现在还有人看,他就满足了。

我呢,一方面反对他自暴自弃,总希望他谢世之前再写点小说,甚至长篇;然而我觉得任何人都应该对自己有恰如其分的估计。

关于萧乾走过的创作道路以及对他总的评价,任何人写起来都会比我客观。我不想在这方面饶舌。此文结束之前,我只想就他在文学方面的工作,补充一点观察:他不喜欢赶浪头。

他曾告诉我,三十年代他在上海编刊物时,文艺界正进行着一些论战,比如关于"两个口号"问题。他不但自己没参加过,也尽量不让他手中的刊物卷入漩涡。

五十年代我们结缡后,住在文艺界风暴的中心——中国作家协会宿舍,周围都是各种运动(如反胡风)的指战员。多少编辑来动员,他从未写过一篇那种赶浪头的文章。他也不一定有什么远见,更谈不上什么认识。他就是不愿人云亦云,跟着跑。

三十年代他就对英国意识流派小说发生了兴趣,四十年代在剑桥还专门研究过像乔伊斯那样"象牙之塔"的作品。然而最后得出的结论是否定的。一九四八年他在复旦课室和文章中,就认为那种完全脱离现实的写法是条死胡同。一九八〇年一月,香港《开卷》的编辑访问他时,他重复了这一看法。(见《萧乾选集》第二卷,第五六三至五六七页)。同时,在他各个时期的作品中,都找不到这种痕迹。

因此,一九八三年批现代主义时,曾有人约他写过去对现代主义的抵制,他坚决拒绝了。他不想在那场可能会轰轰烈烈起来的运动中去显示自己。尽管他本人一直坚持现实主义写法,他认为青年作家们有权利去探索现实主义以外的各种路子。他反问:当年他钻意识流派时,没受到过干涉,在社会主义社会里,更应当允许探索。不论结果是肯定的还是否定的,总归比固步自封要好。同时,既然现实主义是正路,它就不必害怕受到挑战,靠人为地捍卫,就显得色厉内荏了。

附记:本文在《光明日报》上发表时,限于篇幅,作了删节。现根据《断层扫描·编者的话》(花城出版社一九八八年版)排印。

女权还是人权

——华严小说读后感

当代台湾文坛上，女作家辈出，各领风骚，其中，华严是六十年代初崛起的一位著名的长篇小说家。多年来，她执著地以关系到妇女命运的爱情与婚姻这一题材，从不同角度，写出不少艺术水平较高、具有一定的审美价值与认识价值的力作。

一九六九年，一位土耳其留学生（他起了一个中国名字康百世）对台湾六所大专院校做了一次调查，征询他们最喜爱的当代台湾小说家，他一共发出一万多封信，收到的八千多封回信统统推崇华严。近几十年来，随着对外开放，经济起飞，台湾青年所面临的家庭问题、社会问题也愈益错综复杂。华严之所以赢得这么多读者的赞许，除技巧和语言，以及故事引人入胜之外，还有她的作品中所蕴含的哲理思考。

近闻中国友谊出版公司将较有系统地向大陆读者介绍华严的作品，其中《智慧的灯》《神仙眷属》《明月几时圆》《秋的变奏》已在排印中，这无疑会给我国读书界吹来一股新风。不论就认识今日台湾社会，还是借鉴艺术表现手法来说，都是大有好处的。

华严原名严停云，福建闽侯人，出生于书香世家，祖父是我国近代启蒙思想家严复。父亲严叔夏曾任福建协和大学文学院院长。母亲林慕兰是台湾望族——板桥林家花园主人林本源的女儿。华严于一九四八年由上海圣约翰大学毕业。她原准备在大陆工作,只是在前往台湾看望母亲时,被挽留下来。华严是位孝女,至今,不论多忙,每天都必抽出时间来陪伴这位将届百岁高龄的母亲。

华严天资聪颖,是个多才多艺的人。她有一副好嗓子,小时音乐老师曾鼓励她学声乐。她也喜欢演戏,与名导演费穆的女儿曾是同窗,课余常演话剧,当年还大受费导演的激赏。她的小说对话生动俏皮,可能和那段舞台经验是分不开的。在大学里她先学的是化学,第二年转入外文系。一学期后,又转入中文系。

华严一度从事教育,与叶明勋(曾任台湾中央通讯社社长、至今仍做新闻传播工作)结婚后,遂辞去教职,专事抚育三子一女。一九五九年,当最小的女儿三岁时,她以母校圣约翰大学为背景,写了以一对纯真可爱的少年少女的恋爱悲剧为主题的长篇小说《智慧的灯》,一举成名。作者在后记中谈到,女主人公凌净华是"把握住一个和自己相当接近的性格"而塑造的人物。难怪她母亲读完此书的原稿后曾说:"这里面凌净华的性格、脾气和爱好,不就和你的差不多吗?"

《包法利夫人》的作者福楼拜曾说过:"爱玛就是我。"在华严的《明月几时圆》的女主人公万朵红、《神仙眷属》的女主人公华闭月、《秋的变奏》的女主人公唐羽思身上,我们也依稀可以瞥见作者的影子,然而正如黛玉和晴雯的气质虽相近却又是个性鲜明的不同的人一样,华严的人物画廊里的众多形象,没有雷同的。

为《智慧的灯》写序的言曦先生认为此作以"其性灵挥洒之美,殆上与《傲慢与偏见》《简·爱》相接"。华严与十九世纪的英国女作家简·奥斯丁及夏洛特·勃朗特一样,对她笔下的那些中等阶级人物的思想感情和社会心理是十分熟悉的。她的社交圈子也挺窄,但却以女性那特有的敏锐和细腻的刻画描绘了日常生活中的风波和人与人之间的冲突。《傲慢与偏见》的女主人公伊丽莎白消除了对达西的误解与偏见,达西则克服了傲慢,于是有情人终成眷属。《简·爱》中的男女主人公经过不少周折结缡之后,生活也很美满。不过,同样是以爱情与婚姻为主题,华严的《明月几时圆》和《神仙眷属》,问题却出在婚后。《明月几时圆》的女主人公万朵红不能原谅丈夫向宇歌竟背着她在婚前与另一个女人养了个私生孩子——尤其那又是个儿子,而她本人只生了个女儿。但是为了满足丈夫续香火的愿望,她一度把那个叫作雨安的孩子接回家来。不论公公婆婆还是娘家父母,简直都被聪明、英俊,又善于体贴人意的雨安迷住了,万朵红和她女儿都不免有被冷落的感觉。向宇歌只得忍痛把儿子过继给一对只生了四个女儿的夫妇。最终解决矛盾的是妹妹万朵丽的横死:她插到一对夫妇当中,做了第三者。当意中人撇下她,又去和原来的妻儿团聚时,她在万念俱灰中,死于一次车祸。万朵红也险些陪着妹妹丧命。死里逃生后,她在巨大的精神震动下,主动把雨安接回自己家。

《神仙眷属》的写法既别致又富于风趣,作品自始至终都由老太婆华闭月和老太爷李德吾两个人的对话组成。他们结婚已三十个寒暑,膝下两个女儿婚后均在国外定居。岂料这时老夫妻(华闭月已五十六岁)竟然发生了婚变:老太爷移情于一位下属的年轻风流的妻子夏念香,并相信夏的第三个儿子是跟他所生的。夏居孀后,他搬去与她同居,并把一笔财产过户到那孩子名下。最离奇的是,他又不断打电话给老妻,问寒问暖,甚至把自己和那位小寡妇一道生活的情况也一一汇报给她听。作者灵巧地利用李德吾的一双旧鞋来象征这畸形的关系。就在老太爷与小寡妇同居时,还在电话中向老妻问起丢在家里的那双变了形的鞋。他抱怨新鞋穿在脚上箍得慌,只有那双随着他的脚形变了样的软鞋,才可脚。李德吾终于和那位风骚的小寡妇(她另有了外遇)闹翻,回到老妻身边。小寡妇拿出证据说,那孩子根本不是她和李德吾之间所生,然而过户到孩子名下的那笔财产,她却当然绝不撒手。

在评选十大模范夫妇时,这对夫妇居然入选,并参加了表扬大会。这个回头的老浪子得出的结论是:"老妻是全世界唯一金不换的好东西,苦难来的时候只有她站在你身边……"

然而,倘若认为华闭月会本着三从四德的观念来原谅丈夫的一切,那就错了。她毕竟是二十世纪后半叶的新女性。从表扬大会上回来后,她郑重地对丈夫宣布:"坦白告诉你,我一向都认为自己不妨做一两件什么事,使自己想起你的种种作为时,心中可以得到一份平衡,然后我可以如你所愿,和你一齐扮演一对众人眼中的'神仙眷属'而不会想起来就有一份被人欺负得惨的感觉。但是我没有什么好运道,我既得不到像你那么样的好机会,同时也一直没遇着一个我认为值得和他一起做出一些什么'壮举'的人。那不是什么贞节的观念使我止步,有关男女的关系,男人常爱给女人冠以贞节的美名,表面上的赞美和奖励,事实上是约束和歧视。如果人结婚后再和别人发生感情和关系是大逆不道的事,那么男人应该和女人同样地'洁身自好',而不是应该由女人片面地建造她们的贞节坊。"

她接着说:"我争的不是女权,争的是人权。世界上不论什么等色的人都应该平等,以生命是平等的道理来讲,世界上不应该有特权阶级;不应该某种人可以做的事,某种人却不可以做;不应该有种人生下来不管怎么样便是第一等人,有种人生下来却已经注定只属第二等。"

在这部长篇小说中,作者阐述了自己对婚姻的如下看法:"世界上的配偶中,极相配的很少,但是极不相配的也不太多。"她认为绝大多数夫妻,都是通过摩擦,慢慢地去适应对方,从而达成妥协的。

华严认为,写小说的目的不是讲故事,而是传达对人生的看法和人生的道理。在《智慧的灯》中,老祖母不断地向刚进大学的凌净华灌输待人处世要宽厚的原则。在老祖母的熏陶下,净华敢于在宗教课上就耶稣是否为唯一的真主宰的问题与洋牧师展开了一场辩论。她说:"我们可以称他(指宇宙的真主宰)为耶稣,也可以称为释迦牟尼,也可以称为穆罕默德……我觉得所有的宗教都是人生海上的救生艇,引导人类向善、向上……地球上有各种不同的宗教……你相信基督教,他相信天主教,我相信佛教;各凭不同的思想和感受,分别地接受着最适合自己的宗教。如果人类不明了这一点而寻求真、善、美,却把时间和精神浪费在你排斥我、我讥笑你的斗争中,这必定远非他所崇奉的真神的本意,也忽略了宗教的意义了。"

用华严自己的话来说,多年来她都是在不断地"求变,求创,但是很艰苦。"《秋的变奏》是她的第十七部长篇小说。作者把一些重要的情节埋作伏笔,形成一股悬念的暗流,迷离扑朔,紧紧地攫住读者。故事轮廓到最后才豁然明朗:原来给林雪意瞧病的雷予靖大夫正是她寻求多年的那个婚前所生的长子。可是她在顺境中生下的次子,却被环境惯成个花花公子,生活浪荡,终于死于意外事故。

华严的作品里,不难找到一些荡妇型的女子:如陈元珍(《智慧的灯》)、简若仙(《秋的变奏》)、夏念香(《神仙眷属》),作者着力于揭露她们的丑态,并加以鞭挞。华严对欧美社会风行的"性自由"深恶痛绝。她曾问过两位美国教授,那些渲染性感的电影究竟好处何在。对方答以"为了自由"。华严指出:"过分的自由使自由失去了意义。"华严不愧为东方的女性。她主张写男女间的感情,应当含蓄,挚情应该是意会而不必言传,对心与心的交融作露骨的描写反而落俗。

然而在写作题材方面,华严并不保守。她认为只要是人生社会共同的问题,都值得去写,关键在于如何去表现。

作为现实主义小说家,华严不相信写作要靠灵感。她说:"灵感,不是坐待天降,而是一连串的摸索碰壁之后,走出来的坦途。"

在接受台北《民生报》记者宋晶宜的采访时,华严曾这样表达自己对人生、对创作的看法:"好的小说是让人了解故事背后蕴涵的哲理,而且能引起共鸣。"

"作为一个作家,应该有种本事,就是看人生要看全面,要看深,看远,而不是只是目前的这一点……"

"小说要引人走向精神文明,不是相互嫉妒,相互残杀。人如果能站在人类之外看人类,就可以更清楚一些。看看英国王子的婚礼,但是同时在世界的另一角落还有印度的大饥荒。"

在三十年的写作生涯中,华严已有将近二十部长篇小说问世。其中《智慧的灯》《生命的乐章》《玻璃屋里的人》已出版了英译本,这些著作使她闻名遐迩。她历任中山学术基金会审议委员、"台湾省文艺基金管理委员会"评审委员、"台湾省文建会"文艺委员会委员等职。她曾应邀访问过澳洲,并于一九六四年出席在泰国举行的第二届亚洲作家会议。一九八一年,世界艺术文化学院颁授她荣誉文学博士学位。一九八四年参加东京国际笔会。一九八六年,荣获台湾文艺奖中的小说创作奖,并担任金钟奖颁奖人。

在写作态度上,华严一向是严肃认真的。她反对"长篇小说是短篇小说加上水分"的说法。她认为长篇小说一定要比短篇小说更精简,更言之有物,每一段每一句都要经过深思熟虑之后再下笔,方能扣人心弦。若只是在原来的汤汁中兑上水,写出的势必是不像样的东西。因此,她的每一部作品的构思都是谨严的,文笔是讲究的,并总留有余韵。她善于从平凡的日常生活中摘取断层,通过人物自己的语言和行动来显示其内心和动机,以表现作者对人生、对社会的观察体会。

《城南旧事》的作者林海音在《剪影话文坛》一文中,曾指出华严在漫长的创作生涯中,"一直在探寻自己的新路子,写作很专心",能"突破自己以往的文体"。以她的成名作《智慧的灯》来说,她花了整整三个年头,六易其稿,才让它与读者见面。

做任何事,都需要负责的精神,写小说,当然也不能例外。华严这种对写作坚韧不拔、刻苦钻研的精神,是很值得我们称许和学习的。

记新加坡"国际华文文艺营"

一九八三年一月十三日至十九日在新加坡举行的"国际华文文艺营"是一次空前的壮举。北京、台北、香港、吉隆坡、槟城、马尼拉,以及汉城、东京、衣阿华、纽约等地用华文写作的十七位诗人、小说家、评论家聚集一堂,亲切友好地交流各地文学情况,交流各自的写作经验,加深相互了解,并共同研讨今后如何提高华文写作水平。

中国作家协会派了诗人艾青、作家萧军和萧乾前往参加了这次文艺盛会。

这次"国际华文文艺营"是新加坡人民协会《民众报》、《星洲日报》、新加坡写作人协会和新加坡文艺研究会联合主办的,并得到新加坡艺术理事会和文华大酒店,以及其他许多热心人士的赞助。东道主花了整整两年的时间来筹备。他们组成了以总理公署高级政务部长李炯才先生和文化部政务部长邝摄治先生为顾问的工作委员会,由教育部政务次长何家良先生任这个委员会的主席,由《民众报》主编陈文察先生主持秘书处。整个阵容显示出新加坡朝野对这次会议十分重视。

第一天(一月十三日)

晚八时,"国际华文文艺营"在文华大酒店开幕。我们因飞机出了故障,没来得及参加。

据报纸报道,何家良致了开幕词。他说,华文是有悠久历史的一种文字,也是世界上使用者最多的文字之一。新加坡地处东西交通要冲,一心渴望吸取东西方文明的优点,作为自己发展的目标。在这个"文艺营"里,新加坡的写作者,将有机会同世界著名的作家会面,学习他们的经验,取彼之长,补己之短,才能提高自己的写作技巧,写出具有时代气息、感人肺腑的文艺作品来。

李炯才先生在发言中回顾了历史。他说,中国的"五四运动"震荡到南洋的遥远角落。当时同中国有联系的新马华人作出了迅速而强烈的反应。在日本侵略中国和过后蔓延到马来亚的时期,东南亚也出现了许多作者。新加坡和马来亚文学上的黄金时代,是在一九三七年日本侵略中国以后。他慨叹,近五十多年来缺少和战前作家具有同样才华的杰出作者,希望当地华文作者能从参加这次讨论会的优秀作家的丰富经验和写作技巧中获取教益,但愿讨论会的举行将在华文文艺的未来这个课题上有所收获。

第二天(一月十四日)

上午九时半,作家们去访问了文化部。邝摄治部长在接见时谈到,目前有百分之十二到十五的华裔在家里讲英语,其他人讲华语。下一代的文化程度不高,只能看看报章小说。新加坡的华语在逐渐变质,再过十年华语就不会那么流行了,希望能扭转这种情况。

十点,去《星洲日报》参观,受到总经理周景锐、执行董事郑民威、总编辑黎德源等的热情接待。

《南华商报》的黄锦西经理告诉我们说,目前新加坡的华文报纸销售二十八万份,英文报纸略高一些。但一份华文报纸平均有四五个人看,实际上约有一百万读者。他说,为了鼓励华文文学创作,他们的报纸去年创设了"金狮奖",每两年颁发一次,反映颇佳。他相信,这次各地作家来访,必将给新华文艺的成长带来一股强大的新的冲击力。

我们还访问了人民协会。在那里,老作家萧乾将万里迢迢带来的书法家朱丹的条幅和国画家梁树年与郭传璋的山水画送给了李炯才部长。

下午,在人民协会礼堂由黎德源先生主持讨论会。文艺研究会的杨松年博士讲战前新马华文文艺,写作人协会的黄孟文博士讲早期和现在的马华和新华文艺。杨松年说,所谓战前,指的是一九一九至一九四二年。一九一九年通常被认为是新文学产生的年份;一九四二年,新马沦陷,受日本统治。战前的新马华文文学,产生于新加坡和槟城,作者是各报刊编者和作家,他们大多是从中国南下的,都受过中国新文化运动的影响。当时报馆的副刊有十多个,编者都希望通过副刊来唤起民心,介绍新知识,新文化。副刊也刊载中国的诗、小说、散文等。一九三七至一九四二年,是文学发展的一个高峰,报刊强调抗战救亡。

黄孟文说,一九二五年,副刊编者和作者把注意力放到南洋问题上。《南风》的创刊形成了另一文学发展阶段。这是纯粹的新文学副刊,改变了过去的副刊面貌。作者在思想意识上受中国"创造社"的影响。这一时期可称为"南洋思想的萌芽期"。一九二七年,中国局势起了变化,更多的中国作家南下,南洋思想进一步发展,到一九三三年为止,形成新马文学的高峰,作者达八百位。"创造社"的革命文学在这里改头换面,变成"新兴文学"。一九三四至一九三六年,由于受经济不景气的影响,文坛沉寂。这时邱家珍的论文引起一场论争,大家认为马来亚应有自己的文艺,而不该用南洋来概括。林参玉的《浓烟》是这方面的代表作。这一阶段可称为

"马来亚地方性的文学"。一九六五年新加坡独立,起先致力于经济建设,一九七一年底,文化开始受到重视。

接着,召开"创作经验谈"文艺讲座。老作家萧军首先发言。他说,写作是没有窍门的,最重要是多读、多写、多观察。他强调,每个人都可以成为作家,所需要的是主观条件和客观条件(指个人的努力)。当然,最好是有时代的刺激,使自己看问题看得透彻,不至于孤立地看待问题。作家和评论家应该成为好朋友,互相督促。一个极好的批评家和理论家应该帮助作家完成好的作品。

於梨华女士谈到她和聂华苓、郑愁予、刘大任在私下讨论时,发现新加坡的华语虽然掺杂了英文、马来文等语言色彩,但是在文字上不但不贫乏,反而更丰富了。她在美国住了三十年,每天应用的是英文,所以中文就慢慢忘记了。用英文写作是不行的,因为无论自己的英文多么好,也只是第二语文,所以常有词不达意的感觉。至于题材,她只能写中国的题材。她生长在中国大陆,但是只住了十七年,即去台湾,最后去美国,对中国的记忆也渐渐淡薄了。有人说她写的是边缘人的文学。她觉得自己有责任和能力促进东方和西方人民的了解,为他们深入介绍彼此不同的文化。

从台湾来的诗人洛夫说,写现代诗,要从生活中汲取题材,加上冷静的观察,再以现代手法、新技巧、新形式来表现。诗的语言必须通过一种意象来表现,写诗要用活泼新鲜的语言,这是他在诗歌创作中体会较深的一点。

诗人郑愁予年轻时就开始写诗。他说,诗人必须不断发展语言,那不是创造新词,而是赋予语言文字更丰富的新生命。作为现代诗人,必须是个现代主义者,不计较市场价值。写诗犹如铸剑,讲究的是好材料,够火候,要贯注全部精神和投入整个生命。

马来西亚作家陈雪风既写文艺批评,又写诗和杂文。他说,生活是创作的源泉。好的作品需要有坚实的内容,同时不排斥完美的表现形式。

第三天(一月十五日)

上午,新加坡各语文的作家做了文艺汇报。第一个发言的是国立大学英语系主任埃德温·丹姆教授。他的讲题是"新加坡英文文艺状况",着重谈了一个多民族的国家在文艺写作方面的特殊问题。在新加坡,用英文写作的人都是在本地土生土长的,其中包括华人、马来人和印度人。在新加坡,英语并不属于哪一个特定民族所有,因此,在创作过程中,人物应该用哪一种语言,便成为一个很大的问题。在戏剧创作方面,语言的掌握尤其困难。

接着,马来文作家马苏里先生谈了新加坡巫文文艺状况。随着生活水平的提高,马来人只关心物质上的富裕,而不太关心文化与文学问题。但他仍然相信新加坡的马来文学是有发展机会的,因为新加坡还有一批年轻有为的马来作家,许多受英文教育的马来人,包括大学毕业生,都开始用马来文写作了。报章、杂志与电台也在积极鼓励写作,正在主办小规模的创作比赛,马来青年已开始意识到文化方面的需求,更重要的是,马来文学不只局限在新加坡,而且包括整个马来人的社区。

淡米尔文作家 P. 克沙凡先生介绍淡米尔文文艺状况时说,新加坡的淡米尔文文艺是十九世纪末叶开始萌芽的。目前,淡米尔文文坛面临着缺乏作家,后继无人的问题。新加坡已经没有淡米尔语学校。年青一代的淡米尔人水平太低,很难用淡米尔文写作,但又必须努力保存本民族文化的根。淡米尔文作家们正致力于写一些能反映年青一代感情的作品,使他们易于接受和了解。这仍是一条漫长的道路。淡米尔文作家不懈的努力是有成果的,去年,有两位淡米尔作家分别获得书籍奖和东南亚作家奖。

最后,新加坡国立大学历史系李廷辉教授介绍新加坡文学状况。他把新加坡华文文艺的发展分成三个阶段:第一阶段是一九一九至一九四二年,这时期的新加坡华文文艺是中国文学的一个支流。日本侵略中国后,文艺作品中也普遍掀起了反日情绪。但也有一些人主张文艺作品应反映本地人民的生活现实。第二阶段是一九四五至一九六五年。华文文艺作品中的政治色彩更浓厚了,增加了反殖民主义精神。最近去世的苗秀是这时期的代表作家。一九五六年以后,不是以中国而是以新马为对象的爱国主义产生了,格调以反殖民主义为主。周粲是其代表之一。第三阶段是一九六五年独立至今,这时期出版了近五百六十种书。近来有人提倡建国文学,也就是说,通过文学作品协助国家建设。另外,在台湾和欧美文风的影响下,现代派抬头,他个人认为这对华文文艺并不适合。

十五日下午,"国际华文文艺营"举行第二次创作经验谈。主持人是何家良。萧乾首先发言,谈到文艺副刊问题。他认为华文报纸的特点之一,是都有文艺副刊。说明华文报纸同文艺的关系比其他语文的报纸更为密切。当然,英国的《泰晤士报》,美国的《纽约时报》也有文学副刊,但它们只登书评,不登创作。从一九一九年"五四运动"以来,报纸文艺副刊的确起过很大作用,是值得文学史上单写一章的。许多作家的第一篇文章都是在报章上发表的,然后才上刊物,最后出书。这就像是三级跳。副刊是第一跳,没有这第一跳,就不会有接下来的两跳。

从美国来的小说家刘大任说,他前期的创作较着重于发掘内心的问题。

从台北来的女诗人蓉子说,她于一九五〇年开始创作,次年正式走上诗坛。一九五三年出版了第一本诗集《青鸟集》,至今她已出版了十本诗集和一本散文游记。她说,写诗必须对诗有一份执著的爱,才会在心灵的驱使下写出诗来。

说到这里,从北京来新加坡后一直在生病的老诗人艾青步入会场。蓉子很兴奋地说:"我非常高兴,当我讲到一半,前辈诗人艾青到了。我小时候读过他的诗,在这儿见到他,是我的荣幸。"人们听了,报以热烈的鼓掌。

蓉子接下去说:"我认为一个诗人要通过生活的体验去表现一切,所以,诗人必须不是游离于人生之外的人,他们必须首先有其真实的生活,然后才能创作。换句话说,诗人必须肯定是一位充满爱心和同情心的人,这样才能写出真挚的诗篇。……创造一首诗,严格地说来,是全人格的升华,是整个宇宙的诞生,要严肃地全心投入。"

最后一个发言的香港作家彦火(潘耀明)生于一九四七年,是与会的作家中最年轻的。他是在老作家曹聚仁的鼓励下开始从事创作和文艺研究的。他目前是香港三联书店编辑部副主任,著有《中国名胜纪游》、《枫桦集》和《当代中国作家风貌》(正编和续编)。他相信在不久的将来,华文文坛上可能会出现像四十年代那样有重要影响的作家。

第四天(一月十六日)

上午,聂华苓主讲《华文文艺与世界文艺》。她介绍了她和她的丈夫、美国诗人保罗·安格尔创办的国际写作计划。自一九六七年以来,已经有四百多位作家到过衣阿华。从一九七九年起,每年都有中国作家应邀前去访问。如萧乾、毕朔望、艾青、王蒙、丁玲、陈白尘等。海峡两岸的作家,在一九七九年以前根本没见过面,但在衣阿华的"中国周末",就安排他们坐下来交谈。她发现华文文学并不是孤立的,其中的问题也不是孤立的,有很多共同问题。她参加洛杉矶的中美作家会议,感到非常惊讶,中国作家对美国作家的情况非常熟悉,虽然隔了三十年,但是他们已经开始做很多翻译,而出席会议的美国作家,对中国作家的作品却根本不知道。她为华文文学在世界上被忽略而感到难过。

今富正巳是与会唯一的日本人。这位东洋大学教授是日本的马华文学专家。他于十五年前开始接触马华文学,后来在东洋大学成立一个研究东南亚多元种族社会的工作小组,专门研究东南亚多元种族问题。一九八一年他来新加坡做实地调查,这才发现,研究文学首先需要研究社会组织问题。他认识到,新、马两地的语言应用存在着不简单的问题。这里的文艺与华文报章的关系息息相关,报纸如无法生存下去,文艺一定受影响。他谈到,早期的华人移民社会里,有文化的不多,他们只是向中国吸收。现在情况不同了,这里的华人已经有了不同于中国、具有本地色彩、符合本地需要的文化。他说,马来西亚华文文艺有浓厚的乡土色彩,深刻的民族意识,作品反映他们面临的难题,描绘了社会生活方面的困难。马来西亚华文文艺比新加坡的战斗性强,当代新加坡华文文艺缺乏战斗性。目前,新加坡华人正在寻求一条道路。新加坡华人不可能像中国人,也不应该像黄皮肤的英国人,所以新加坡华人正在进行一个很大的实验,要塑造成一种新的华人。在精神方面要偏向东方,科技方面则吸收西方的。

下午,由杨松年博士主持"报章与文艺"讨论会。《星洲日报》副刊主任兼执行编辑黄彬华先生在发言中说,华文报章重视文艺副刊,缩短了读者和编者的距离,数十年来,负起了培养写作人材,推动文娱活动,发扬民族文化的重任。

马来西亚《星洲日报·文艺春秋》副刊主编人甄供接着说,要了解马来西亚华文文艺的动态并认识其历史面貌,得从报章的文艺副刊着手。七十年代至八十年代,马来西亚有四家报纸办有文艺副刊:甄供主编的《星洲日报·文艺春秋》,钟夏田主编的《南洋商报·读者文艺》,方北方主编的《星槟日报·文艺公园》,以及周清啸主编的《马来亚通报·文风》。

萧乾在发言中谈了报告文学的问题。他说,报告文学不同于一般新闻文学,它不仅止报道事实,而且还要衬托出产生事件的环境、背景以及构成的条件,并需调动一切艺术手段和技巧来报道。

过去称"特写"或"报告",今天叫作报告文学。过去它是散文的一种形式,今天它已经从散文中独立出来,气势和作用都比散文为大,作为社会生活的反映远比小说更迅速及时。报告文学起源于"五四"时期,盛行于三十年代。关键性因素是由于抗日战争的爆发,激发了整个民族的感情。报告文学的题材很广泛,反映多样生活,各行各业的题材都有,特别是平凡不为人所知的人物事迹。真实是报告文学的灵魂,最忌虚构。要如实地反映,不可夸张。报告文学虽运用艺术技巧,但绝不等于小说。小说可以典型化,报告文学只能写一个原型。有历史小说,但不会有历史报告文学,因为报告文学必须和当前的生活有密切联系,具有一定的现实意义,并讲求布局结构。他表示相信报告文学也将会(或者已经)在新加坡找到肥沃的土壤。

菲律宾《联合日报》总编辑兼翻译家施颖洲说,菲律宾有三十万华人,几十名作家,副刊编辑必须根据提倡文学的原则办报。

另一位新加坡副刊编辑谢克谈到郁达夫在一九三八年底来到新加坡,主编了《星洲日报》的《晨星》,发掘及栽培了不少青年作者,铁抗和苗秀便是其中的两位。对新马华文文艺有巨大的影响和贡献的文艺副刊编者,还有杏影、姚紫、曾铁忱、方修、陈振夏。如果有人在提到新马华文文艺副刊时,抹杀这些文艺园丁的成绩,这种人不是无知便是狂妄。

老作家萧军说,编辑和投稿者是一家,就像作家和批评家是一家一样。大家都不能主观主义地以个人为出发点,投稿者和编辑要能够互相照顾对方的困难。他说,文字只是表达一定思想感情的工具,语言是没有阶级性的,但是,使用的人有阶级性,所以有时候就把事实给歪曲了。文学本身不能决定一切,但可以影响一切。

随后,今富正巳表示,他打算在日本组织一个新马华文文艺研究会,新马华文文艺不是孤立的,有朋友在。马来西亚有几百万华人,新加坡的华文文艺家责任更重大。

第五天(一月十七日)

上午,作家们乘车参观了市区。细雨蒙蒙中,新加坡市区显得格外苍翠。

下午,访问《海峡时报》。接着,一行人驱车去新加坡国立大学,参加"大学与文艺"座谈会。

座谈会由中文系系主任林徐典主持。主要讨论了各地大学的文艺创作与文艺研究的概况,大学的语文系应如何鼓励并训练学生从事文艺创作,应如何对文艺理论、文艺批评和文艺发展进行研究,以及大学生在文艺发展中应扮演怎样的角色。

萧军在发言中再三强调,写作是没有窍门可言的,唯一可行之法是"多读多写多观察"。文学作品一定要具有独创性。除了在大学学习有关的知识外,还得有充裕的生活体验。唯其如此,才能有丰富的写作题材,使作家要写什么就有什么。

马来西亚写作人(华文)协会主席方北方说,六十年代前后,南洋大学培养了一大批喜爱文学的学生,到台湾攻读文学的留学生以及在欧美学府研究比较文学的博士,回到马来西亚也加入文学阵营。他们对传统的马华文学的倾向有新的看法,认为马华文学必须具有时代精神和地方色彩,不能老是模仿中国作品的写作方法。经过多时的研究与众人的努力,马华文学终于百花盛开,创作艺术多姿多彩,收获日渐可观。说明大学生对文艺研究所发生的冲击力有多大。

台北大学中文系吴宏一教授认为大学语文系应鼓励同学写作。大学除了培养学术研究人才,也可以培养和训练作家。念中文系的只有两条出路,第一是当作家,第二是当学者。应该好好学习中国古典和外国文学。只有这样,华文文艺才有前途。

萧乾说,一个大学生好不容易进了大学,应把四年有限的时光用在系统地积累知识上,而不是主要去写作。出了校门,有的是时间去创作。

美籍女作家於梨华回忆了她自己的一段文学经历。她在台大念书时英文不好,备受讲师奚落,最后奋发而赴美深造,苦学英文,写了短篇《扬子江头几多愁》,曾获得美高梅公司文学创作奖。从那时候起,她决定了自己生命的目标——创作。她希望有志从事创作的同学,要有恒心和毅力。才华是次要的,往往要经历失败才会成功。

来自南朝鲜的中国文学教授和诗人许世旭,以纯熟的华语,简述了他从事中国古典文学研究的经过和写新诗的缘由。他鼓励大学生多创作,因为大学生正当人生的黄金时代,情感丰富,毫不畏惧,比其他人更能"厚着脸皮"拿出作品来,这是大学生的光荣与权利。

第六天(一月十八日)

上午在人民协会礼堂由文艺研究会的叶昆灿先生主持"华文文艺的未来"座谈会,气氛极为热烈。

老诗人艾青首先发言,他说,华文文艺在海峡两岸不成问题,问题是发生在这两个地方之外的一些国家。他提议要推广文艺,需要有以下两项措施:一、办学校;二、办刊物。他说新加坡有这么多人懂华语,这股力量,不容低估。早年中国文人南来,其中胡愈之、郁达夫已在这里撒下种子,现在的问题是该怎样发展下去。

聂华苓说,各地区有华人的地方都必须有自己本身的文学。有冲突、有问题的地方,一定会产生好的文学作品。海峡两岸的作家都有"根",东南亚的年青一代也能以自己的国家为荣。她提议新加坡作家除了多读、多看、多写外,还要多观摩海峡两岸之外地区的文学,这对于自己的技巧,显然有用。也就是说:"从草根出发,放眼世界。"

下午,由黎德源主持"华文文艺的交流"讨论会。

今富正巳说,华文文学应该用浅白易懂的语言来写;另一点是把本地的作品加以翻译。要把翻译工作做好,提高人们对文学的兴趣。

聂华苓提议,应该把本地的华文文学翻译成其他语文,包括日文和英文,以增进外国人对本地文学的认识。她还建议把欧美优秀当代文学翻译成华文,介绍到本地来,以便观摩。

许世旭说,他很愿意加入交流的阵营,把新马华文文学翻译成朝鲜文,促进两地文学的交流活动。

第七天(一月十九日)

上午在文华阁召开总结会。主持人陈文察先生说:"今天我们想听听对这次'国际华文文艺营'的批评及意见。每个人都希望我们有第二、三届类似的文艺营,我们希望以后可以办得更好一些。"

工委会副主席周景锐说,"国际华文文艺营"的最主要宗旨是促进文艺的交流。他衷心祝愿今天播下的种子明天能开花,使新加坡的文艺和世界各地的华文文艺能连成一片。

接着,老诗人艾青说:"像新加坡这样一个小地方能组织一个国际性的会议,在东南亚还是第一次,这实在不简单。我觉得这次讨论的题目很集中,能把中心问题提出来,这在东南亚是很有意义的。当然,这只是个开端,但有好的开始等于完成了一半。我希望参加者在回国后继续保持联系,每人每年写一篇文章给新加坡,已很不错了。希望这次国际华文文艺营前途无量。"

台北女诗人蓉子说,一九六九年以来,她多次出席国际性会议,一般都是讨论诗的。她也高兴在这里遇到很多新老朋友。以前参加会议,和亚洲代表团的其他代表聊得很好,就是无法接近日本代表。可能是语言的问题,还有八年抗战,印象很深。不过,今富正巳教授是一位非常中国化的人。她还说,能够认识马来西亚朋友,也很愉快。

萧乾对"文艺营"的"营"字表示了异议。他说,"营"字使人想到夏令营,甚至集中营。会议的英文名字 Forum(论坛)起得很好。

晚上七点半,举行闭幕式。

一九八三年二月二十三日

(原载《时代的报告》,一九八三年第五期)

三访拉贾拉南

由人民协会驶往外交部的路上,我隔着车窗观赏着新加坡秀丽如画的街景。真是奇妙啊!昨天晌午还在隆冬的北京机场望着铅色的天空出神,三个小时后飞抵深秋的香港。换机后又取道曼谷,就来到这个常年盛夏的岛国。一觉醒来,东道主已经安排好我们下午四点去会见这个年轻的共和国的第二副总理拉贾拉南。四十多年前,他和萧乾在伦敦大轰炸中结为挚友。这回他们是旧雨重逢。

道路两旁是一座接一座的高层建筑,有圆柱形的,有带棱角的,也有四四方方,矗立在绿树丛中。我在猜想,外交部必然特别巍峨,车却在一座毫不华丽的矮小楼房前停下了。

下车后,一簇新闻记者随着我们涌进了那间不大的会客室。当我们同拉贾拉南握手时,镁光灯一闪闪地亮起来,相机咔嚓嚓地响着,他们竞相拍照。然后,拉贾拉南微笑地请记者们退出,会见才开始。

拉贾拉南的先辈是来自斯里兰卡的移民,浅黑的脸上是一双深邃的眼睛。两鬓虽已斑白,但精神矍铄,目光炯炯。

他带些慨叹地说,一九七五年他第一次访问中国之际曾问起萧乾,得到的答复是:"没有这个人。"

直到去年,他才打听到这位老友的下落,托人带去一批书。萧乾说那礼物送得很及时,他一本本地仔细读了。对拉贾拉南的政治生涯,对新加坡这个新兴国家,他都有了些了解。

  我没说什么话,只默默望着会客室里唯一的陈设——一只普普通通的花瓶,以及拉贾拉南的学者神态。我虽然是初次见到他,但家中的旧照相簿上有两张他的相片,对他的面貌并不生疏。他神采奕奕,看不出已是六十五岁的人。

  萧乾首先问起拉贾拉南夫人彼萝希卡的近况。拉贾拉南说,她这几年身体远不如以前了,但每年一度的海外旅行还能坚持。

  拉贾拉南的记性真是出奇的好。他一一问起当年在伦敦郊区同在一家公寓里住过的中国朋友。问起于道泉,也问起中国银行伦敦分行的顾先生。萧乾告诉他这些老友统统在北京,并且都生活得很好。年过八旬的藏文学家于老在民族学院任教,还坚持骑自行车。拉贾拉南听了很高兴。拉贾拉南也问及我本人从事什么工作。他对文学似乎依然很感兴趣。萧乾问他还写不写小说,他笑了笑说,现在光忙政治,顾不及了。

  由于这是一次礼节性的会见,我们不想多待。半小时后,拉贾拉南看出我们要告辞,就说,他希望我们在二十日下午七点到他家去吃晚饭。他还请一个英国记者及其中国血统的妻子做陪客。最后,他把马来西亚槟城首席部长林苍祐托他转交的一封信递给萧乾。林苍祐是萧乾留英时另一老友。他要特意从马来西亚来看我们,并且邀请我们去槟城一游。

  辞出后,我们马上被记者们包围起来了,他们争相问起会见时都谈了些什么。萧乾说:"老朋友叙旧。在纳粹轰炸伦敦的日子里,我们曾躲在同一张桌子底下,是患难之交。时代不同了,我做梦也没想到,今天能从北京飞来这里见到老友。"

  回旅馆后还没坐定,拉贾拉南的妻子彼萝希卡便打来电话,说我们告辞出来后,拉贾拉南立即往家里挂了电话。彼萝希卡说,她等不及二十日才会面,一定要我们第二天下午四点先到他们家去喝茶。她在电话里告诉萧乾,她常气喘,腿脚也不大灵。她说:"四十多年了,真像是场梦!"

十四日下午刚好由萧乾就《报章与文艺》作重点发言。他只好先讲一半就卷起讲稿走下了台。三点三刻我们乘车驶往新加坡近郊拉贾拉南的住宅。我们到得比预定的早了几分钟,可是拉贾拉南却已在铁栅栏门内等候了。他亲自为我们打开了门。不知由于阔别多年还是由于场地不同,相比之下,我觉得昨天初见时拉贾拉南显得拘谨了些。这次一见面他就亲热地拥抱了萧乾,他们仿佛又回到四十余年前的青年时代了。拉贾拉南领我们穿过两旁栽着蓊蓊郁郁的热带植物的小径,来到一栋式样别致的西式平房跟前。彼萝希卡也早已站在院心的凉亭里伫候了。她穿的是半旧的白底蓝花连衣裙,栗色头发齐耳剪短,浓密而富于光泽。一双明眸笑盈盈的,亲切之感溢于言表。她也热情地拥抱了我们,说平素他们是在凉亭里用茶,可惜今天下了雨,院子里太潮湿,还是去客厅坐吧。

客厅和饭厅是连着的,只用两个高大的书架隔开来,统共约四十平方米。客厅有道小门通向他们两个各自的卧室。沿墙排列着七个白色小书架,摆满了英文书籍,壁上挂着两幅油画。此外,陈设简单,唯一引人注目的是几个古色古香的中国硬木小桌,发出有底蕴的乌光。连放电视机和录音机的台子也是硬木的。他们不用空调,天花板上装着老式电扇,缓缓地送着凉风。拉贾拉南要萧乾脱掉上衣,并替他搭在椅背上。他自己只穿了一件古铜色的短袖衬衫,没系领带。然后坐下来,就同萧乾追忆着在英伦的往事:无情的岁月虽使他们的头发都花白而稀疏了,脸上却荡漾着重逢的喜悦。

两个人是一九四〇年在伦敦结识的。当时,拉贾拉南在伦敦大学攻读法律，也作过记者，并且在第一流的文艺杂志上发表过好几篇小说，可惜未收集成册。萧乾那时在伦敦大学东方学院教书。正赶上德国法西斯飞机悍然轰炸伦敦的时期，他们住的又是一所旧式楼房，警报一响，常互相提醒。来得及，就一道进防空洞；来不及，就一道在楼里找地方掩护。

彼萝希卡是从欧洲大陆逃到伦敦的匈牙利难民。她是犹太人，也就是希特勒肆意消灭的民族。那时他们还没结婚，她住在附近的一所公寓里。

彼萝希卡先为我和萧乾各端来一杯菠萝水。

拉贾拉南和萧乾坐在对着门的软椅上畅谈，我和彼萝希卡坐在侧面挨着西窗的角落里拉家常。彼萝希卡很快就听出我的发音有点像日本人讲的英语。我说："那是因为我先学了六年日文才学的英文。我习惯于用日语的五十音来发音，怎么也改不了。在家里，连孩子都经常笑话我。"她说："提起孩子，你们有几个？我所以关心这个问题，是因为我们没有孩子。"我把随身带的全家合影给她看了，并且告诉她，孩子们个个生活得很好。有过一段困难日子，如今雨过天晴，一切均如意了。这时，一直卧在女主人身旁的那只棕白色小长毛犬，看到她和我谈得这么投机，便用头蹭着我的膝盖，嗅个不停，短短的尾巴都快摇断了。女主人告诉我，这是她从香港带回来的，今年八岁半了，并特别强调它是北京哈巴狗的变种。

饭厅尽头那扇通向厨房的门毫无声息地开了，一位穿淡黄色衣裙的年轻女人端来点心和咖啡。一只短毛黄猫喵的一声跟在女人后面窜过来，在地毯上和那只狗犹如一对小兄妹那样嬉戏着。我从未见过猫狗这么要好的，它们大概为这个冷冷清清的家庭带来不少生气。女主人介绍说，它是缅甸和暹罗种杂交的。

端咖啡的女人举止娴静,我以为是日本妇女,一问才知道是菲律宾人。

我早就听说彼萝希卡煮的咖啡味道格外香。她分别问我和萧乾,咖啡里要放牛奶和方糖不。她自己不吃点心,拉贾拉南和萧乾各吃了一块。她听我赞美本地的水果,便从饭厅的食品橱里取来了几个小芭蕉,说是家园自产的。

她告诉我,她和拉贾拉南是一九四七年从英国到新加坡来的,起初与人合住一座房子,后来这座盖成了,他们便买了下来。那时他们还年轻,身体健壮,庭园里的果树,都是他们一棵棵亲手栽种的。近年虽有园丁定期来帮忙,至今拉贾拉南还抽空整枝浇水什么的。当时价钱不算高,但他们收入不多,分期付款十年,才把房子买了下来。现在地价已涨十几倍,而且也买不到这么大的庭园了。

芭蕉的确熟透了,我一听说是他们自己种的,吃来分外香甜。彼萝希卡提议要领我去看看他们的庭园。两个男的说得真是津津有味,时而用手比画,时而发出笑声,以致根本没有觉察出我们离开了客厅。

我们沿着回廊环着房屋绕了一周。

园子布置得体,处处俱见匠心。这里有高大的椰子树,也有香蕉树,上面结着一挂挂绿色大香蕉。靠近大门的地方,一株胡姬花盛开,散发出浓郁的芬香。彼萝希卡告诉我,这是新加坡人最喜爱的花——新加坡的国花。

引起我注意的是,这位副总理住宅的庭园并没有院墙,周围仅仅圈着一米多高精心修剪的常青树篱,从外面可以瞥见院里的一切。大门口也只有那么一个岗哨,他有时还兼充司机。他们门前就是马路,跟一般中等人家的住宅没什么两样。

归途,萧乾在汽车里对我说,他去洗手时曾穿过拉贾拉南的房间,统共也就有二十平方米光景。靠墙一边是张单人床,另一边是书架、书桌和他心爱的音乐设备。那显然是这位副总理的卧室兼书房。最令北京来客惊讶的是:五尺见方的浴室里只有个淋浴喷头,没有澡盆。我告诉他,彼萝希卡的浴室倒有个澡盆。她那小小的卧室里有个衣橱和两张单人床。她没有梳妆台,只在条案上立着一面镜子,镜前摆了几样普通的化妆品。她告诉我,拉贾拉南经常读书到深夜,而她怕灯光,所以他就在自己书房里另摆了张床。国民收入仅次于日本而廉洁政治还胜日本一筹的新加坡,是以豪华闻名的。在会上,来自美国以及到过美国的作家们都异口同声地说,新加坡比美国阔气多了。然而创造并经营这片繁荣的新加坡的执政者,私生活却一点也不豪华。

二十日晚赴拉贾拉南的家宴时,男主人像上次那样在铁栅栏门内迎候。他依然穿着那件古铜色短袖衬衫,并且一定要萧乾松开领带。他夫人穿的是白绸长衫,我发现她微颤的双手青筋暴起,我早就知道她当年逃到英国后是个普通女工,她习惯于自己劳动,从不养尊处优。

彼萝希卡又是亲自先给我们各端一杯橙汁。另一个女佣来告诉她,菜已经切好了。彼萝希卡对我说,他们家原来有个华裔女佣,做了二十一年工,她替她把每月工钱的一部分存起来,等她告老回家时,已有了可观的一笔钱。至今还常来看他们。现在这位菲律宾女佣在她家也快做满三年工了。也许为了向我解释为什么家里有两个帮手,她告诉我新加坡政府只允许外来的佣工居留三年,所以现在只好又请来了一个,等把新的带好了,旧的也就该回马尼拉了。

过一会儿,伦敦《观察家报》驻新加坡记者戴尼斯·布拉德沃尔斯夫妇到了。他们和拉贾拉南夫妇是二十七八年的老朋友了。

彼萝希卡亲自下厨房去做菜,我便和布拉德沃尔斯夫人用中文聊起来。她原籍广东,生在北京,名叫梁兢小,中山大学毕业后去香港教中文,布拉德沃尔斯便是她的学生。五十年代中期,她姐姐在北京去世,她便把三个小侄儿接到香港来抚养。她和布拉德沃尔斯结婚后没生孩子,夫妇俩精心培养那三个遗孤,让他们受中文教育。如今,孩子们已长大成人,书读得很好,老大目前是西德一家石油公司派到北京的负责人。

到新加坡以后,几乎顿顿都是山珍海味,鱼翅燕窝,几乎把普天下的佳馔都吃遍了。但我对副总理夫人亲自下厨房做的这顿匈牙利饭,特别欣赏,因为它凝聚着女主人公的一片朴实无华的心意。

菜肴一共只有三道。第一道是一小碗鲜美的虾仁汤。接着,是炸猪排和土豆泥。另外还有素煮菜花、胡萝卜和芹菜。随后,穿同样淡黄色连衣裙的两个菲律宾女佣一道从厨房走进来,一个端上一盘水果,另一个在男主人面前摆上一只空空的小钵。我正纳闷着做什么用的,只见男主人将盘中的半块猪排切碎,拌上点土豆和蔬菜,用调羹舀入钵子,女佣把钵子放在地板上。等候在那里的爱犬一会儿就把钵子舔干净了。它呜呜叫着,似乎还没吃够。女主人说:"它太懒,不肯到院子里跑跑,已经发胖了,不能让它多吃。"饭后,主客步出客厅,到院心的凉亭上喝咖啡去了。这时,女佣下班了,不再露面,糖果、白兰地什么的都是由腿脚不利索的彼萝希卡一趟趟回屋去取的。

我们环坐在一张长桌子四周,我的左首是梁女士,右边是女主人。梁女士告诉我,拉贾拉南早饭在家里吃,上下班由公家派车接送。他总随身带上一暖瓶茶和一包水果,边处理公务边吃。他不吃午饭,也不睡午觉。晚上有时在家看看书,有时也到朋友——像布拉德沃尔斯家去做客。他们有一部小丰田,为私事出门,就开自己的车子，而且总是拉贾拉南亲自开。她还说，彼萝希卡出门买东西，宁可坐公共汽车，一向不坐公家的汽车。有一回东西多了些，拿不动了，幸而碰见了梁女士，才把她送回家。

拉贾拉南是新加坡开国元勋之一，政治地位在国内居第三位。

谈话很自然地分作两组进行。彼萝希卡基本上属我们妇女组，但有时也有交叉。例如在谈福克兰群岛的争端时，我注意到她同她丈夫的意见大相径庭。她认为福克兰离阿根廷那么近，理应属阿根廷，而拉贾拉南又用国际法同她争辩起来。我不懂国际政治，但对他们之间的争论感到饶有兴趣。

三个男的还在那里有说有笑地谈论着，我一看表，哎呀，已经过了午夜。梁女士提醒说，彼萝希卡从来都是十点以前就睡觉的，她这么陪坐到深夜，是罕见的。我悄悄问她："你可不可以表示一下呢？"她说："你们是主客，这话我不便说。"我看到他们谈得那么起劲，真不忍心打断他们。但我还是给萧乾使了个眼色。他一看表，说："啊，差一刻一点了，这是一个忘却了时间的夜晚。"

归途，我们各自倚在车厢的一角，不是困倦，而是深深地陷入了沉思。

伊藤克

——一个热爱中国的日本人

一九八二年的夏天,正当日本发生修改教科书问题时,曾在东京日中学院任过教的伊藤克,应该学院的邀请,发表演说,题目是《日中战争和我》。她通过自己的亲身经历,向在座的以中国语文为专业的日本男女青年控诉了日本军国主义者的罪行。她告诉他们,那场侵略战争使中国受到了巨大的损害,并强调指出,绝不能允许历史重演。演说是以这么几句话结束的:

> 对各位年轻人来说,日本战争是遥远的过去的事,是发生在你们父母或祖父母那个时代的事,所以你们和那场战争似乎风马牛不相及。我常听到有人说:"那是你们成年人干下的勾当,和我们没有关系。"我不能要求你们替父母、祖父母犯下的罪行承担责任,因为这都怪我们不好,怪我们未能阻止侵略战争。你们在这个学院学习中文,将来准备成为日中友好的桥梁。因此我恳求你们,务必从现在起,对周围的动静提高警惕,以便不让如此令人发指的事端再度发生在你们的时代,你们的子女和孙男孙女的时代。就拿这次的修改教科书问题来说,不知不觉之间,"侵略"一词竟变成了"进入",军国主义重新抬头了。这是多么危险的事啊,希望你们趁着它还处于嫩芽的阶段,和我们成年人一道把它摘除。咱们同心协力,不让

我们当初未能阻止的事再度发生。我祝愿这种精神世代相传,子子孙孙都能实现日中友好。

演讲在热烈的掌声中结束。上了年纪的讲师自不用说,连年轻学生都不断抹眼泪。她本人由于激动,心也颤个不停。她相信,这鼓掌和泪水说明日中两国之间一定能世世代代保持友好关系。

最近,这位侨居我国多年的日本文学女翻译家的自传出版了,书名《越过悲哀的海》。写得真实动人,是一个正直善良的日本女性坦率的自述。

伊藤克于一九一五年生在东京,十三岁时,当医生的父亲去世,遗下的一点财产也被叔叔骗了去。她只好辍学,先后在百货商店、母校淑德高等女学校、丸之内旅馆做工。当时在日本,大学毕业生尚且失业,像她这样一个年轻姑娘,又怎么养活得了寡母弟妹呢?正在绝望中挣扎时,她遇上了老蔡。老蔡的父亲是华侨,在大阪开餐馆,母亲是日本人。他毕业于大阪帝国大学冶金系,一心想把自己的技术献给贫穷落后的祖国。

伊藤克的父亲生前一直向往中国,曾教给她汉文,所以她从小对中国怀有深厚的感情。她嫁给老蔡后,一九三六年来到处在水深火热中的中国。在赴太原的火车上,她遇见了一个日本军官。过去,在她的心目中,军官是受尊重的。但是,在中国,他们蛮横无理,衣冠不整,坐车不买票,任意放肆。她感到这是给日本人丢了脸。"九·一八"事变后,日本军国主义者伺机侵吞我国华北,当时中日战争处于一触即发之势。老蔡给她买了几件旗袍,要她冒充在日本生长的华侨,名字也改为鲍秀兰。有一次,她穿上从日本带来的和服与草屐,到胡同里去溜达。过路的人看见她便喊:"打倒日本帝国主义!""日本鬼子滚回去!"吓得她跑回家去,从此把和服也改成旗袍。

日本军国主义者发动全面侵华战争后,她便随着丈夫和其他技术人员,先逃到武汉,后又撤退到重庆。最初,她的心情是矛盾的。譬如当周围的中国人看到日本飞机被高射炮击下来而拍手称快时,她却情不自禁地担心起驾驶员的命运来,心想,说不定那正是自己的弟弟哩。但这种矛盾很快就为她对日本军国主义者的痛恨所代替了。日本投降后,她随丈夫来到鞍钢。东北解放后,她在鞍钢的图书馆当资料员,逐渐对中国共产党有了认识。这时,她投入了中译日的工作。

不久,通过民主新闻社,她收到了一些战后出版的日本文学作品。全国解放后,我国人民政府教育中国人民,不可把日本人民和对中国发动侵略战争的日本军国主义者等同起来,日本人民和中国人一样,也是战争的受害者。她想到,中国人民,特别是长期以来在日本人的统治下受到惨绝人寰的迫害的东北人,仇恨"日本鬼子"是情有可原的。她认为全体日本人,包括她自己在内,对中国人犯下了无可挽回的罪行,要想让东北人把日本军国主义者和日本人民区别开来,谈何容易。但是她转念一想,一般日本人在这场战争中也没少受罪,她希望中国人了解这一点,以便平息他们对日本人的愤怒,为日中友好打下基础。

于是,她决定把日本战后的小说翻译介绍给中国人。她译的第一篇作品是高仓辉的小说《猪的歌》。在她来说,中译日不费吹灰之力,日译中就困难重重。幸而大女儿桂蓉已经上高中了,她跟母亲一样爱好文学,可以帮她进行中文加工。译文发表在《人民文学》后,收到不少读者来信。

她觉得鲍秀兰这个名字太俗气了,后又改用笔名萧萧。这两个字取自我国古诗词"风萧萧兮易水寒",反映了她因祖国对中国人民犯下的罪而感到的苦恼心境。

随后,她又为上海文化生活出版社翻译了高仓辉的长篇小说《箱根风云录》和德永直的《静静的群山》第一部。书出版后,她应邀到北京,见到了人民文学出版社副社长楼适夷、译文社副主编陈冰夷。楼适夷约她译《静静的群山》第二部,陈冰夷也表示希望她多译些短篇。作家协会的一个年轻干部还领她去参观了天安门。十几年前,她乍到中国路过北京时,天安门城楼上杂草丛生,柱子油漆剥落,一个衣衫褴褛的男子正蜷缩在墙脚。如今人民当家作主,天安门焕然一新,朱红色的墙和黄琉璃瓦衬托着蔚蓝的天空,格外鲜艳。她感到中国变得朝气蓬勃了。

回鞍山后,她专心致志地搞翻译,于一九五五年成为沈阳市作家协会会员。由于始终有人猜测她是日本女人,她的丈夫老蔡回国后未受到应有的重用。老蔡把怨气发泄在妻子身上,双方的感情破裂了,她只身到北京去从事翻译工作,在介绍日本文学方面作出了可观的贡献。

这时,她接到女儿桂蓉写来的一封信,说她已申请加入共产主义青年团,想搞清楚自己的母亲究竟是华侨还是地地道道的日本人,因为在鞍山,众说纷纭。信中写道:

> 妈妈,即使您是日本人,我也不会感到厌恶或丢人。因为您是中国人民的朋友,一直和中国人同甘共苦;您是和中国人一道获得解放的,如今正在为新中国的建设和社会主义建设而出力。务必请您让我及早知道真相。

她辛辛苦苦哺育大的孩子终于成长到可以加入党的助手共产主义青年团了。这是多大的光荣啊。她热泪盈眶,为了孩子们的前途，向北京市公安局主动交代了自己的真实身份。以后，她和老蔡离了婚，孩子们有的升学，有的工作，也陆续来到首都定居。

一次，日本杂志《妇人俱乐部》的记者增田对她进行采访，写成一篇通讯，刊载在该杂志上。这样，她才终于和断绝音信多年、她原以为早已死在战火中的四个兄弟姐妹联系上了。一九六一年深秋她只身返回阔别二十六年的日本，和骨肉团聚。孩子们虽然有着四分之三的日本血统，他们却是在中国共产党的阳光雨露下茁壮成长的新中国的青年，个个思想进步，她决定把他们留在社会主义中国。

抵日后，她先后在亚非语学院、中国研究所中国语研修学校、日中学院教中文，又把我国的长篇小说《金色群山》《军队的女儿》《青年英雄的故事》《高玉宝》以及一些短篇小说译成日文，并在《朝日新闻》和其他日本报刊上发表有关我国的报道和评论，致力于日中友好运动。

人进入老境，就想落叶归根。萧萧虽然是日本人，她的心却萦回在自己在那里度过最宝贵的年华的中国大陆上。一九八〇年，我国政府同意她在我国安享晚年。她继续做中译日的工作，并在北京师范大学和北京外国语学院分院执教。目前，她和在中日友好医院当大夫的大女儿住在一起。她唯一的儿子已光荣地加入中国共产党，在丰台某厂当工程师。小女儿是中国儿童艺术剧院的乐队竖琴手，正在日本深造。

伊藤克把毕生的精力用来促进日中友好关系。一九七八年八月，缔结《日中和平友好条约》的前夕，她高兴地在《朝日新闻》上发表谈话说："日本和中国，说什么也得友好下去。我们和中国的关系是如此地深，缔结条约后，有义务在每一个人心里灌输日中友好的思想……"

这是一位坚强的女性。在日中关系处于不幸的时期,她的人生道路是坎坷不平的。她曾坐过阎锡山的监狱,幼小的儿子一度被青帮拐走。回日本后,由于她为我国伸张正义,曾遭到暴徒的毒打,险些送命。

伊藤克充满了乐观主义精神和高度的使命感。一九六一年回日本时,她决心向祖国的人们宣传自己在社会主义中国的见闻;一九八〇年重返中国,她考虑的依然是继续投身于中日友好运动。

伊藤克在自己的一生中,充当着中日两国之间的一座桥梁。

友　情

　　一九七八年十月的一天,机关要我回家通知萧乾,当晚七点去北京饭店宴会厅。事情来得太突兀了,而且也没说是什么人请。我赶紧跑回天坛去通知他。他一边乱猜要见的是谁,一边发愁穿什么好。尽管不知道东道主是何许人,去北京饭店总得穿得体面些。于是,我就翻箱倒柜为他找了套勉强可以见人的衣服。深夜他回来,兴冲冲地告诉我主人是林苍祐,将近四十年前,他们曾一起留学英伦三岛。林当时是个马来亚华侨,在爱丁堡大学医学院读书。萧乾曾在假期为留英马来亚华侨开过国语班,林学得最起劲。那晚林致词时还提及此事。一九四六年萧乾归国途中,特意到槟城去看望过林的父母,如今林的老母依然健在,已九十几岁了,而林本人则作了马来西亚槟州的首席部长。两天后《人民日报》还登出我国政府领导人会见他的消息和照片,他把夫人和两个女儿也带来了。

　　一九五七年后,这是萧乾见到的第一个海外友人。

　　一九八〇年夏天,林苍祐的夫人吴杏蓉女士带着两个儿子来京访问之际,我们曾相聚数次。吴女士说,此行主要目的是让孩子们看看父母的故乡,两个女儿上次已经去过了。尤其是刚刚二十出头的小儿子,兴奋不已,简直迷上了中国的名胜古迹。

　　今年一月间,我在新加坡陪萧乾去拜访那里的第二副总理拉贾拉南,辞别之前,他交给萧乾一封信。原来林苍祐当天恰好在与新加坡毗连的柔佛州开会。他听说三位中国作家来了,就写信来说,他要抽身专程来看望萧乾。

我们回旅馆后,即接到林苍祐从柔佛打来的长途电话。一个半小时后,他已偕夫人坐在沙发上侃侃而谈了。这使我立刻意识到马来西亚同新加坡挨得多么近啊。同来的还有在新加坡工作的他们的大女儿宝琳。她的英语讲得流利极了,也会讲闽南话,普通话却不行,所以大家基本上是用英语交谈。

林苍祐本想邀我们一道吃饭,但日程上那晚有宴会,李炯才部长也出席,我们不好不去。晚宴的时间迫近了。林苍祐说他弟弟林苍吉就住在新加坡,八点半钟他来接我们到他弟弟家叙谈。

晚宴在世界贸易俱乐部举行,我们不等散席就溜出来,林苍祐已在俱乐部底层等候着了。是他亲自开的车。

在宴会席上我就听人讲起林苍祐这位弟弟是留英回来的著名建筑师,并且是位传奇式的人物。他曾为欧美各国设计过若干座大楼,如今年过五十,依然是个单身汉。

他住在新加坡近郊。那座北欧式的两层楼房以及房里的家具都是他自己设计的。

一进门厅,就看见右边有一道螺旋形的楼梯通向二楼的卧室。楼下的客厅宽大而雅致,暗红瓷砖地擦得纤尘不染,一端是架立式大钢琴,另一端铺着圆形波斯地毯,周围摆着十来把式样不一的沙发。靠墙有个台子,陈设着中国古瓶、马来偶人和印度彩盘,似乎在说明着这是个多民族的国家。客厅紧挨着他的工作室,里面有架竖琴,以及上千张唱片和音乐磁带。

我们进屋时,吴杏蓉女士和宝琳已先到了。林苍祐的妹妹和当大夫的妹夫随即也赶了来。他们就住在附近。

林家两兄弟长得很像,都是圆脸庞,浓眉大眼,显得精悍果断。

只是弟弟略瘦,高出哥哥半个头。也许是不曾为家室所累的关系,头发黑油油的,依旧显得很年轻。他嫂嫂告诉我,他什么都是一学就会,偶然去学歌剧,很快就能登台演出了。他画得也很出色,壁上挂着好几幅自己画的油画。他还送给我们一部用英文写的建筑方面的专著,很厚,是从哲学角度来谈建筑的。我不禁想起文艺复兴时代的达·芬奇,他既是画家、自然科学家又是工程师;米开朗琪罗呢,除了绘画,也擅长雕塑、建筑,并且还写诗。没想到在南海这个小岛上也会遇到这样的奇才。

喝咖啡时,林苍祐提出要我们在文艺营的活动结束后,去槟城他家里小住。我们表示还是同其他四个人一道回去的好。看到我们那么坚决,他又说,那么会议期间可不可以抽出一天去槟城呢,哪怕半天也行。他说,来回都有飞机接送。住一宿,他保证次晨就把我们送回来。入境问题,他也已取得了马来西亚总理的特殊批准。吴女士在旁向我解释说:"总理告诉他,别人不行,你的老朋友嘛,当然可以。"

我对这样一趟旅行,兴味颇浓。能到新加坡来,尚且不易,槟城之行,更是难得。吴女士三年前就对我详细描述过他们家的园子里栽了好多棵芒果树,金黄色的果实累累,把枝子都压弯了。但是经过考虑,我们还是谢绝了。

走出客厅,发现院子的一角像动物园似的圈着铁丝网。忽然听见一阵犬吠声,传来一股浓烈的兽类体臭。原来这位建筑师还喜欢养狗。这里有二十只,另外他还有四十只在印度尼西亚的别墅里。其中一只曾在全新加坡的比赛中获得过头等奖。拉贾拉南想向他讨一只,他以那位副总理家的院子太潮湿为理由拒绝了。这位精力旺盛、才智过人的快乐的单身汉,终年活跃在地球的各个角落。

离开新加坡的前夕,萧乾和林苍祐通了一次长途电话,我也和他夫人讲了几句告别的话。我们都相信后会有期。

最近接到林苍吉从新加坡寄来的五幅彩色照片,是几个人那天晚上在他家的留影。我找出四十年代初林苍祐和萧乾同游苏格兰雷梦湖时的合影,把它和新近拍的贴在一起。我恍然悟到真挚的友情是时间,以至国界都无法割断的。

忆华楼主罗孝建

通常，文化指的总是诉诸于视觉和听觉的产品。因此，一提到文化，人们马上就想到绘画、雕刻，想到音乐、舞蹈。然而诉诸味觉的烹调术算不算文化？伦敦忆华楼的老板(网球名手)罗孝建却认为，它不但应列入文化，而且是对上自帝王，下至凡夫走卒都普遍具有极大吸引力的文化。通过他和几位中国大师傅炒勺里的鱼虾海参，他们那奥妙无穷的调味，曾征服过多少国际闻人。大家一边品尝，一边总连声赞叹着："中国菜真了不起。"

他随便列举了一些经常上门的顾客。有英国前首相希思，有哪几位大使。一天，饭馆刚要打烊，忽然来了一位不速之客——因为事先没预定座位。这位顾客排场可大了，是由八个彪形大汉前呼后拥地走进来的。这可真给罗老板来个措手不及。那位大人物微笑地对迎在门厅里的罗老板说："在中东老早就听说你们这家饭馆，今天特意来尝一尝。"老板一边招呼伙计们摆上饮料，一边小声打听这位大主顾的身份——他是约旦国王。

后来皇太子也来了，排场比父王小，只有四个保镖。

在伦敦，凡是爱吃中国菜的人，无不晓得肯尼思·罗(Kenneth Lo)和他开办的忆华楼(Memories of China)。自从一九八〇年开业以来，它的名声早已扬出英伦三岛。英国的《时髦》、《哈普月刊》、《家庭与园艺》、《妇女杂志》、《伦敦画报》均载过专文，推荐并称赞这家中国饭馆的佳肴，美国的《纽约时报》、《国际先锋论坛报》,巴黎的《费加罗报》和《快报》,西德那专谈烹调艺术的《美食家》,以至香港的《南华早报》,也都有品尝家撰写的大小文章。

我曾在萧乾早年的相册上见过这位"烹调艺术家"年轻时的风采。三十年代,他们二人在燕京同窗。四十年代初,又同住在剑桥一户意大利人家里——萧乾在《珍珠米》中还写过那位房东太太。那时,罗孝建是研究英国文学的,并且写小说。萧乾告诉我,一九四五年有一次罗在伦敦一家中国餐馆里遇到邓发和朱学范二位。他们正要赴巴黎参加国际工联大会。邓发听罗说在写有关中国题材的小说,就掏出支票本来,送给他几十英镑,表示对他的支持。

罗孝建的家庭与英国的关系要追溯到十九世纪。远在一八七二年,他的祖父曾在格林威治海军学院学习过,本世纪初又当过清朝的驻英大使,并被英国维多利亚女王封为爵士。他父亲则毕业于剑桥大学,一九一九年任中国驻伦敦总领事。罗孝建于一九一三年生在福州,六岁时一度随父亲来过伦敦,住在汉普斯特德。后来他又回福州,在英华中学读书。他从燕京大学英文系毕业,一九三六年到英国来深造。

孝建及其胞兄孝超都是上过全国运动会的网球名将。孝建抵英后,又在温布尔顿击败了欧洲的几位高手,轰动了全英,马上被剑桥校队吸收。进入八十年代后,他又接连五年取得全英网球老年冠军。他当过专业网球教练,开过美术出版公司,大量翻印徐悲鸿的名画,还作过新闻记者。十年前,他才开始钻研中国的烹调艺术。

今天在欧美各国,开中国餐馆的不乏其人,到英国内地旅行,甚至人口不上万的小镇,有时也会有一两家。然而罗孝建并不就是开个馆子,赚点英镑。他主要想的是把烹调作为中国文化的一个方面在海外传播。至今他已经有三十二本关于中国食谱的英文著作问世,本本畅销。他组织了一个专门品尝中国菜的俱乐部,七年间曾指导一万七千名英国人品尝过中国菜。四十家大报上刊载过他关于中国烹调的文章。去年他连续六个星期出现在电视节目中,教英伦的主妇们怎样做中国菜。他成为家喻户晓的人物了。

他还开了个中菜烹饪学校,分上午班和下午班,有五名教员。每学期上九堂课,每堂两小时。学生以中年主妇为主,知名人士如英国皇太子的岳母,也报名来参加。

英国的中餐馆,一般都开在唐人街。罗孝建偏不。他选择了离白金汉宫只有半英里路的艾布里大街。这是伦敦的贵族区。门面不大,可布置得十分雅致。一进门,没有一般中餐馆那种红红绿绿、大龙大凤的装饰,只有幽暗的灯光,每桌都用白色雕花格子隔开。他没替馆子起了花哨的名字,而名之为"忆华楼"——照原文直译出来就是:对中国的怀念。这正道出了罗孝建的思乡之情。

在国外,大部分中餐馆供应的都是粤菜,偶尔会遇上一家四川馆或山东馆。罗孝建认为应该打破"中国菜"这种地理畛域。忆华楼有五位大师傅掌勺,他们供应的是北京、四川、上海和广东等地菜肴的精华。我们在伦敦的最后一晚,就是在忆华楼度过的。罗孝建请我们吃的是香酥鸭、素炒蟹粉、芙蓉鸡片、珍珠丸子、凤凰扁豆、鱼肉虾盅、麻辣牛肉、香菇托儿、火腿蚕豆、三鲜炒饭、酸辣汤。既丰盛可口,又不油腻。为了介绍地道的中国菜给英美食家,忆华楼的几位大师傅轮流回国来"进修",不断地学习国内的新菜码,不遗余力地改进工作。

这里,不能不提一下罗孝建的英国太太。我同她在我们大使馆的一次招待会上谈过好久,但在餐馆里她可是忙得不可开交。她刚到我们桌边来寒暄两句,就又被什么人喊走了。罗孝建说,她每天工作达十二小时。凌晨两点,打电话订好当天需要的蔬菜肉蛋鱼虾后,才回家休息。不过,市场管送货上门,并且全都洗得干干净净,切得整整齐齐,用塑料包好,打开就能下锅,所以倒还便当。

罗孝建已七旬开外了,可是他腰板挺直,走路快得我都跟不上。为了便于多谈谈,他陪我们坐了一大段地铁。

回到北京,在积信当中,找到了罗孝建从伦敦写给萧乾的一封。发信日期是八月四日,恰好是我们动身飞西德的那天。信中写道,八月下旬他将赴比京布鲁塞尔去比赛网球,九月上旬要到法国里昂,作中国烹调艺术的演讲。

我依稀从这位侨居英伦的华人身上看到一种天生的智慧,一股百折不挠的韧劲,一腔对中华民族文化的挚爱。

萧桐的路

画 苹 果

一九五八年四月,萧乾被送到渤海湾柏各庄农场去劳动。亏得当年一一月,我就结束了下放锻炼,回到人民文学出版社,负责日本文学编辑工作。下放干部中,只有一半能回到本单位,其余的调到外省。萧乾接到家信,自是十分欣幸。他的前途未卜,但夫妻之中,只要有一方能在北京有稳定的岗位,我们这小家庭就有保障了。

次年,我决定赴农场探亲。国庆节照例放两天假,再请上三天假,加上星期日,除去路程,可以在农场待上四天。吃食之外,倘若再带些儿女的习作,必然会使萧乾不胜高兴。四岁半的荔子已在文化部幼儿园中班学会了画小人儿,个个扎着小辫,左上角总有一轮金光闪闪的太阳。不满三岁的桐儿,尚在八面槽的育群托儿所,从未拿过画笔。他直发愣,说:"我不会。"我把一只红彤彤的苹果摆在盘子里,教他照着画,并告诉他怎样上色,还别忘了画个柄儿,涂上咖啡色。从此,桐儿见什么画什么。沙发、茶几、床、大白菜、花,以及院子里的树,都入了他的画。我给萧乾带去了十几幅儿女的杰作。

萧乾曾选编过《英国版画集》,一九四七年由上海晨光出版公司出版。从他为该书写的代序《英国版画与我们》可以看出,他对艺术有相当高的鉴赏力。他离开桐儿时,娃娃才十七个月,如今在强制性劳动中,他竟然熬过了十七个月。他从画中看出桐儿的成长,激动得热泪盈眶。

一只画箱

一九六一年元旦,我第二次到农场去探亲。当年六月上旬,萧乾调回北京,在人民文学出版社从事翻译工作。他刚安顿下来,就骑车到东安市场去给桐儿买来了一只画箱。从此,我经常带他出去写生。有一次画北京站,四下里站满了围观者。他坐在折叠椅上,专心致志地画,我站在他身后保护他。

桐儿四岁时由托儿所转入培新幼儿园。五岁获中央电视台举办的幼儿绘画竞赛鼓励奖,入中日儿童画展。

一九六一年夏末,我看到报载画家黄永玉的一对儿女黑蛮、黑妮的画双双获国际奖,就给黄永玉、张梅溪伉俪写了封信,说我要到他们府上去拜访他们。由于萧乾的身份依然是"右派分子",我没敢提他的名字,只署名文洁若。他们的地址还是萧乾的老友翁独健的三女儿如兰告诉我的。她正在中央美院学习,是黄永玉的学生。

我带着桐儿叩门而入后,黄、张伉俪瞧见我,才恍然大悟。原来他们早已把我的名字忘记了,接到我的信,只当是来采访的记者。他们二人马上跟着我们一道乘公共汽车,前往东四五条牛圈胡同来看望萧乾。进门后,第一句话就是对一九五七年夏上台批判萧乾表示歉意,说那是迫于压力,实在不得已。

桐儿并未拜黄永玉为师。但有一次他告诉我:"我从黄叔叔那儿偷了一笔。"他悟性极强,看到黄永玉正在运笔,不点自通。后来他说,他的艺术至上主义来自黄永玉叔叔。

故事比赛·历史年表

一九六四年,萧桐进了府学胡同小学一年级,正赶上景山少年宫举办全市小学生讲革命故事比赛。这时我们已在自购的五间南屋(位于朝阳门内豆嘴胡同)中生活了两年。荔子和桐儿天天听爸爸讲故事,也就掌握了讲故事的诀窍儿,所以双双获得本年级的一等奖。桐儿还被推举出来,在少年宫大礼堂上台讲《泥鳅看瓜》的故事。面对着几百个小听众及他们的家长,毫不怯场,讲得绘声绘色,博得雷鸣般的掌声。

一九六六年的红八月中,我们花四年时间经营起来的家被砸烂,家具什物毁的毁,抄的抄,一家四口人被赶到位于南沟沿的一间小东屋(萧乾把它比喻为巴勒斯坦难民营)里。在这种情况下,萧乾仍没忘记培养子女,教荔子画地图,教桐儿绘制历史年表。现存的一张约一米长、二十厘米宽。表格分作两栏:世界大事及本国大事。后者从远古时期、夏朝、商朝、周朝,一直记到清朝。最末一项是毛主席诞生(一八九三)。外国大事从埃及帝国建立(前二八〇〇—三〇)一直记到马克思诞生(一八一八)、恩格斯诞生(一八二〇)、《共产党宣言》(一八四八)、《资本论》(一八六七)、列宁诞生(一八七〇)、巴黎公社(一八七一)、斯大林诞生(一八七九)。字是用蓝墨水写的。法国农民大暴动(一三五八)、英国农民起义(一三八一)等则用红笔,还画上了红色火把。中国的历史中,用红笔标出的就更多了,从陈胜吴广起义(前二〇九),直到明末李自成农民战争(一六二八—一六四四)及太平天国(一八五一—一八六四)。上面有不少萧乾用铅笔改动的字迹。

在学校停课、整个社会陷入混乱的期间,孩子没有到处乱跑,却待在窝棚般的斗室里绘制历史年表,既增加了知识,又在潜移默化中懂得了把自己摆在世界历史的长河中来审视问题。

干校·五中

一九六九年十一月,和萧乾一道,作为"'五七'战士"已在咸宁"'五七'干校"劳动了两个月的我,回了一趟北京,根据林彪的"一号通令"把一对儿女接到干校。桐儿曾画过一幅想象中的向阳湖图景,随信给我们寄来。到了干校,他也很幸运,因为还在小学六年级,得以在咸宁的共产主义小学住宿,又赶上学制改革,及至一九七一年春他小学毕业,干校艰苦的那段日子已熬过去了。荔子则被重劳动拖垮了身体,至今还是病号。

每逢节假日,萧乾就带着儿子到附近的王六嘴村去,找个佳木葱茏、令人心旷神怡的角落,教桐儿英语。父亲教学有方,儿子领悟得快。一九七二年九月,我送桐儿回京读书。为了让他能就近上五中,将房子换到门楼胡同,转年七月我从干校调回北京后,至一九七六年春桐儿高中毕业赴平谷插队为止,我从北京图书馆和人民文学出版社资料室为他借过好几十本英国名著(如萨克雷的《名利场》等),他读得津津有味。我手里保存着一份一九七二年下学期萧桐的成绩单。期末成绩为物理九十八分,政治、语文、外语各九十九分,历史、地理各一百分,数学一百加十分。学期成绩为全优。赴干校三年,刚转入五中,他就成为班上最受老师器重的学生。从小学一年级到一九八六年在美国获硕士学位,他一直律己甚严,学习成绩一向是拔尖儿的。

插队·北师大

我至今保存着桐儿一九七六年、一九七七年这两年在平谷县辛庄人民公社齐各庄生产队插队期间的劳动手册。他干过平地、养猪、割麦、驾辕、开拖拉机等活儿,有时被派去写标语,编板报。由于劳动出色,经常受表扬。在五中时,他已入团,生产队党组织决定发展他入党,他本人也有此要求。于是,党委派人专程到人民文学出版社来了解他父母的政治情况。那人回去后,转瞬之间,生产队上上下下全都歧视起他来了。一九八六年,我们与他在美国相聚时,他才把此事告诉我们。幸而一九七八年初他考上了北师大。在农村最后几个月受冷遇的滋味,是他毕生难忘的。

桐儿连一天也没复习功课,却以优异的成绩考上了北师大英语系。学校根据程度,将学生分成三班,桐儿是快班里的佼佼者。自第二学期起,美国教授爱德华·罗恩柏走马上任。他从一九七八年九月教到一九八〇年七月。萧桐赴美留学时,爱德华的任期也满了。

爱德华毕业于耶鲁大学,接着到哈佛去深造,取得硕士学位。他的妻子帕梅拉是位汉学家,两人双双来到改革开放后生气蓬勃的北京。爱德华真是一位恩师,桐儿的英文作业,他改得很细,很认真。一九八〇年桐儿赴美留学时的推荐书,是爱德华写的,他对桐儿的评价极高。爱德华夫妇离任返美前,我们在家(我们于一九七八年六月搬到天坛南里的单元房,紧挨着天坛南门)设宴招待他们,饭后陪他们逛天坛公园,并合影留念。

负笈克欧学院

爱德华是耶鲁、哈佛的学士、硕士,他在北师大任教时的课程,美国大学是予以承认的,因此,桐儿完全可以请爱德华教授开个证明,缩短两年学业。然而桐儿考虑到,克欧学院既然已慷慨地答应给他四年的奖学金,他何不双管齐下,同时攻读文学、艺术两个专业,对今后在美国继续发展大有裨益。他确实有眼光,中国人在美国读文学系,没有什么前途。那些美国同窗是咿哑学语时就讲英文的,而他呢,入了初中才学字母,怎么努力也拼不过人家。学艺术嘛,则可以跟他们打平手。

一九八三年,艾奥瓦大学来函邀请萧乾赴美讲学。艾奥瓦大学的讲学任务结束后,九月二十五日,克欧学院副院长杰克·劳根亲自开车,将我们接到该校。

我们在克欧学院的招待所住了一周。校内师生对我们格外热情。当地报纸《艾奥瓦市新闻》于九月三十日刊出了专栏作家马克·格兰所写长达三栏的报道:《中国作家到克欧探望儿子,全校学生分享这一快事》,并附上了萧乾和桐儿的合影。

萧乾在该学院讲演两次。一次是关于报告文学,另一次是《斯诺与中国》。听众反应强烈,争相提问。他们想了解中国人对美国的报纸有什么看法,等等。

两年前曾教过桐儿的伍德罗夫教授请我们到他的班上去听过一节课。他教的是"当代英国小说"。他给了我一份详细的课目表,一学期要读好几十本书,包括乔伊斯的《都柏林人》、福斯特的《霍华德别业》等。教授对我们夸奖桐儿,说桐儿是历年他教过的最优秀的学生之一,他曾纳闷并非以英文为母语而长大的青年,何以能用英语表达得那么好。桐儿则私下里告诉我们,教授并不晓得为了在那门"当代英国小说"课程上取得良好成绩,他付出了多少心血。他因成绩突出,被选为《克欧评论》的编委,并在该刊上发表两个短篇小说,其中之一《飞》获了奖。艺术方面,一九八三年春,他曾旅欧学习,饱览英意法艺术收藏,决意投身艺术。一九八四年毕业,获文学艺术双学士暨学院艺术奖,成为美国大学优秀生的荣誉组织法·贝塔·卡帕联谊会会员。

泰勒艺术学院·艺术理论

一九八四年秋,桐儿入费城坦普尔大学泰勒艺术学院油画系,开始出展作品。一九八六年获硕士学位,并在新泽西州特伦敦州立学院艺术系担任助教。这一年的十月,美国纽约大学校长布雷德马斯邀请萧乾到该校讲学,我陪同前往。这是创立于一八三一年的一所美国私立高等学府,我们被安排在纽约市中心华盛顿广场村的教授楼里下榻。桐儿每个周末都乘火车前来,就住在我们这个套房里,和我们谈到深夜,萧乾原是巴望儿子学成回到我们身边,报效祖国。然而看来,短期内他是不会回来的。因为美国为他的艺术理论与实践提供了机会,用萧乾的话说,他在这里"如鱼得水"。他曾对我们发挥如下的艺术理论:"艺术观的发展演变,只能因时制宜,随思想、现实的变化而变化,而不做肤浅的概括性的结论或评判。艺术观毕竟是哲学概念和感情经验的综合,如果我们过早做出结论,或设起理性的条条框框,则会大大束缚艺术上感情经验的范围,缩小创新、前进的可能性。就我的画来讲,我从来也不情愿被称为'抽象',却也不认为自己是写实主义者。随时随地地启发、联想、梦境,概括性的、新颖的构图,油彩的空间关系,面与线的关系(图画亦然),形象、人体在一定的室内空间里'必然形成'的,有时可有可无、但常常同时包含多种可能性的画面'内在的'戏剧性,这些也许可以归纳成我的一些主题吧。简而言之,这或许可以被称作'超现实主义'。但是,正如文学、形象艺术、舞蹈、音乐的语言本身是抽象的、概念性的,我们视之平凡的所谓'现实'亦非平凡一致,而且经过各自有别、形形色色的个人的体会、感受所接受的。写实主义、现实主义与唯心主义、超现实主义的差异也许多在于程度上(量变),少在于实质上(质变)。你们写文章时有选择、结构、装饰、发挥、联想、比喻、象征、时空交错。为什么画家就非得耐心摹写盆花,或仅仅装饰门面、书皮呢?"

一九八七年至一九八九年,桐儿在费城艺术馆工作,兼任该馆所属艺校素描教员。同一个时期,在费城频繁参展,由都伦·麦科斯维尔画廊经理推荐,两度参加芝加哥国际艺术年展,又在纽约格林威治村参展。

奥古斯坦那学院·心怀祖国

一九八九年,桐儿被伊利诺伊州奥古斯坦那学院艺术系聘用,教素描油画。一九九七年升副教授,兼任系主任。他多次在中西部办展,曾几次获奖,并先后三次(一九九二、一九九五、一九九八)陪该学院学生团来中国旅行教学,赴新疆、敦煌、洛阳、西安等地采风。

桐儿于一九八六年与泰勒艺术学院同窗苏·帕特森结婚,次年回国探亲。萧乾特地安排他们到长江三峡观光。然而一九九〇年,双方终因文化背景迥异、志趣不相投而离婚。在孤军奋斗的日子里,桐儿更向往祖国和家人了。他年年回国探亲,踏访全国各地名胜古迹,将中国文化纳入他的画作。一九九一年五月七日,他用毛笔在宣纸上写家信道:"这的确是我练习、复习、进修中文的良好方式。每天清晨写上几行,慢慢地思维,慢慢地运笔,真像父亲的太极拳。回想起来,十几年前我在祖国的首都北京,与爸爸的英国老友蒂娜通信,以便攻英文,而今却在异邦'扎根',虔诚地研墨习字(从油画构图上的乐趣辗转而归)!我正在精读中国古代文化史,愈感祖国文明的渊源高深。尤其我搞的本身是艺术,可以把所读的融会贯通,与每日每时的创作思维联系起来。今年年底我要办个个人展,乃是运用一个画廊所在的空间,将中西之间线与面的不同结合,字与形('写实'形象)、平面与立体空间、画面与透明的甚至反射(如镜子)的平面综合起来。可能有几分像'民主墙',但毫无政治色彩。"经翁独健的长女翁如璧介绍,桐儿于一九九六年与北京市建筑设计研究院的工程师郭利结婚。她毕业于北航,专业是电脑,既掌握现代科技,又有东方女子的传统美德。目前郭利正在美国攻读硕士学位,他们已有一个刚过周岁、聪明活泼可爱的小女儿萧文棣,眉宇之间颇像没来得及抱孙女就驾鹤西去的爷爷萧乾。

萧乾与女儿荔子

我们的女儿出生的当天(一九五五年一月三十日),萧乾在台历上写道:"荔子诞生了。"由于离了婚的前妻留下个儿子,做爸爸的一直盼望要个女儿。我们早就说好,如果是女儿,就取名荔子,那是他的短篇小说《俘虏》的女主人公的名字。当时我们住在作协宿舍的三小间西屋里。萧乾和我住一间。在堂屋吃饭,摆张床给七岁的老大睡。另一间是保姆房兼厨房。我抱着荔子出院后,直接到母亲家去,交给她和我三姐常韦照看。产假期满后,我回宿舍去住,每周去看娃娃两次。一九五六年六月,我姐姐住院去治足疾。幸而这时老大已住宿,只是周末和寒暑假回家。我们把荔子接回宿舍,由保姆照看。院子里的人都说:"这孩子真像爸爸。即使独自走到街上去都丢不了,准会有熟人认出是作家萧乾的女儿,给送回来。"

一九五六年是新中国成立后萧乾最忙碌而富有成果的一年。国庆节前夕,他从内蒙古草原回来了,准备写《万里赶羊》。这时从学校回家度假的老大突然发起高烧来。经作协医务所的孟大夫出诊来诊察,患的是猩红热。她说孩子小,不宜送传染病医院。她有特效药,每天上门给打针,等烧退了,就没什么问题了。确诊为猩红热后,我马上雇辆三轮车,抱着荔子躲到母亲家去,由萧乾在保姆的帮助下护理病儿。到了十月四日,萧乾打电话到我的办公室来说,至今他一个字也写不出来,想次日一早到西山作协招待所去写,问我能否自当天晚上起就回宿舍来住。

其实,当时我正怀着身孕,但我完全没考虑胎儿的命运,立马就答应了。因为我知道,他多么渴望去搞创作。《万里赶羊》是十月十二日搁笔的,在《人民日报》上发表后,曾在读者当中引起强烈反响。老大进入恢复期后,我还每天给他补习国语和算术。及至他三周后回学校,在家学习的进度竟超过了学校所教的。这时萧乾正陪着西德作家全中国到处转悠。当他抵达广州时,收到了老三桐儿出生的电报:"男,八磅。"桐儿是比预产期提前二十天,于十一月十日来到人间的,生后二十天,他爸爸才回到家里。

转年就是大鸣大放。一九五八年四月,萧乾被戴上"右派分子"的帽子,勒令到柏各庄农场去从事"监督劳动"。我是当年一月初就下放到丰润县去劳动锻炼的。闻讯告假回京,把荔子送到文化部幼儿园去全托,将老三桐儿送到我母亲家去。考虑到母亲年迈,让看桐儿的小保姆也跟着去了。在新华社工作的弟弟文学朴当时还未成家,他答应帮我们照看老大,周末和寒暑假安排他住在本社招待所。将子女们安顿毕,我们两人就分别奔向农场和村庄。当年十一月,我结束劳动,回到人民文学出版社,继续做编辑工作。使我受震撼的是荔子性格上的变化。原来聪明活泼开朗的荔子,小小年纪变得沉默寡言,也不大笑了。爸爸离家时,哥哥已懂事,弟弟则完全不懂事,像荔子这样半懂事不懂事的年龄,最难以承受爸爸怎么忽然不见了的事实。

到了一九七七年,命运又突然来了个大转折:恢复高考。老大很有主意,他没跟着同校毕业生到内蒙古去插队,却独自跑到江西搜集民歌去了。那里虽没有接受北京知青的任务,却也找到一家农户住了下来。也不知他劳动了几天,反正萧乾没少给他汇钱。萧乾用"大大方向是对的"一语来表示对儿子的支持。"大方向"是插队,虽没去内蒙古,总归去了农村,所以"大大方向是对的"。小儿子在干校时期就跟着爸爸学英语,高中毕业后,一九七六年去平谷县插队以来,还经常跟爸爸用英语通信。所以他在一天也没时间复习的情况下,考上了北师大英语系。老大则直接考入了人大研究院。以后他们又分别赴美留学,若干年后,哥哥在新加坡,弟弟在美国当上了教授。

最吃亏的又是荔子。在干校曾被誉为"活雷锋"的她,毕业于向阳初中后当了八年无轨电车售票员,并兼了不少社会活动。及至一九七七年已积劳成疾,她于一九七九年只身踏上漫长的求医之路。先去上海,辗转赴成都。一九八三年初回京后,以顽强的毅力刻苦学习,考试及第,拿到了教育局颁发的自学成才高等院校毕业证书。她在交通局团委结识的朋友米兰用钦佩的口吻对我说:"萧荔是我们当中进展得最快的一个。"

一九八五年八月,她赴美留学,读完大学就找到了一份平凡的工作。去年爸爸病危,她因恰好不在美国,没接到通知,未能像哥哥弟弟那样赶回北京为爸爸送终。但我相信萧乾在九泉之下是会谅解的,因为他一向钦佩女儿的人品。

严复孙女严倚云

上世纪二十年代，法国天主教圣心会在北京东单三条胡同创立了一座圣心女校，学制为十年一贯制，分英文班和法文班。一九三二年，我大姐文馥若由孔德学校转入圣心学校法文班。当时，严复的长孙女严倚云在高班读书，是圣心有史以来最杰出的学生，备受修女们的器重。

一天，一对中年夫妇到学校来认严倚云，说他们是她的亲生父母。严倚云斩钉截铁地说："严复是我爷爷，严伯玉是我爹。"这一对男女只好灰溜溜地走掉了。

原来严倚云因三岁时跌了一跤，成为残疾人，在家中受歧视，严复的长子就收她为义女。她的亲生父母认为是甩了包袱。严复对这个长孙女比亲骨肉还疼爱。她在祖父的关爱下，从小孜孜不倦地追求学问。一九二一年，她九岁时，严复去世，家道逐渐中落。自一九二九年起，十七岁的严倚云就在课余兼教职，还教家馆，供养大家庭中众多弟妹的生活。她的亲生父母风闻女儿如此有出息，这才跑来相认。由于我大姐经常念叨严倚云，给当时只有五六岁的我留下了深刻的印象。我家里的一个大照相本上，贴着一张十二英寸的圣心学校全体师生合影，背景是校舍。严倚云的身材果然十分矮小。可惜相片在"文革"中丢失了。一九三四年夏，严倚云毕业于圣心，考上了北京大学。我大姐则随全家人赴日，转入东京的圣心女子学院。

我大姐于一九四七年底转道上海,到美国去攻读硕士学位。我手头至今保留着她于一九五六年一月二十九日从美国明尼苏达州西部城市埃克塞尔西奥寄来的一封信。其中写道:"也许我去看看严倚云。"其余的信均已遗失。从这一句可以看出,大姐和她所钦佩的这位学长一直有联系。

改革开放后,萧乾和他执教复旦大学时的学生叶明勋恢复了交往。他目前是世界新闻传播学院董事长,还兼不少要职。他的夫人严停云(笔名华严)是严倚云的堂妹。我把严停云送给我们的著作推荐给中国友谊出版公司,先后出版了《智慧的灯》《神仙眷属》《明月几时圆》《秋的变奏》等,获得好评。《世纪》(一九九四年第二期)上刊出柳和城写的《白人学者群中的东方女性——严复孙女严倚云其人其事》后,我托编辑部给叶明勋、严停云伉俪寄去了一本。不过,我从未向他们提起过这段往事,因为在严倚云的一生中,祖父严复比亲爷爷还亲,她没有辜负祖父对她的呵护和培养。

我的读书生涯

我六岁时入孔德学校一年级,识得了百十来个字,就找姐姐们的教科书来读,其中收有冰心的《寂寞》。这是我百读不厌的一篇儿童文学,每次读,都会感受到妹妹走后弥漫在主人公小小稚弱的心灵里那寂寞的悲哀。一九三四年晚春,我二姐追随她的意中人赴上海。当年七月,在我国驻东京使馆任职的父亲回北平,把母亲和六个子女接到东京。一九三六年七月回国,大姐、三姐入交道口崇慈女中,四姐和我在北京日本小学攻读日语,两个弟弟进的是崇实小学。一九三七年七月古城北平沦陷,人口一度锐减到八十万。九月一日总算照常开了学。由于人力物力都不够,留守人员把抗战前杨振声先生所编的小学语文课本重新编一下,中学课本仍沿用原来的。一九四〇年三月,我小学毕业,四月入坐落在东单三条胡同西口的圣心学校念英文。我经常翻看就读于辅仁女中的四姐的课本,以免荒疏了母语。初一的课本第一篇是巴金的《繁星》,其次就是鲁迅的《秋夜》。其他年级的课本中选有《阿Q正传》《狂人日记》《孔乙己》《祝福》《示众》等。我在圣心学校跳了两班,一九四一年十二月读完了四年级。由于父亲失业,只好退学,直到大姐毕业于辅仁大学,谋得个小差事,这才考入辅仁大学附属中学女校初三。

国文教科书里收有东汉小吏焦仲卿及其妻子刘兰芝以身殉情的古诗《孔雀东南飞》,以及白居易的感伤诗《长恨歌》和《琵琶行》。

这三首长诗,抒情气氛浓厚,朗朗上口,在家自学期间,我全都背下来了。一九四六年秋,我参加高考,被清华大学外国语言文学系录取,在清华园度过了充实、蒸蒸日上的岁月。除了上课、一日三餐和睡觉,只要图书馆不关门,我必然坐在里面,徜徉于书海之间。

一九五〇年大学毕业后,我考入三联书店总管理处,当上一名校对。次年三月,调到新成立的人民文学出版社。六十岁退休后,回聘两年半,紧接着就跟老伴儿萧乾合译《尤利西斯》。一九九四年出版,填补了我国翻译界的一个空白。

一九九九年二月十一日,萧乾驾鹤西去。十年来,我一直坐在这间卧室兼书房的屋子里,埋头读书、编书、写书、译书、评书,其乐无穷,越做事情越多。仅就近两年而言,去年,东方出版社文化编辑室的李惠约我编一部《萧乾家书》。紧接着,四月十六日,浙江大学出版社的社长、副社长、总编辑、副总编辑、责任编辑,共五位,光临舍下组稿,决定由我和浙大的两个八零后范昀、罗颖杰携手编《〈书评研究〉及其他》一书。《书评研究》是萧乾一九三五年提供给燕京大学新闻系的论文,同年由郑振铎交与商务印书馆出版。"其他"包括书评、书缘、书话三组文章,出版社要我也写几篇。《反思张纯如——抗战胜利六十周年有感》《〈色·戒〉与〈第四十一〉——兼为关露鸣不平》《悼念王笠耘学长——兼议〈她爬上河岸〉》《牧马人的颂歌〈牲人祭〉》《话说〈今昔物语〉》《鲁迅与大江健三郎》《冯锺璞及其代表作〈野葫芦引〉》等文章,就是这样写出来的。

在《〈色·戒〉与〈第四十一〉——兼为关露鸣不平》中,我提到了张爱玲的《小团圆》。写的时候只读了揭载在《台湾文学选刊》上的节本。后来借到足本,花一整天工夫把它看完了。张爱玲有才华,会编故事,语言鲜活,擅长打比喻,诸如:"三十年前的月亮该是铜钱大的一个红黄的湿晕,像朵云轩信笺上落了一滴泪珠,陈旧而迷糊。"(见《金锁记》)"头顶正中却只余下光荡荡的鲜红的脑勺子,像一只喜蛋。"(见《沉香屑》第二炉香)"她和佣人说话,有一种特殊的沉淀的声调,很苍老,脾气很坏似的,却又有点腻答答,像个权威的鸨母。"(见《留情》)"在小城里就像住在时钟里,滴嗒声特别响,觉得时间在过去,而不知道是什么时候。"(见《小团圆》)

张爱玲致命的弱点是对祖国、对同胞毫无感情。她希望战争永远持续下去,这样她就可以终生与文化汉奸胡兰成厮守在一起。我的熟人中,没有"张迷"。有人说她在思想上是个汉奸,也有人说她不是中国人。她的写作技巧再高,跟鲁迅、冰心、巴金、老舍等作家不是一个档次。思想境界差了一大截儿,不可同日而语。

由于当年在国文教科书中接触的都是我国文学史上的精品,也就培养了我的阅读趣味。至今,我最喜欢读的是那些继承了中国文学传统的具有中国独特的民族精神——坚韧不拔、积极入世、昂扬向上、忧国忧民的作品,而不屑于读那些快餐化、庸俗化、边缘化的趣味低俗的作品,我想,这应该感谢像杨振声先生这样的一个早期教育家。

二〇〇九年三月四日的《中华读书报》头版头条:

赞同设立"全国读书节"
温家宝:非常希望提倡全民读书

温总理还赞同一位网民提出设立"全国读书节"的建议。他表示,我们这个民族上下五千年,有着深厚的文化底蕴,不仅有物质文化遗产,也有非物质文化遗产,这些都需要我们继承和发扬。总理说:"毫无疑问,我们要吸收和借鉴世界的先进文化,但是如果连自己祖国的文化都不了解,都没有能够学好,就很难增强对世界的了解。因此,我非常希望提倡全民读书。我愿意看到人们在坐地铁的时候能够手里拿上一本书,因为我一直认为,知识不仅给人力量,还给人安全,给人幸福。多读书吧,这就是我的希望。"

我相信,温总理的话会产生深远的影响。

二〇一〇年一月十七日

人生履痕

挪威散记
乔伊斯在中国
啊,令人神往的波特美朗半岛
祠堂庙宇在槟城
马来西亚槟州八日记
狮岛女作家蓉子
狮城三景
狮城花絮
展望二十一世纪
在中日两国之间架起友好的金桥
东京交通拾零
东洋大学巡礼
旅日散记
幼儿教育家海卓子
东京的麻布小学
公民纪律在日本
抗日英雄刘粹刚
从日本找回来的一张"全家福"

挪威散记

一、王宫之行

自法兰克福起飞后一个多小时，从云层缝隙当中就开始看到灰蓝色的北海了。随后，斯堪的纳维亚半岛蜿蜒不绝的海岸线逐渐显露出来，直扑眼帘的，是广漠无垠的原始森林，郁郁葱葱地覆盖着大部分地面。

这是八月二十三日中午，当我们走出奥斯陆机场，见到伊丽莎白·艾笛那亲切的笑脸，顿时就有了宾至如归的感觉。同她一道来接的，还有奥斯陆大学东亚研究系主任莫邪———一位目光炯炯、满脸络腮胡子、和蔼可亲的教授。

行李装好之后，伊丽莎白才说，真不巧，她的车坏了，今天这辆是临时借来的。但是她的儿子正在抢修，她要开自己的车送萧乾去见国王。

二十七日上午，车果然修好了。伊丽莎白熟练地驾着她那辆红色的丰田牌小轿车，来到王宫。挪威外交部大概早就打过招呼，她和警卫说了两三句话，就开进去了。

国王只接见萧乾一人。十一点五分，一位侍从领萧乾上楼去了。我和伊丽莎白坐在接待室里等待。她马上从手提包里取出刺绣，就绣起花来。这时进来了二男三女，均有六十开外。男的穿大礼服，女的身着挪威民族服装：绣花衬衫，彩色小马甲，大蓬裙，银饰腰带。个个胸前佩戴着王国勋章。室内有个梳妆台,备有梳子、刷子、纸巾等,他们轮流对镜整容。

伊丽莎白发觉我对他们投以好奇的目光,便停下刺绣的手,问我:

"你愿意知道他们是由于有什么功劳而受国王接见的吗?"

我说:

"当然愿意。我曾听说,必须出色地服务三十五年以上,才有资格获得勋章哩。"

一阵叽里咕噜。伊丽莎白接着用英文告诉我,他们五个人都在挪威北部林厄里卡县(易卜生的诗剧《培尔·金特》就是以那一带的深山为背景的)一座残疾人医院里工作,勋章是因照顾病人成绩卓著而获得的。

萧乾同国王会见后,下楼来了。侍役将这五个人领上去。我们便从王宫里辞出。

萧乾告诉我们,他先在有名的"绿厅"里等了一会儿。那个大厅布置得像座森林,四壁和天花板都画有花鸟草木,巧夺天工,目不暇给。十一点十五分,一位侍从把他引进国王书房。国王正坐在书桌前办公,桌上摆满文件、书信。国王立即站起来,同他握手,请他坐在一张沙发上。国王问他:

"你住在哪家旅馆里?"

萧乾回答说:

"住在年轻的汉学家伊丽莎白·艾笛家里。"

萧乾送给了国王一部他译的《培尔·金特》,和一本他用英文写的《〈珍珠米〉和其他》。国王问了萧乾对美国和西德的印象。他说,和中国比起来,挪威是个小国,人口也少多了。萧乾说,中挪关系友好,历史上从没有过不愉快的事。他很钦佩挪威,因为第二次世界大战期间,挪威不畏强暴,对希特勒始终未屈服过。

伊丽莎白一个劲儿打听"绿厅"的细节,她在书上读到过,可惜至今没机会参观一下。她告诉我们,国王喜欢玩游艇和滑雪,八十四岁了,身子骨还这么硬朗。母后是英国公主,国王生在英国,两岁时才回挪威。后来又到英国念书,毕业于牛津大学。纳粹占领期间,先王哈康流亡到英国,王储(即现在的国王奥拉夫五世)去了美国,经常同罗斯福总统会面,父子二人在大西洋两岸坚持反法西斯斗争。因此,战后王室在人民中间威望很高。

挪威是一九○五年独立的。伊丽莎白告诉我们,它原来在北欧是个穷国。十年前发现了北海石油,经济上才得到飞跃发展。从她丈夫的家史也可以看出,挪威人的生活近年来起了多大变化。

二、副部长的一家

乍一看,伊丽莎白好像只有三十来岁:柔软的棕色头发,近视眼镜后面闪着一对快活的蓝眼睛,她细腰身,皮肤白嫩。双腿像小鹿般矫健,动作麻利,思维敏捷。怎样也看不出她已是两个高中学生的妈妈了。一九八○年,她由于翻译萧乾的小说,同我们联系上了。转年,这位年轻的挪威汉学家到我国来访问,我们曾陪她逛过天坛,请她在家里和致美楼吃饭,略尽地主之谊。当时只觉得她为人直爽,活泼开朗,改变了我原先所抱的关于北欧人性格内向、不易同人接近的成见。我也曾听到接待她的那个单位的人们说,她不知疲劳,一心一意扑在研究工作上。

伊丽莎白的丈夫尔灵·艾笛隶属于保守党,原是奥斯陆大学经济系的教授,目前借调任挪威政府消费行政事务部副部长。他是中等身材,有着浓密的栗色头发。在四十四岁上,少相得仍像个大学里的研究生。这位副部长有时晚间有宴会,也穿上黑色礼服。但平时在家里可什么都干。修理自来水管,熨衣服,刷洗地板,改建房屋,他样样在行。

尔灵出生于一个贫苦农民家庭。他祖母除了繁重的田间和家务劳动,还为人接生,就靠这点微薄的收入,把三个子女都供上了中等师范或护士学校。他母亲也是个庄稼汉的闺女,小学毕业后,十五岁就进城去当雇工,直到三十八岁才和做了一辈子小学教员的尔灵的父亲结婚。转年生下大儿子,而生尔灵时,她已四十三岁了。这位老太太还健在,现年八十七岁。她的两个儿子均以优异的成绩毕业于奥斯陆大学,并且都当上了教授。在挪威,学者和官员的界限并不严格,尔灵随时都会回到系里去继续教他的经济学。

尔灵和伊丽莎白是在大学读书时就结了婚的,先后搬过三次家,前几年才买下现在这所住宅。住房的使用面积约三百平方米,楼下是书房、大客厅、饭厅和厨房,楼上有三间卧室,两间客房。另有阁楼、车房和地下室(尔灵正帮助儿子把它改建成一间住房,因为儿子大了,不愿和父母一起挤在楼上)。

艾笛家的书房和那张巨大的写字台是夫妇两人合用的,沿墙的书架上满是书,共九层,直达顶棚。尔灵这面的书架上自然都是些政治、经济方面的书,伊丽莎白那边则是中国书,不下数百本。有香港文学研究社出版的《中国新文学大系》及《续编》,也有人民文学出版社出版的《中国现代文学史》(三卷),《易卜生戏剧》四种,巴金的《家》、《春》、《秋》等。她经常工作到深夜。早晨,丈夫和儿女都离家后,她匆匆爬起来,连洗脸穿衣带吃喝,不到二十分钟就一溜烟骑车上班去了。

挪威天气严寒,多数房子都盖得异常严实,必须经受半年冰雪。他们这座建于一九〇七年、木结构的老式白色楼房也不例外。它矗立在绿油油的草坪当中。庭园占地一英亩,周围都是树木。城中遍地是林,可谓奥斯陆的一大特色,难怪从飞机上俯瞰,只见一片层层叠叠的绿涛了。

我们初到的几天,尔灵因为参加保守党内部的选举,起早贪黑地奔波,周末也抓不到时间休息。忙过这一阵,当他出现在晚餐桌上时,女儿克里丝丁问他:

"你投了谁的票?"

"这我可得保密,不能告诉你。"

在挪威,男女青年满十八岁便有选举权。男子在十八岁后,必须服一年半的兵役。有人服完兵役再念大学,有人入了大学后,中途又去服兵役。期满后,回来接着念。

这一家人经常谈论时事,讨论政治。儿女不时在父母面前发表不同的见解,于是,争辩起来。但谁也不想去压倒谁。

三、"报童"宜安

艾笛夫妇有一儿一女。儿子叫宜安,十七岁,明年就该考大学了。女儿克里丝丁十五岁,刚入高中。他们是双职工,收入都较高,其实,满可以请个帮工。但是两人都不习惯花钱让人伺候。他们也训练孩子从小分担家务。一家人是这样分工的:尔灵每天负责做早餐,中午每人带上几片三明治。两个孩子每周各做一次晚饭,其余五天由伊丽莎白包下。此外,宜安管修汽车,拖地板,克里丝丁的职务是推草坪和打扫卫生间。宜安上学骑摩托车,其他三人骑自行车。他们那辆小轿车只在特殊情况下才使用。宜安一点也不娇气。他一定要独立,非自己挣钱不可。所以每天凌晨两点半他就起床了,去替报馆送报。送两条半街,每月能挣七千克朗,除去百分之二十的所得税,一年下来净收入达六万多。他用自己的积蓄买了三辆摩托车和一辆残破待修的汽车。一空下来,这小伙子就趴在车底下,又是电焊,又是擦油垢。他从小酷爱机器,连家里那部电动小缝纫机也是他使起来最得手。每天送完报,回家吃罢早点再赶去上学,放学之后才补觉。我问他:

"这么干,会不会影响你的功课呢?"

他说:

"这一年,成绩的确是下降了,所以我只干到九月底为止。"

他刚升入高三,这是关键性的一年。

"你有没有把握把功课赶上去?"

他满怀信心地回答说:

"有把握。"

一天,克里丝丁告诉我,五年前,由于父母的工作关系,他们举家去过英国。她哥哥插班进入剑桥大学王家学院附属学校。当时他英语不够纯熟,第一学期较吃力,第二学期就名列前茅,说明他是蛮聪明的。我们离开挪威时,宜安已经开学一周了。他除了送报、上课,其余的时间总是在院子里修他那辆破汽车。自己置备的工具十分齐全,有个同学也买了辆旧车,拖到他家。两个孩子成天不是大拆大卸,就是在喷漆。

四、克里丝丁

艾笛家的大客厅里,沙发前的圆桌上堆满了挪威报刊杂志,也有一些英文刊物。一天下午,我坐在沙发上看书时,克里丝丁进来了。把她拿到楼上去看的一叠报放回桌上,开始玩扑克。这是个容貌异常秀美的姑娘,金黄色鬈发垂及肩际,有一绺经常遮住她那梦幻般的蓝色大眼睛。像大多数挪威女孩子一样,她总是白衫布裤,穿得随随便便。北欧的孩子不怕冷,我们已经穿上了毛衣棉毛裤,她却还跣着足。

客厅里的钢琴敞着盖子,乐谱也是打开的。饭前饭后,宜安得空就弹上一刻钟。他那么忙,居然还每周到钢琴老师家去学一小时钢琴。克里丝丁学吉他。晚上常从她屋里传出悠扬的乐声。

挪威电视台经常放映附有挪文字幕的英文片,如福尔摩斯的《海军秘约》,根据莎士比亚原剧改编的闹剧《理查三世》等。克里丝丁对这些节目抓得很紧,每放必看,一次也不放过。听到一些俏皮话,就哈哈大笑,看来她的英语程度不低。

我问她:

"你的英文为什么说得这么好?"

她说:

"我们从小学四年级就学英文,到现在已学了六年。我从九岁到十岁,在英国读了一年书。每年都有亲戚从美国来度假,一有机会我就讲英语。"

"将来你想从事什么专业?"

"我想当个语言学家。从初一起,我们就学第二种外语。德文、法文,任选一门。我选的是德文。我还和另一个女孩一道,课余到一位法国老师那里去学法语,每周两小时,已经坚持一年了。你们来之前不久,我到法国去旅游了三个星期,目的是练习口语。这学期我们开始学拉丁文。上大学后,我想专修西班牙文和意大利文。只要把法文学好了,这两种语言是没问题的。"

我们有一天向伊丽莎白夸克里丝丁又文雅又懂事。那位做妈妈的并不以为然。她说,克里丝丁最近染上了抽烟的嗜好。做爹妈的知道了,不赞成,但也并不制止,只是说,不许在家里抽。于是,每天晚上十一点,姑娘总到户外去散步,好抽她那支烟。我问伊丽莎白:

"你怎么知道的?"

"她的零用钱很快就花光了。全家没一个抽烟的,可一挨近她,吓,就嗅到一股烟味儿。"

"她为什么要抽烟?"

伊丽莎白的分析很有趣:

"她不愿意老是当个品学兼优、俯首帖耳的乖妞儿。她想淘淘气,来表现她的独立性。小时,她什么都要做到十全十美。所以当年在英国,我们只让她进了普通学校。因为怕她进了剑桥附属学校,为了争第一名,她会拖垮身体。现在她每天抽这么一支,这样来坚持她的独立人格。我们不去干涉她,相信她自己会戒掉,用更积极的方式来表现自我。"

这时我才明白,为什么从未看到伊丽莎白为了抽烟的事和女儿争吵。对儿子,她也是一样。儿子要送报,爹妈并不阻拦。他们说,他已经不是小孩了,如果耽误了功课,考不上大学,后果应当由他自己负。总得让他自己去认真考虑怎样安排自己的前程。

五、南挪纪游

挪威接待单位——外交部对外文化司本来安排我们在九月五日去访问位于希思市的易卜生故居。伊丽莎白每月照例要回趟娘家。她父母住在挪威南端克里斯蒂安桑城的郊外,从奥斯陆开车,要五个小时。她建议我们提前走一天,这样,我们可以顺路看看她娘家,同时观赏一下挪威内地风光。这当然是两全其美了。

九月四日中午,萧乾在挪威科学院讲《〈培尔·金特〉在中国》。这是他在挪威主要的一次演讲,地点在挪威科学院可以饱览奥斯陆全景的大厅。讲完之后,发问的人特别踊跃,因此,将近下午三点才动身。这可打乱了伊丽莎白的计划。她说,她一心想在日落以前赶到,"因为我给你们准备了个节目。"

什么"节目",她可一点儿也不肯透露。

于是,将近三百四十公里,我们都是在挪威南部风驰电掣地向前奔着。尽管这样,我们还是尽情地欣赏了这个北欧国家的大自然。这一带大山不多,可是峡湾,那是多么瑰丽的奇境啊!想想看,海不是汪洋一片,而变成了一个个小湖,小河,甚至小塘,一直送到人们的家门口。汽车爬一个坡道,下来便是另一个幽谷。这里的海,不奔腾,不咆哮,它变得那么服服帖帖。

四个半小时后,我们赶到了克里斯蒂安桑。

原来伊丽莎白是要我们乘她家的游艇在峡湾里兜个圈子。当时,天色已近昏暗,山边略有一抹余晖。我们放下行李,就急忙跑到她家船坞旁的小码头。

女主人真周到,给我们每人准备了两件羽绒大衣,一件穿在身上,一件铺在膝盖上。那时,太阳早已落山,秋气肃然。我看到她还光脚穿着凉鞋,几次试图分给她一件大衣,她都回答说:

"我是挪威人,不怕冷。"

她快乐地撑着舵,她爸爸开着摩托。

峡湾四面都是崇山峻岭,山坡上苍松翠柏,一片辽阔、深邃的林海。我们的小艇绕过一座小岛,就又进入另一个峡湾。山麓停着一排排旅行车。伊丽莎白告诉我们,那是旅游者开来的,他们夜间就睡在里面,省得住旅馆了。她父亲说,这里的夏季不那么可爱了,因为游客过多,太嘈杂。

忽然,暮色苍茫中,迎面驶来一艘小艇,上面乘着两个小男孩,只有八九岁光景。伊丽莎白说:

"今晚风浪大,那是橡皮船,虽然跑得快,可是太轻,容易翻,但愿他们穿着救生衣才好。"

及至开近时,看见他们果然都鼓鼓囊囊地穿着充气衣,她这才放了心。她又说:

"我们这只木头船,虽然老式,笨重一些,可挺结实。纳粹占领时期,有不少挪威人就利用冬季漫长的夜晚,带上干粮,乘这种船逃到英国去了呢。"

当我们尽兴而返时,伊丽莎白的母亲早已为我们备好丰盛的晚宴。桌上点了好几根淡绿色蜡烛。壁灯里,柴火噼噼啪啪响着,乡居真是别有情趣。我们吃的是挪威最名贵的鳟鱼。香喷喷的土豆是她爸爸亲手种的,红艳艳的浆果是早晨才从山林里采来的。她妈妈酿的葡萄美酒,除了自己喝,还能够成打地捎给她们一家子。伊丽莎白的父母同庚,都已六十五岁,再过两年就该退休了。她爸爸培尔在城里一家中学教英语和历史,妈妈是药剂师。夫妇俩每天早晨一道开车去上班,下午双双回来。这半座山是他们家的祖产,两幢房子则是老培尔自己盖的。

客厅里摆着一架白色立式钢琴,那是姥姥为她唯一的外孙尔灵买的。每年夏天,女儿女婿都带着孩子们来这里度暑假。钢琴上摆了三幅结婚照,跟艾笛家客厅墙上的一模一样。伊丽莎白解释说,这是她和她外祖母以及母亲的结婚照,并指了那件白纱礼服说,三代人都是穿了它结的婚。礼服原是她外祖母结婚时做的,她母亲刚好赶上战争时期,为了节约,就又穿了它。她自己呢,则是出于纪念。我说:

"将来克里丝丁会不会也想穿这件衣服结婚呢?"

她耸耸肩膀说:

"这就很难说了,时代变啦。"

第二天,早餐桌上,伊丽莎白的母亲谈起她那位经商的公公送三个子女去伦敦留学的往事。两个女儿,也就是伊丽莎白的姑姑,后来都去了美国,嫁给了美国人。当时伊丽莎白的父亲已经结婚,所以把妻女也带了去。五岁的伊丽莎白进了英国的幼儿园。爷爷最宠爱这唯一的孙女,说她不能一个人过马路,伊丽莎白却坚持道:

"告诉你,我就是能够过!"

转成绿灯后,她真的不让大人牵着手,独自从从容容地过了马路。这件事使我想起她怎样训练自己儿女的独立性。

动身到希恩去的前几分钟,她还在帮助父母把院中的桌椅收进仓库。夏天,老人家喜欢在户外吃饭,好尽多地晒晒太阳。

驶往希恩的途中,伊丽莎白显得心事重重。她说:

"尔灵有个哥哥,他们可以轮流照顾老母亲。我爹妈只生了我一个,他们不喜欢在奥斯陆住,嫌憋气。为了工作,我又离不开奥斯陆,将来可怎么办好!"

我说:

"你退休后,也搬到这里来住呗。"

她回答道:

"那还有二十几年哪!就怕他们等不了那么久。"

我发现,西方社会也并不都置老人于不顾。在这位刚入中年的斯堪的纳维亚妇女身上,我看到一颗滚热的孝心。

六、易卜生故乡——希恩

希恩市对我们的接待可隆重了。

车开入市区,伊丽莎白一边望着腕上的表,一边焦躁地沿街找易卜生旅馆。她也是初来此地,兜了不少圈子,总算找到了。

几位欢迎的代表已经在门厅里久等了。我们还没下车,他们就迎了出来。他们中间有当地文化局局长,还有据说是全挪威唯一的女市长。寒暄毕,她捧给我们一大束馥郁的百合花。

我们上楼梳洗时,他们一直在大厅里坐候着。这家旅馆的一间间宴会厅,都以易卜生剧中人物命名。欢迎我们的宴会就是在娜拉厅里举行的。

这次出访,我不断在欧美之间作着比较。在西德,我就感到那里比美国讲究礼数——甚至有时使我们有些尴尬。幸而我们两人都带了可以权充礼服的深色衣服,不然,在奥斯陆进王宫会同在汉堡进歌剧院那样狼狈。

在挪威,不论多么小型的宴会,主人开头必然起来先致一番欢迎词。宴会中间敬酒时,又是一篇演说。抵达奥斯陆的次日,外交部文化司宴请时就是那样。在希恩,更加郑重其事了。因为是用挪威文致词,怕我们不懂,预先译成英文,打印好,放在我们二人的杯盘旁。

我对易卜生的生平了解不多,参观故居时,幸而有易卜生博物馆副馆长一路用流利的英语为我们做着详细的介绍。易卜生出生的房子,已于一八八六年毁于火灾。他父亲是个盐商,喜欢酗酒,这个故居,原是他家的仓库,家道中落后全家人才迁移到这里。易卜生在这里度过青少年时代,《野鸭》就是在阁楼上构思的。一八五〇年他离开故乡,再也没有回来。

还有易卜生博物馆。易卜生于一八九一年从意大利回来后,就在奥斯陆定居。他书斋里的桌椅书架,以及弥留之际所睡的床,都搬到这里来了,保存得完完整整。墙上还挂着易卜生的妻子年轻时的照片。他的姑妈穿过的衣服悬挂在玻璃罩里。易卜生曾支持波兰独立运动,当时波兰学生联名写给他的感谢信,镶在镜框里,显目地挂在门边。

给我留下深刻印象的,是和易卜生本人一样高的背影塑像。它紧挨着易卜生正面的照片,戴着他生前戴过的帽子,穿着他的大衣,手拄拐杖,立在壁上一个凹进去的半圆形槽子里,在微弱的灯光映照下,十分逼真。

真不巧,萧乾偏偏是赶在希恩的一个大日子举行演讲的。小城的足球队这天下午要同全挪一支强队为争夺冠军进行决赛。主持人一直担心,生怕没人肯放弃空前的球赛来听一个东方人的演讲。还好,并没冷场。为此,萧乾在结束时还对听众特别表示了谢意。

演讲的地点是易卜生故居的小礼堂。沿墙的玻璃柜里不但陈列着四川人民出版社出的《培尔·金特》中译本,并且还有戏剧家吴雪在五十年代以中国青年艺术剧院名义写给挪威的信。墙上则挂着当年该剧院公演《玩偶之家》的彩色剧照。我数了数,一共十一幅之多,都镶在雅致的镜框里。

萧乾把北京中央戏剧学院托他带来的《培尔·金特》的一册演出剧照送给了博物馆。女市长送给他一具易卜生铜像(一共只造了一百个),送给我一个画有《野鸭》图案的盘子(一共造了五百个)。

后来在英国参观莎士比亚故居时,只见阿冯河畔斯托特福德到处是餐馆冷饮,完全成为旅游点了。卖纪念品的店头甚至摆着蓬头垢面的"朋克"的巨幅照片,以招徕顾客。相比之下,挪威人对他们的大师要崇敬多了。

九月七日下午,我们按计划将飞往伦敦,伊丽莎白则要比我们早两小时飞西德去参加汉学家会议。

这一天,我一早起来,把床单、被里、枕套、浴巾之类一股脑儿洗了,晾在院子里。伊丽莎白发觉后,嗔怪我道:

"哪里有客人洗床单的?"

我说:

"等下你不是也要离开奥斯陆吗?我总不能把这些丢给你丈夫去洗吧!"

伊丽莎白滴溜溜地转着她那对灵活的蓝眼珠子,笑着用汉语说:

"你真应该丢给他,好让你们国家的人们知道,挪威的副部长是怎样为客人洗床单的!"

乔伊斯在中国

一　鲁迅与乔伊斯

爱尔兰作家詹姆斯·乔伊斯和我国的鲁迅,这两位二十世纪的杰出作家,一西一东,他们的时代背景有些相似。一八八二年二月二日,乔伊斯出生在爱尔兰的都柏林。他在爱尔兰现代文学史上的地位,相当于鲁迅在中国的地位。鲁迅是一八八一年九月二十五日出生在绍兴的破落的封建士大夫家庭,他是长子。一九○二年三月赴日留学,在东京弘文学院学习。这时候写了立志为祖国和人民献身的诗篇《自题小像》。他在东京参加了"排满运动",还发表了富有战斗精神和科学价值的作品《中国地质略论》等。一九○四年到仙台专门学校学医,但后来深切地感到,"医学并非一件紧要事。凡是愚弱的国民……第一要着,是在改变他们的精神。"文艺正是医治并改变人们精神的利器,于是他弃医从文。

乔伊斯出生的时候,爱尔兰这个风光绮丽的岛国是英国的殖民地,战乱不断,民不聊生。他有一大群弟弟妹妹,但他父亲偏爱这个才华横溢的长子,纵使全家人断了炊,也给他钱去买外国书籍。一九○二年六月,乔伊斯毕业于都柏林大学学院,获得了现代语学位。自十月二日起,他在圣西希莉亚医学院上课。可是,在这里只念到十一月初就因为经济困难而放弃了学业。他去了一趟法国,想进巴黎医学院求学,遇到挫折。后来他的主要精力就是从事创作了。郁达夫曾称誉鲁迅的杂文"是投枪,是匕首";无独有偶,乔伊斯用"利刃"、"艺术尖刀"、"利器钢笔"这些词来描述自己的作品。

鲁迅生前,曾有人对他说,打算把他的作品推荐给诺贝尔奖委员会,他婉言谢绝。爱尔兰自由邦于一九二一年十二月六日成立后,新上任的一位大臣德斯蒙德·菲茨杰拉德登门拜访乔伊斯,表示愿意建议爱尔兰推举乔伊斯为诺贝尔奖的候选人。乔伊斯当时虽感到飘飘然,但事后写信给斯坦尼斯劳斯说:"此举不可能使我获奖,却会导致菲茨杰拉德把官职丢了。"

鲁迅是一九三六年十月十九日逝世的,享年五十五岁。不出九个月,日本军国主义者就发动了全面侵华战争,乔伊斯则是纳粹的受害者。一九三九年巴黎沦陷,十二月他带着家眷疏散到法国南部。一九四〇年十二月十七日,乔伊斯夫妇把患精神分裂病的女儿露西亚留在法国的一家医院,狼狈不堪地逃到瑞士的苏黎世。第二年的一月十日,乔伊斯因腹部痉挛住院,查明是十二指肠溃疡穿孔,在十三日凌晨去世,终年五十九岁。

鲁迅的作品充实了世界文学的宝库。《阿Q正传》被译成五十多种文字,在许多国家都有广大的读者。阿Q不仅是中国文学史上,也是世界文学史上一个不朽的典型。《阿Q正传》和乔伊斯的代表作《尤利西斯》都起到了唤醒民众的效果。到了二十世纪末,《尤利西斯》在世界文坛的重要地位已确立。一九九八年,美国兰登书屋"现代丛书"编委会评出二十世纪百部最佳英语小说,《尤利西斯》名列榜首。一九九九年,英国水石书店约请世界四十七位著名文学批评家和作家,评选一个世纪最具影响的十部文学名著,《尤利西斯》再一次名列前茅。

鲁迅和乔伊斯生前,中国和爱尔兰都各自受到邻国的压迫。鲁迅去世后九年,日本军国主义者才投降,再过四年(一九四九),

中华人民共和国成立。乔伊斯死后七年(一九四八),爱尔兰终于脱离英联邦,成为一个共和国。

下面引用一段关于鲁迅的精辟的评语:"鲁迅的杂文在中国文学史上占有特殊重要的地位。它不仅记录着五四以来中国的思想斗争的历史,而且是通过对几千年来中国封建制度传统所形成的社会心理契机和思想文化性格之揭示,勾勒出整个民族精神,在漫长历程中所遭受的蹂躏与腐蚀,可以说是写出了一部从未有人提供的民族心理和灵魂的痛史,从这部洋洋洒洒的痛史中可以让人们懂得残酷的过去和思索光明的未来。"(见《中国杂文鉴赏辞典》第三三八至三三九页,山西人民出版社一九九一年版)

一九二一年四月,在庆祝签订《尤利西斯》出版合同的一次酒会上,乔伊斯曾对一个名叫亚瑟·鲍尔的爱尔兰文学青年说:"你是个爱尔兰人,必须按照自己的传统来写,借来的风格不管用。你必须写自己血液里的东西,而不是脑子里的东西。……他们(指各国的文学巨匠)都首先是民族主义的。由于他们的民族主义是如此强烈,才使他们最终成为国际主义的。……我总是写都柏林,因为倘若我能进入都柏林的心脏,我就能进入世界各座城市的心脏。普遍寓于具体中。"

在乔伊斯的一生中,民族主义思想是贯彻始终的。早在一九一二年八月二十二日,刚届而立之年的乔伊斯就在致妻子诺拉的信中写道:"我也许是终于在这个不幸的民族的灵魂中铸造了一颗良心的这一代作家之一。"一九三六年,乔伊斯边读英国版《尤利西斯》的校样边对弗里斯·莫勒说:他为了这一天,"已斗了二十年。"自从一九一四年着手写《尤利西斯》以来,直到一九一八年美国的《小评论》才开始连载。最早的单行本是一九二二年在法国由莎士比亚书屋出版的。德(一九二七)、法(一九二九)、日(一九三二年出四分册,一九三五年出第五分册)译本相继问世后,美国版(兰登书屋,一九三四)也出版。然而对乔伊斯来说,最重要的是《尤利西斯》在英国本土的出版。也难怪他对丹麦诗人、小说家汤姆·克里斯滕森说:"现在,英国和我之间展开的战争结束了,而我是胜利者。"他指的是,尽管《尤利西斯》里对一九〇一年去世的维多利亚女王及太子(当时〔一九〇四〕在位的国王爱德华七世)均有不少贬词,英国最终不得不承认这本书,让它一字不删地出版。

鲁迅和乔伊斯,诞生在十九世纪八十年代的东方和西方的这两颗文化巨星,已经双双成为超时空和跨文化的人物。二〇〇〇年九月二十七日,我参加了在社科院外文所举行的大江健三郎访华学术座谈会。他说,当他告诉他母亲,自己获得了诺贝尔文学奖的喜讯时,她淡漠地回答说:"亚洲作家中,印度的泰戈尔获得了这个奖,中国的鲁迅应该得而未得。他们是高高在上的,比起他们来,你要低好几个等级呢。"有良知的日本人深深引为遗憾的是日本没有鲁迅。

作家出版社二〇〇二年八月出版的《理解·友谊·和平——池田大作诗选》是我翻译的。其中收有长期以来为中日友好事业作出贡献的日本创价学会名誉会长池田大作的七十三首诗。他著作等身,于一九八一年荣获世界艺术文化学会授予的"桂冠诗人"。这部《诗选》里最感人的一首是歌颂鲁迅的。可以说,在池田大作的成长过程中,鲁迅的人品和文品起了不可估量的作用。人类已经进入二十一世纪,但是鲁迅的文章揭露的时弊依旧存在,今天读来仍有针对性,发人深省。鲁迅还是宣传少了,我们应该多读鲁迅,因为他的遗产首先是属于中华民族的。爱尔兰人这么崇拜乔伊斯,甚至把六月十六日"布卢姆日"定为仅次于国庆日(三月十七日圣巴特里克节)的大节日。一九五四年六月十六日,举行"布卢姆日"五十周年纪念活动。《尤利西斯》爱好者从圆形炮塔出发,在都柏林市街上游行。一九六二年,都柏林市当局决定把圆形炮塔作为乔伊斯博物馆保存下来。六月十六日,邀请世界各国的作家和乔伊斯研究家,前往参加博物馆成立大会。

二〇〇四年六月十六日,是"布卢姆日"的一百周年。爱尔兰在首都都柏林举办长达五个月的纪念活动。自四月一日起,一直持续到八月三十一日。纪念活动主题为"重品乔伊斯:都柏林二〇〇四"。

在我国的上海鲁迅纪念馆,爱尔兰文化部、上海市文物管理委员会、上海市文联和上海市作家协会联合举办了"詹姆斯·乔伊斯和《尤利西斯》展"(六月十六日—三十日)以及《乔伊斯和他的世界》国际学术研讨会(六月十六日—十七日)。作为《尤利西斯》译者之一,同时也代表另一位译者萧乾,我怀着无限感慨应邀前往。倘若能够跟老伴儿偕行,该有多好。他走得太早了。

我相信,迟早我国也能用有民族特色的方式来纪念鲁迅这样一位饮誉全球的作家。

二 徐志摩与乔伊斯

我国最早推崇乔伊斯这部意识流小说的,乃是一九二二年正在剑桥大学王学家院当研究生的徐志摩。关于《尤利西斯》第十八章摩莉的意识流,他写道:"他〔乔伊斯〕又做了一部书叫 *Ulysses*〔尤利西斯〕,……在书最后一百页(全书共七百几十页)那真是纯粹的'prose'〔散文〕,像牛酪一样润滑,像教堂里石坛一样光澄……一大股清丽浩瀚的文章汹涌向前,像一大匹白罗披泻,一大卷瀑布倒挂,丝毫不露痕迹,真大手笔!"①

耐人寻味的是,从新西兰来的女作家曼斯菲尔德独具慧眼,很

---

① 徐志摩《康桥西野暮色·前言》,原载上海《时事新报·学灯》(一九二三年七月六日)。

早就看出了詹姆斯·乔伊斯的意识流开山之作《尤利西斯》的价值。乔伊斯于一九四一年一月十三日去世后,英国女作家维吉尼亚·吴尔夫在十五日的日记中回顾了一九一八年四月十八日哈丽特·维沃尔把《尤利西斯》的打字稿送到她家的往事。当时维吉尼亚觉得此作文字粗鄙,不值得印成书,就顺手把它放进有嵌饰的橱柜抽屉里。维吉尼亚认为作者"没有教养",这是"自学成才的工人写的书","一个令人作呕的大学本科生,搔着自己的丘疹"①。

维吉尼亚写道:

> 一天,凯瑟琳·曼斯菲尔德来了,我就把它取了出来。她开始阅读,奚落着。随后她忽然说:"可是这里有些名堂:我料想这部故事会在文学史上占有重要地位的。"②

凯瑟琳·曼斯菲尔德与乔伊斯有一面之缘。由于凯瑟琳的丈夫、评论家约翰·密德尔顿·穆雷在《国民》杂志上发表了一篇关于《尤利西斯》的书评,乔伊斯于一九二二年三月底登门拜访穆雷夫妇。事后凯瑟琳写信给她的朋友薇奥莱特·希夫:"乔伊斯这个人蛮难对付……在见到他之前我丝毫不了解他对《尤利西斯》的见解。不了解此书中的人物与希腊神话中的人物有着多么紧密的对应关系。绝对需要极其透彻地了解后者,才能够讨论前者。我读过《奥德赛》,对它的内容还算是熟悉的。然而穆雷和乔伊斯谈得太深了,简直超过了我的理解能力。我几乎感到茫然。旁人完全

---

① 理查德·艾尔曼:《詹姆斯·乔伊斯》,第五二八、五三二页,牛津大学出版社一九八三年版。
② 见《维吉尼亚·吴尔夫日记》第五卷(哈考特·布雷斯·乔瓦诺维奇出版社,美国一九八四年出版),以及理查德·艾尔曼:《詹姆斯·乔伊斯》,第四四三页。

不可能像乔伊斯那样来理解《尤利西斯》。听他论述其难度之大，几乎使人震惊。它含有密码，必须从每个段落中挑拣出来，如此等等。问答部分可以从天文学或地质学的角度来读，或者——哦，我也弄不清是怎么回事！"①

穆雷和乔伊斯谈论的时候，凯瑟琳仅仅是偶尔插一句嘴，但她的话都说在点子上，乔伊斯感到满意。艾尔曼写道：

> 然而，凯瑟琳·曼斯菲尔德对自己的评价过低了。四月三日，乔伊斯对希夫夫妇说"穆雷太太比她丈夫对此书理解得更透彻"②。

凯瑟琳和她丈夫与乔伊斯晤谈之后两个月，旅英中的我国新月派诗人徐志摩前去拜访她，跟她"讨论苏联文学和近几年中国文艺运动的趋向。这次谈话给徐志摩留下了深刻的印象"③。凯瑟琳做梦也没想到，比她年轻八岁多的这个中国来客，跟她一样欣赏《尤利西斯》。凯瑟琳病魔缠身，只谈了二十分钟，徐就告辞。倘若话题转到《尤利西斯》上，他所钦佩的这位女作家鼓励他来译，说不定我们在二十年代就有了第一部中译本。

卞之琳认为，徐志摩的短篇小说《轮盘》"可能是最早引进意识

---

① 理查德·艾尔曼：《詹姆斯·乔伊斯》，第五二八、五三二页，牛津大学出版社一九八三年版。
② 理查德·艾尔曼：《詹姆斯·乔伊斯》，第五二八、五三二页，牛津大学出版社一九八三年版。
③ 见《徐志摩选集·文学系年》，邵华强编，第三一一页，人民文学出版社一九八三年版。

流手法"①的。他在"十三岁时已能做得一手很好的古文"②。后于一九一八年九月入美国克拉克大学历史系,一九一九年毕业。"因成绩斐然,得该校一等荣誉奖。"③"一九二〇年九月,通过论文《论中国的妇女地位》,得哥伦比亚大学硕士学位。十月上旬,入伦敦大学政治经济学院……一九二一年春,经狄更生(今译迪金森)介绍,入剑桥大学王家学院当特别生(即可以随意选课和听讲的学生)。"④一九二二年上半年,由特别生转为正式研究生。徐志摩在短短三年半的期间,修完了常人须用一倍时间才能完成的学业。他确实是个聪明绝顶的人,又有深厚的中英文功底,完全能把《尤利西斯》译好。据卞之琳说,"徐志摩自认为写起诗来是'脱缰的野马'。"⑤他整个的一生,又何尝不像是"天马行空"。现在,飞机失事已不稀奇了。他却在一般人难得坐飞机的一九三一年,因飞机触山而物化。

三 钱锺书与乔伊斯

一九八七年金隄《尤利西斯》节译本(第二、六、一〇章及第一五、一八章的片断)由天津百花文艺出版社出版。南京译林出版社社长兼总编辑李景端听说金隄的全译本要到二十一世纪才能出版,因为他待在海外,为了谋生,不可能全力以赴。他曾约英语界专家王佐良、周珏良、杨岂深、施咸荣、赵萝蕤、陆谷孙等来译《尤利西斯》,均被谢绝。他还试图劝说钱锺书来译此书,并打趣地告诉钱先生,叶君健说,中国只有钱锺书能译《尤利西斯》,因为汉字不够用,钱锺书能边译边造汉字。对此,钱先生给李景端回了一

---

① 见《徐志摩选集·序》,第八页。
②③④ 见《徐志摩选集·文学系年》,第三〇八、三一〇、三一〇页。
⑤ 见《徐志摩选集·徐志摩诗重读志感》,第一六页。

封信:

　　来函奉到,愚夫妇极感愧。老病之身,乏善足述。承叶君健同志抬举,我惶恐万分。尤利西斯是不能用通常所谓"翻译"来译的。假如我三四十岁,也许还可能(不很可能)不自量力,做些尝试;现在八十衰翁,再来自寻烦恼讨苦吃,那就仿佛别开生面的自杀了。

　　德译尤利西斯被认为最好,我十年前曾承西德朋友送一本,略翻一下,但因我德语不精通,许多语言上的"等价交换"〔equivalence,不扣住原文那个字的翻译,而求有同等俏皮 eh(?)的效果〕,领略不来,就送给人了。金隄同志曾翻译一些章节,承他送给我,并说他是最早汉译尤利西斯的人;我一时虚荣心,忍不住告诉他我在《管锥编》三九五页早已"洋为中用",把尤利西斯的一节来解释《史记》的一句了! 告博一笑。

钱锺书博览群书,过目不忘。尽管他并没有翻译《尤利西斯》,然而早年把全书读得滚瓜烂熟,该用的时候,信手拈来。萧乾和我合译的《尤利西斯》所附《大事记》里有这么一项:

　　一九七九年钱锺书在所著《管锥编》第一册(第三九四页)中,用《尤利西斯》第一五章的词句来解释《史记》中的话。
　　中译本第一五章的正文(译林出版社二〇〇五年六月版)第八五六页"布卢姆没。哦。"加了一条注:〔五六一〕原文为"nes. yo"。钱锺书在《管锥编》(中华书局一九七九年版)第三九四页《史记·太史公自序》中,曾用此词来解释"唯唯否否"一语:"英语常以'亦唯亦否'(yes and no)为'综合答问'(synthetic

answer)。当世名小说(Joyce, *Ulysses*)中至约成一字(nes. yo)则真'正反并用'……"

萧乾和我合译时,我们最感到力不从心的是第十四章。因为两个人都缺乏国学根底。一九九七年,我正陪萧乾住在北京医院的期间,承蒙日本资深汉学家、东京大学教授丸山昇先生(萧乾的自传《未带地图的旅人》日译者之一)将丸谷才一、永川玲二、高松雄一重新合译的《尤利西斯》三卷本(一九九六——九九七年,集英社豪华版)邮寄给我们。三位译者均毕业于东京大学英文科。其中丸谷才一资格最老,他分担的四章(第一一、一二、一四、一八章)难度较大。据他本人交代,是用《古事记》的文体来翻译第十四章中的古英文的。作者模拟了笛福、麦考莱、狄更斯、佩特等英国文学史上散文大家的写作风格,译者则分别运用了井原西鹤、夏目漱石、菊池宽、谷崎润一郎的文笔,融会贯通。我不由得想起了年富力强、撰写《围城》时的钱锺书先生。他未能把《尤利西斯》译出来,是我国翻译界的一大损失。

四 萧乾与乔伊斯

一九二九年秋,萧乾进入燕京大学国文专修班,旁听从清华请来的客座教授杨振声讲的现代文学并被吸引。他第一次听说英国文学界出了个叛逆者詹姆斯·乔伊斯。这期间他又听了美国包贵思教授讲的现代英国小说课,她娓娓动听地讲起乔伊斯和他那部意识流开山之作《尤利西斯》。当时萧乾还不知道乔伊斯是爱尔兰人。

一九三〇年秋,萧乾考上了辅仁大学,这是一家天主教大学,教授大都是美国本笃会爱尔兰裔神父,西语系主任雷德曼就是其中的一名。与雷德曼相处的两年里,萧乾接触到了爱尔兰文学,这才知道乔伊斯是爱尔兰人。雷德曼对乔伊斯没有好感,常说乔伊斯不但给爱尔兰抹黑,而且也诋毁了天主教。

萧乾一向对叛逆者有好感,他认为乔伊斯必定是个有见地、有勇气的作家。但他跑遍了北京图书馆、燕京大学和辅仁大学图书馆,都没借到乔伊斯的书。

一九三九年萧乾应邀赴英,在伦敦大学东方学院执教。为了躲避纳粹轰炸,大学整个疏散到剑桥去了。当时他的年薪只有二百五十英镑,还要交所得税。然而他省吃俭用,旅英期间购买了八百多本当代文学著作。除了福斯特、劳伦斯和维·吴尔夫的作品,他还买了乔伊斯早期的短篇集《都柏林人》和《艺术家年轻时的写照》。那时《尤利西斯》刚开禁不久,英国版才出了四年。他买到的是奥德赛出版社于一九三五年八月出版的二卷本。

一九四〇年六月三日,萧乾从剑桥给在美国担任中国驻美大使的胡适寄去了一封信,信中有一段写道:

> 此间工作已谈不到,心境尤不容易写作。近与一爱尔兰青年合读 James Joyce: *Ulysses*[①],这本小说如有人译出,对我国创作技巧势必有大影响,惜不是一件轻易的工作[②]。

萧乾再也没想到,进入耄龄,自己会和妻子合译乔伊斯的代表作《尤利西斯》。一九八四年九月,萧乾和我联袂访英,十三日到王家学院拜访萧乾的昔日导师乔治·瑞兰兹,他尽了地主之谊。然而,一九八六年,当我们在中央电视台的彭文兰女士安排下重访英

[①] 詹姆斯·乔伊斯:《尤利西斯》。
[②] 《萧乾全集》第七卷(书信卷)第三八三至三八四页,湖北人民出版社二〇〇五年十月版。

国,拍电视片时,他却到法国度假去了,弄得彭女士大失所望,因为他曾答应过接受采访。

一九九三年七月二十八日,萧乾收到了瑞兰兹的一封热情洋溢的回信,共四页。他写道:"……你们在翻译《尤利西斯》,我感到吃惊,佩服得说不出话来。多大的挑战啊。衷心祝愿取得辉煌的成功……对那些不及我一半岁数的学生们而言,乔伊斯是个非常重要的天才……"

一九九五年一月十六日,瑞兰兹收到我们题赠的中译本后又写道:"亲爱的、了不起的乾。你们的《尤利西斯》必定是本世纪的翻译中最出众的业绩。何等的成就!我热切地想听到学生们和市民们有何反应?务请告知……"

公众反应之强烈,超出版社和译者的想象。一九九五年四月在上海签名售书,创下了两天签售一千部的纪录。

萧乾于一九九九年二月十一日逝世,享年虚岁九十。当年七月,我收到一本《翻译名家研究》(湖北教育出版社一九九九年七月版),郭著章等编著,责编为该社社长唐瑾女士。郭著章在序言中写道:"从内容上讲,全书集中研究了当代中国十六位译家。书名中的'翻译名家'者,乃在翻译方面有特殊贡献的著名人物也,他们是鲁迅、周作人、胡适、郭沫若、林语堂、徐志摩、茅盾、梁实秋、钱歌川、张谷若、巴金、傅雷、萧乾、戈宝权、王佐良和许渊冲。虽不敢说他们的知名度都在最高之列,但无疑都是公认的在海内外有重大影响的译家。他们在书中的排列顺序,是根据其出生年月和从事译学活动的先后,并非表示其知名度的高低。"

一九四九年三月,萧乾毅然谢绝剑桥大学王家学院的邀请(该校许诺以终身教职以及全家三口人的旅费),九月二日从香港返抵北平。他坐了八年冷板凳(一九四九——一九五七),划为右派达二十二年之久(一九五七——一九七九),及至一九七九年二月拿到一纸平反书,已疾病缠身。被他誉为"一位有眼光的出版家"的李景端先生上门组稿时,竟成了"八十衰翁"(钱锺书先生语)。亏得我那年才六十三岁。萧乾曾说"文洁若是火车头,拖着我跑"。那四年,他当大工,我当小工,硬是抢在金隄前面,大功告成。倘若没有把握比金隄先译竣,我根本不会应承下来。那四年,我每天工作十五六个小时,一连几个月不下楼。当小保姆挽着爷爷(我们先后请过三个小保姆,都是抱着学习的目的而来,我们称她们作孙女)去散步时,街坊常问:"奶奶是不是出差了,怎么多少日子不见她的影子。""孙女"乖巧地答曰:"奶奶在突击翻译《尤利西斯》哪。"她们辞工时,每个人都拿到了一套我们题赠的《尤利西斯》中译本。

萧乾去世八年来,我晓得了《尤利西斯》译事对他一生的业绩而言,何等重要。他译的《弃儿汤姆·琼斯的历史》虽署名与李从弼合译,其实是他重译的。他在农场劳动三年半后,调到人民文学出版社来译此书。出版社原先决定废掉李从弼的译稿。他考虑到,李是大学教授,自己是"右派分子",不如以合译的形式出版。翻译工作历时五年(一九六一——一九六六),比《尤利西斯》还多一年。《培尔·金特》的原文是挪威文,《好兵帅克》是捷克文,都是从英文转译的。《莎士比亚戏剧故事集》是为儿童改编的。所以,倘非译了《尤利西斯》这部名著,萧乾绝对当不成十六个名译者之一。

"文化大革命"初期,我完全慌了神儿,未能把萧乾的大批笔记、札记、书信(尤其是爱·摩·福斯特写给他的一百多封亲笔信)保存下来,致使它们化为灰烬。进入新时期,他在创作方面只能写两部回忆录和短文章。然而翻译《尤利西斯》,我负责译初稿、查资料、加注释,把好"信"这一关,萧乾加工润色,"达"、"雅"就靠他那杆生花妙笔了。这是我们相濡以沫四十五载,最值得怀念的合作成果。

啊，令人神往的波特美朗半岛

一、仙境

风光绮丽的北威尔士西北角有个波特美朗半岛，它位于特里玛德克港湾内。北边是爱尔兰海，南经圣乔治海峡，直通到大西洋。清晨，沿着山下曲径漫步，只见湾内万顷碧波；十点来钟潮水退后，湾内又袒露出绵亘不断的沙洲。沿沙洲步行数十米，再蹚过一泓水，可抵林木清幽的小岛。对岸青山叠叠，深邃澹远，恍如身在仙境。

岛上密集着样式奇特、色彩鲜丽的建筑群，入口有座巍峨的凯旋门，位于轴心最高处的是罗马式圆屋顶，下面是一排精致的大理石柱廊。许许多多格局各异的小楼，散布在半岛各个角落。池塘边上竖着古希腊雕像。处处都表现着设计者的匠心，犹如一幅构思巧妙的图案。

这半岛遐迩闻名，一到夏季，国内外游客络绎不绝。他们在此流连忘返，却不一定知道这片已由英国政府列为国家重点保护的古建筑风景区，它原是威尔士著名建筑师，克劳夫·威廉—埃利斯爵士用大半生的心血点点滴滴建造起来的。

一九四二年，正在英国伦敦大学东方学院执教的萧乾，患了严重的神经衰弱。克劳夫的大女儿苏珊曾把他带到这里过复活节，他们是在一次英国笔会的宴会上相识的。克劳夫的妻子阿玛贝尔曾在第一次世界大战中当过几年随军护士。她是《观察家》杂志编辑圣洛·斯特雷奇的女儿,她本人曾任该刊文艺编辑,一生写过许多书。萧乾曾在这里住过些日子,在这一家人的照顾下,他终于恢复了健康。

今年初,苏珊在介绍我国的电视连续片《龙的心》中看到了萧乾,就通过英国广播公司给他写了信,约我们在赴挪访问后去小住。九月二十一日,我陪萧乾前往布里斯托尔去参加汉学家年会。两天后,苏珊和丈夫尤恩开了六个小时的车,把我们从布里斯托尔接到这里。

二、理想

一个人贵在有理想,而尤其难能可贵的是,在自己辞世之前,这个理想可以变为事实。对于克劳夫·威廉—埃利斯来说,就正是这样。

他于一八八三年出生在北威尔士的勃兰当沃庄园,一个古老的世家。他父亲年轻时曾经是剑桥一家学院的研究员。十九世纪中叶,剑桥依然保持中古僧院的传统,研究员一律不准结婚。五十岁上他结了婚,被迫离开剑桥。克劳夫是六个弟兄中的老四,四岁时,随父母回到故乡。他觉得和英格兰比起来,北威尔士乡间诚然是满目荒凉。他那富于艺术家气质的母亲,经常带他去野外写生。母亲为威尔士的农舍所作的素描,第一次启发了他对建筑的兴趣。他以后在建筑波特美朗时,总是注意保存未经人工雕琢的大自然质朴的美,是和他早年的这些经历分不开的。

八岁上,大人们讨论改建住宅的事,小克劳夫也积极发表意见。十四岁时,他到英格兰念书,十七岁考入剑桥大学。同牛津一样,这是英伦三岛人人向往的最高学府,然而克劳夫却中途舍弃平步青云的前程,改入当时没人看得起的建筑学院,从此踏上了漫长的建筑家生涯。

一九〇五年,他设计的第一座楼房平地而起。一九七三年,在九十岁高龄上,他的最后一座建筑竣工,是坐落于英国湖区坎布里亚的多尔顿会堂。由于他一生在建筑业上的卓越功绩,他被英王授予爵位,然而使他闻名于世的,则是他一手设计兴建的波特美朗。

一九二五年,克劳夫偶然听说他的一家远房亲戚要脱手小渔村阿贝里亚(波特美朗是克劳夫以后另给这个半岛起的名字)的一片地产,便跑去看了。那里距离他的老家只有五公里远,只见满山郁郁葱葱的参天古木,形成一堵林墙。藤萝缠绕,蕨类丛生,奇花异卉,姹紫嫣红。这千姿百态的景色,使得克劳夫一见倾心。他不但当即把这块宝地买了下来,还将历年从事建筑业所得进项,悉数投在这座半岛上。二次大战前,整个半岛都归他所有了。他的目的绝不是置产,而是要利用这地方把英伦三岛各处拆除下来的古建筑局部,重新组织在这里,让它们和天然美景相得益彰。

三十年代中叶,克劳夫在一份地方小报上读到,威尔士东北部弗林特郡那座十七世纪的艾穆莱尔华厅即将被拆毁拍卖的消息。他马上乘火车赶了去。他年轻时曾看过该厅顶棚用石膏雕成的古希腊神话中的英雄赫拉克雷的生平伟绩。屋主由于维修这座古厅需要巨资,决定拆掉,另盖新房。克劳夫替这建筑说情,要求屋主至少把顶棚上的雕刻保留下来。屋主只求省事省钱,才不稀罕文物呢。于是,克劳夫咬咬牙(也勒勒裤带),决定自己把它买下了。当时在房产界成了笑柄:谁肯掏钱买这样笨货!顶棚本身只花十三英镑就到手了,但是那其重无比的榆木梁柱,铅皮门窗,连同石质中梴,壁炉等等都是一股脑儿买下来,再加上拆卸,搬运,贮存,重建,足足花了好几千英镑!然而克劳夫心疼的不是钱,而是这世间罕见的文物。如今,这座易名为赫拉克雷的华厅,巍然屹立在波特美朗半岛上,使千千万万来自世界各地的旅游者得以饱享眼福。

就这样,波特美朗成为行将被抛弃的古建筑的收容所了。

经过十几年的惨淡经营,波特美朗已初具规模,岛上修建了旅馆、餐厅和商店,成为英伦三岛别一洞天的旅游胜地了。一位建筑师早年的理想就这样变成了现实。

克劳夫曾于第一次世界大战期间参加过坦克兵团,因屡建战功,获得勋章。一九三九年反法西斯战争开始时,他已经五十七岁了,毅然报名,要求参军,并且顺利地通过了体检。但军医不肯在他的申请书上签字。他坚持说:"我还不到六十哪!"最后还是被迫放弃了这一宏愿。

整个战争期间,他始终是义务国民军的一员。当敌机临空时,他不是躲进防空洞,而是头戴钢盔,在通衢大道跑东跑西,维持秩序。

三、这一家人

这一家民主得很。孩子们管爸爸叫"普路托",那是希腊神话中看管冥土的猛犬的名字,管妈妈叫"老鼠"。

像大多数英国家庭一样,克劳夫夫妇的三个子女都分别为那场反纳粹战争效劳。当时,苏珊和她的妹妹莎洛特已经分别毕业于皇家艺术学院和伦敦大学生物系,她们都各自在航空部和农业部从事战争所需要的工作。老三克里斯托夫是家中唯一的男孩子,他中辍了剑桥王家学院的学业,入了伍。一九四二年,萧乾和他们一家人一道度过极愉快的两周假期。说来可悲,那也是这家人最后一次的团聚,因为克里斯托夫假满回部队后,即赴前线。一九四四年他不幸在意大利阵亡。有一天在车上,我偶尔提起此事,苏珊立刻呜咽着喊:"别说下去了!"相隔四十年,她对亡弟的感情还是如此深挚。

还在奥斯陆的时候,我们就从报纸和广播中获悉,苏珊的母亲因跌了一跤,不幸突然去世。九月二十七日,在阿玛贝尔作古整整一个月后,苏珊带我们去参观她的故居:老人家独自住过的那幢古色古香的楼房。

苏珊的父母是一九一五年结的婚,一九七五年,他们就是在这幢祖传的小楼里庆祝钻石婚的。一九七六年是波特美朗兴建的五十周年,附近村民们举行游园会,放焰火,隆重地庆祝了一番。克劳夫一向不服老,九十多岁还爬梯子,上楼顶去看工程进度。终因摔断腿骨,动手术时心脏病复发而死。他留下了建筑学方面的专著多种,最后一部是九十五岁谢世那一年出版的。

对阿玛贝尔来说,和老伴共同度过的六十多个春秋,值得怀念的事太多了。她不允许人们对房中的摆设作任何更动。克劳夫晚年喜欢晒太阳,他披的那件紫羊皮外套,始终还搭在她的床头。她自己也一直在写作,直到死神夺去了她的生命那一刻。

我们从这座庄园驱车来到波特美朗。由于战后的扩建,萧乾几乎都不认得了。二次大战期间,英国全力以赴地对付纳粹德国,一切建筑都停顿下来,直到一九五四年才放宽了对建筑材料的限制。这以后的三十年,随着旅游事业的兴旺,私人小汽车的增多,波特美朗也获得了飞速发展。

克劳夫生前,在九十多岁上,还经常身穿淡黄色背心、同色长筒袜,驱车来到这里,被大批游人围起来。他们在当地的书店争相购买他的著作,请他签名留念。他到波特美朗来的主要目的,是想亲自看看装束不同的各国旅游者们怎样欣赏他用大半辈子的精力盖起来的这片建筑群。

山坡顶上的凉亭古雅别致,用雕有美人鱼的六片白铁栅栏围起来,都是一八三〇年铸的。克劳夫从利物浦把它们买来后,就一直堆在仓库里。去年苏珊为了纪念乃父百年诞辰,用那些古董盖起这座凉亭。附近本来有座古堡,而今只剩下一截长满青苔的断垣了。

从亭子里,可以俯瞰整个半岛。这些古色苍然的建筑中,最引人注目的是十二世纪的一座矗立在中央的白楼。墙上雕满花纹,有着淡蓝色罗马式圆屋顶,论巍峨,当首屈一指;而尖尖的钟塔,依山傍水,池水上印着蓝天白云的倒影,辉映成趣。

特别值得一提的是半岛上到处丛生的植物。由于茂林修树形成一道天然屏障,又有大西洋暖流,肥沃的土壤,在北威尔士其他地区在温室里才能成活的花草,在这里却朝着阳光雨露,旺盛地茁长。山坡上,池塘边、到处是绣球、木兰、藏红花、秋水仙、百合、苍兰、银蓬花、美人蕉、秋海棠、孤挺花、风信子、观音兰,争相怒放,有的给建筑物镶上瑰丽的花边,有的为奇峭的崖壁涂上斑斓的色彩。风送馥郁,使人心旷神怡。柏树、枣椰树、银杏、圣栎以及我叫不出名字的各种古木,高可蔽日。半岛不但为行将坍塌的形形色色古建筑备下了一个栖身之所,它也是一座品种繁多的植物园呢。

使我惊服的是,波特美朗并不是他们的家产。他们已经把它统统捐给了国家。他们除了作为工作人员的薪金,不另拿一个便士。如今,波特美朗每年吸引着十万游客,其中也包括各国一些有名的建筑家。旅馆能容纳一百二十人,每年可以赢利十万英镑,全部用来建筑维修,植树造林,美化环境。当年,老克劳夫为了用有限的资金尽快地多盖上几座,有些建筑质量不够高,维修工作就格外费事,耗资也颇巨。旅游旺季每天有两千名游客,我们去时已是九月初,但家家旅馆均告客满。到处可以看到工人们在往栅栏上涂油漆,在道边清除干草,或对建筑物做局部修缮。

四、陶瓷厂

苏珊曾在著名的运廷吞美术学院任教,是一位很有成就的画家。自一九六〇年起,苏珊和她丈夫尤恩开始经营起波特美朗陶瓷厂了。

尤恩和苏珊的弟弟曾在剑桥王家学院同班,又同过宿舍。由于尤恩在校期间发表过经济方面的精辟论文,被丘吉尔政府的作战部看中了,把他留在后方工作,因而未赴前线。和苏珊结婚后,他就全力以赴地协助岳父和妻子开展事业。尤恩家也是世代书香。他的祖辈,于一八〇七年在格拉斯戈创立了布赖克出版社,所以他从小就对编辑业务有兴趣。如今,他是那家出版社的董事长。他岳父的最后几部著作,都是经他整理出版的。

在半岛住了五日后,尤恩夫妇又开车带我们去参观陶瓷厂。

我上初中时就读过英国小说家阿诺德·本涅特(一八六七—一九三一)的《五镇的安娜》(一九〇二),写善良的姑娘安娜和她那贪婪的父亲两种对立的道德观。背景是英国斯塔福德郡以制造陶瓷闻名的五个小镇。这里既有煤矿,又临特伦河,是英国的陶瓷之都。尤恩夫妇的厂子就设在五镇之一、特伦河畔斯托克城。它处于伦敦和北威尔士之间。这对年过六十的夫妇,经常自己驾车,往返于这三个地方。

这座陶瓷厂原是一八五五年开办的。尤恩夫妇接手以来,丈夫通盘抓财政管理,妻子负责全部产品的设计工作,使这个由于闹亏空而行将倒闭的厂子,如今发展成为拥有二百数十个工人的一座大厂了。他们生产花盆、钵子、盘碗、蜡台、杯盏,应有尽有,薄利多销。图案有水果、花鸟虫鱼,既新颖又美观大方,不但在国内深受欢迎,还出口到美国、加拿大、澳大利亚、新西兰等国。今年盈利二十万英镑。原有的厂房不够用了,他们又把毗邻的一座教堂旧址买下来,准备扩建。

领我们参观时,苏珊把试验室的一位女工介绍给我们:小小的个子,满头银发,已七十八岁了。她生于一九〇六年,十三岁就进了这个工厂,已有六十五年工龄,但仍不肯退休。厂方十分器重她对鉴定产品质量的经验,便让她留下来。她不愁吃穿,只是舍不得离去。她父亲就曾是这里的工人,常同她讲建厂初期的事。

厂里实行计件工资,废品不算,所以工人集中精力干活,效率很高。做模型的工人待遇最高,每年可以赚到七千英镑,厂方还拨一辆汽车供他使用。工人每周工作三十九个小时,每人每年可以享受五周带工资的假日。有不少是父子、母女、夫妇,也有一家数口都在这里干活的。

我们在厂房旁边的小楼里过的夜。

晚上,苏珊从里屋抱出几大叠文件夹,打开来,把她所画海底热带鱼的精美图片一张张摊开在地毯上。原来每年盛夏,这对夫妇都到南美洲或大洋洲去,穿上潜水衣,在海底写生。水是浮动的,鱼也游来游去,只能画个轮廓;至于鱼周身各部分的颜色,那只能凭记忆了。尤恩的主要职责是在旁边保护妻子,因为随时她都有可能遇上大鲨鱼来袭。苏珊说,她能够像照相机那样,把鱼的颜色印在脑海里,上岸后,马上用蜡笔涂出来(她那只画箱里有几十种各种层次的颜料。)。她说,世界上已被发现的海鱼足有两千多种,至今她才只画了数百种。

在我们和她相处的几天当中,苏珊始终穿一件红蓝黄条纹相间的线衣,脖子上挂一串类似幼儿学算数的彩色珠子,下面是一条粗呢的黑色长裤。尤恩穿得也随随便便。他们的三个子女都在波特美朗的旅馆、店铺或庭园里做着普普通通的工作。然而这家人却在资助着七个第三世界的孤儿,供他们念书。我看到了那些孩子用粗浅的英文给他们写来的情意深挚的信。

老克劳夫一生承包了二百多项建筑工程,私生活却极为俭朴。他把一颗心挂在公共事业上,将毕生的心血和积蓄都花在保存行将被遗弃的文物上,花在实现他对建筑美的理想上了。我和这位老人虽无缘相见,在他的后代身上,却依稀看到了这位理想主义者的影子。

祠堂庙宇在槟城

旧金山或伦敦的唐人街上,到处都是雕梁画栋,楼阁相接。可以说那是出于显耀中华民族文化,但也可以说是出于用那些漆得花花绿绿的亭台楼榭来招徕顾客。东南亚华人聚居区到处兴建的那些金碧辉煌的祠堂庙宇,却不附有任何商业动机。它们纯然是出于对固有的传统民族文化的一种挚爱,或者说得时髦些,一种"认同"。在美国的新英格兰,很少人还记得"五月花"上的先驱者。而对我们这个民族来说,"数典忘祖"却是大逆不道之事。

在马来西亚北部的槟城,华人占居民很大的比重。他们的祖辈都是早年从中国沿海省份漂洋过海至此的,因而祠堂会馆或烟火茂盛的庙宇比比皆是。例如市里的广福宫(也叫观音亭),就建于一八〇一年,同治元年(一八六二年)重修,是槟城最古老的庙宇。如今,善男信女仍然纷至沓来,焚香顶礼,献上香油、红蜡,乃至蜜橘等供品。

给我印象最深的莫过于林氏九龙堂,也叫林家会馆。进了院门,西厢房的门上挂着"槟城韩江华文学校董事会注册办事处"的牌子,说明会馆还兼办着教育事业。

九龙堂是座宫殿式的建筑,祠堂宏敞雅洁,右壁上悬着一块醒目的金色大匾,上书四个笔迹苍劲的黑字——"祖德庇荫"。左端两行朱楷,写的是"选任槟城首席部长",右端是"岁次己酉(一九六九)菊月谷旦裔孙苍祐立"。

一九六九年以来,林苍祐一直主政槟州。迄今,他可算是林氏家族中在马来西亚地位最高的人了。稍靠里边的墙上,密密匝匝地挂满匾额:"祖德长沾","吾祖荣荫",等等,都离不开一个"祖"字。"祖",不是就意味着"根"吗?这些匾是林氏子弟在本地或欧美及大洋洲获得学位后所献。马来西亚华人第一代开拓者,几乎都是文盲,干的是苦力活;第二代才在本地接受中等或高等教育;第三代就到海外留学,获得硕士或博士学位了。看来漂流各地的华人,莫不把子女的教育放在首位。

祠堂中央的神龛上有一蓝地匾额,上书"九龙堂"三个金字。上面有三块匾。最上面,紧挨着天花板,又是三个横匾。两旁的画栋上端,盘踞着木狮数对,雕镂彩绘,无比精美。支撑着画栋的两个高柱上锈着一副对联:"奕代流芳忠孝有声天地老,千秋树德古今无数子孙贤。"

论建筑的宏丽,在槟城首推龙山堂(也叫正顺宫)。它竣工于一八九八年,旋即焚于火灾,一九〇四年重建。是当年万里迢迢乘帆船而来的开拓者平安抵达后,为感恩上苍而集资修建的。正门两侧,白地金字对联刻的是:"龙虎榜中人光分葛藟,山川图里客胜访槟榔。"

回廊的石壁上满是二十四孝和《三国演义》的浮雕,人物个个神采奕奕,显示出精湛的技艺,旁边还用小楷刻了雕刻家的姓名。

回廊上有一排二人高、一抱粗的青石柱,上面雕着人物、云彩、龙凤、波浪等花纹,全是镂空的。据说欧美各国来的旅游者怎么也不相信凭着一把凿子能把坚硬的石头刻成这样,说准是刻好后黏上去的。他们不知道我国工匠的高超技艺能把任何石头变得像黏土一样服帖。梁栋上也全是精细的浮雕,真是金碧交辉,琳琅满目。倘若把这些雕刻拍摄下来,一定可以印成一部十分精彩的画册。

这些代表了中国古典建筑美的祠堂庙宇都是当年的"南洋客"省吃俭用、集腋成裘兴建的。而他们多是十八世纪末叶至十九世纪初,从潮汕、漳州等东南沿海城市背井离乡前来的。

就拿龙山堂来说,无论是大殿入口的那对大石狮子还是吊在廊檐下的大宫灯,连飞檐、琉璃瓦、石板地、石柱、木材,都是从中国运去的。各种匠人也是从国内请去的。光是那个大屋顶用的料,就重达二十五吨。

面对着那令人叹为观止的华丽建筑,我缅怀着早年冒着巨大风险到此地白手创业的老华侨们,不禁充满一腔崇敬之情。

一天中午,东道主在品香酒楼设宴款待我们,座中有民政党的州主席和几位市议员。饭后,又去泰佛寺看东南亚最大的卧佛。

这尊泥塑的卧佛长达一百〇八尺。卧佛的底座前设有几个神龛,各插着两根象牙,相形之下比卧佛的小手指还要细。卧佛的大红枕头上雕有金色佛像,华丽的底座周围,也布满一尊尊神态各异的佛像。

大殿的四壁嵌着骨灰匣,死者大多是闽籍。据说每一匣的安放费要九千马币。就这样,挤得也几乎没有空隙。这里终年经声不断,香烟缭绕。

清洁肃穆的庭院里,矗立着一座圆形宝塔。院中古木参天,与绿意盎然的草坪、盆栽的热带植物交相辉映,使人倍觉清新凉爽。

华人的庙是自己集资盖的,马来人的清真寺则是由州政府出钱建造的,印度庙也是这样。清真寺和旁边的光塔造形均极美,白身配以金蒜头顶,色调和谐。我们虽然往返都路过那里,遗憾的是,始终没有进去参观。

印度庙倒是进去看了一下。进门之前按照他们的习俗把鞋脱在台阶上。那是一月十四日,星期一,也不知是印度教的什么节日,二三十个教徒正坐在地上念经。一个男人在布置祭坛,从装束看,他不像是祭司。壁上的彩色浮雕神态不一,栩栩如生,大多与释迦牟尼生平有关。可惜我对此一窍不通。

时间太紧了,路过妙香林寺时,我们只隔着车窗望了望,来不及下去看了。只听说那庙是纯粹按照中国的传统方式建筑的。

去年十二月十九日,林苍祐在接受槟城"荣誉自由市民"头衔的典礼时的演讲中,曾建议设立一项"槟城子民史迹基金",以便保存一套完整的记录,记载槟城子民的生活动态,特别是他们在建筑业方面对槟城的发展做出的贡献。这将有助于未来的学者们研究槟城的历史,尤其是研究槟城子民如何在生活上相互交往,形成文化特质的过程。"如此,我们不但可以协助我们的行政人员去检定我们所继承的历史遗产,同时也能在向前迈进的时候,保存历史的特质。"(见一九八四年十二月二十三日马来西亚《南洋商报》)

马来西亚槟州八日记

引子

槟州是马来西亚十三个州中唯一一个华族在人口上占多数的州。全马也只有这一州的最高领导(首席部长)是华人。他是萧乾留英时的老友林苍祐。一月十日,在新加坡评奖完毕,结束了华文文艺营的活动,我们就应他的邀请,去他掌政的槟州游历了八天。由于马来西亚独立后,国内很少人能获准入境去访问,所以我把八日来的参观访问逐日都记了下来,借以让读者们对华人聚居的亚洲那一角落,略有了解。

一、热带之夜

去一个新地方,一个没到过的国家,心情总是格外兴奋。飞机从新加坡起飞后七十分钟,机长就通过扩音器宣布,马上就要在槟城降落了。从小窗口俯瞰,莽莽苍苍、层层叠叠的一片原始热带森林开始映入眼帘。啊,多么粗犷、瑰丽、浑厚!相形之下,狮岛尽管那么精致,却显得小巧玲珑了。飞机徐徐降落了。这可以说是我一生中最舒适而简便的一次旅行了。一路上有李鑫先生(四十年代留英中国同学会会长)护送;下机后,行李和入境手续都由首席部长的秘书经办,我们就径直被领入贵宾室,在那里和林苍祐夫妇相拥抱了。

一九三七年苍祐从槟城赴英伦深造，一九四〇年毕业于加里法学院，一九四四年获得爱丁堡大学医学博士学位。暑假期间跟着萧乾学过华语，二人遂成了莫逆之交。一九八三年初我们访新时，他曾专程去那里看我们，并且执意邀我们去槟城一游。可惜当时没能去，今天总算如愿以偿了。他虽然六十年代就弃医从政，本地人至今却仍亲切地称他作"林医生"，而且至今每隔一年他仍以医生身份到美国费城去参加学术性会议。

出了机场，苍祐同萧乾坐一辆车，司机旁边大约是个安全人员。李鑫、杏蓉和我就上了后一辆。

车窗外，槟榔和棕榈树下，不时出现马来人的"浮脚楼"，据杏蓉说，房顶是用树皮葺的，墙和地板用木料建成。地板离地数尺，那是为了防潮湿，以及蛇鼠蹿入。一位白衣马来族小妞儿，甩掉拖鞋，三跳两跳，上了台阶，坐在门口，笑眯眯地朝我们挥手。难道她认出了车里的北京来客？在新加坡，现代化的高楼林立，那里虽然也有些马来人，却看不到这样的传统房屋。我还看到一个着长裙的土著青年，小心翼翼地爬上椰树，去砍树顶上的累累果实。

进入市区了。一幢幢豪华的楼房出现在两旁，周围是绿草如茵的庭园。杏蓉指着形状像白宫的一幢说："这座房子的老主人原来是个剃头匠，如今他已去世了。在儿子手下，他留下的事业更发达了，孙子是位银行家。"她又指着另一座宫殿式的大厦，说："这家的主人，已八十出头了，还健在。初来乍到时，是补鞋的。"我仿佛是在听《天方夜谭》里的故事，但他们靠的绝不是神灯或魔术，而是凭着一双双勤劳的手和机智灵活的脑袋。

晚上，林家宽敞的庭园里摆了三桌酒席，除了林家的人之外，还来了不少宾客。看来苍祐在确定我们来槟日期后，就作了这样的安排。宾客间讲的多是闽语，我也听不懂。有一位客人是我国原驻英大使柯华的表兄。他刚从北京回来,是去治肝癌的,对我国医术称赞不已。

筵席散后才知道,其实住在这栋房子里的,只有苍祐夫妇和他们的二女儿宝燕,和一位佝偻着腰的又老又瘦的广东女佣。她在本地干了大半辈子活,如今年老不中用了,杏蓉便把她收留下来,让她随便做些轻活:煮早餐的粥或烤面包,烧烧开水,洗洗碗盏。另有两个年轻的女佣,一个管收拾屋子,洗熨衣服,另一个则倒垃圾,清理卫生间,她们每天都只干数小时就回家。林家不请厨师。苍祐外面应酬多,偶尔在家吃上一顿,就由杏蓉或宝燕亲自下厨,有时也出去买些现成的。

后来我才知道,林家留友人住,是罕见的事。连过旧历年,通常都只是设一桌家宴。我想起去年苍祐偕夫人动身到美国检查心脏之前,曾特意写信把他在美国病房的电话号码告诉了萧乾。我们也立即写信给当时在衣阿华州读书的儿子萧桐,让他给苍祐和杏蓉打了电话。这说明苍祐多么珍视旧时的情谊。幸而检查的结果,证明苍祐的心脏用不着动手术。

去年九月三十日那天,苍祐因公去伦敦。事先知道我们也在那里,他就从机场打电话到我们住的友人家。可惜我们在两个小时之前就离开那里前往机场了,真是失之交臂。

这是在马来西亚的第一个夜晚。在北京是隆冬,这里可真是热带气候,不开空调简直就没法睡觉。

二、巡礼大学

一觉醒来,已日上三竿。拉开窗帘,阳光就倾泻进来,把西墙染得金灿灿的。窗外,勤快的印度族园丁手举水龙带,正在朝着主人心爱的兰花喷洒呢。苍祐老早就出门了。按照头晚的安排,他的政治秘书梅荣杰君十点钟把我们送到首席部长办公室。这位政治秘书年纪刚过三十,看起来十分精干。一路上,大街两侧,汉语招牌触目皆是:桂林小馆、福建酒家、大安钟表商、永昌呢绒布庄公司、济安药行、幸福国际旅游社;衣食住行,一应俱全。崭新的英文霓虹灯上则是三洋、精工、本田的招牌。日本人推销起产品来真是无孔不入。西德、英国,甚至挪威,走到哪里它们跟到哪里,而且广告做得总十分惹眼。

走过一座古色苍然的大宅子,梅君指点说:"这是林医生外祖父的家,他就出生在这里。苍祐的外祖父姓谢,也是闽南人,在本地居住已有五六代之久,说得上是槟城世家了。家族里出过商业巨子和作家。"经过一个诊所时,他又说:"这原是林医生的父亲开的诊所。他是华族中头一个在这里行医的,总盼着到英国学医的儿子们早日回来,接他的班。林医生虽然投入政界了,二弟苍赐眼下还在这座诊所当高级药剂师。"

首席部长在圆塔形的建筑物里办公。大厦共六十五层,看起来实在巍峨壮观。我们搭电梯至第二十八层,来到他那宽大的办公室。这时,苍祐正在隔壁的会客室接见印度尼西亚大使。我们等他谈完后,分乘两辆汽车,来到在他执政后兴建的槟城大学。

前年我们在美国中西部时,曾遇见过两个来自马来西亚的留学生,其中一个在攻读文学博士学位,他的论文是《莎士比亚与医学》。他告诉我,哈姆莱特王子也好,麦可白夫妇也好,他们看到的鬼魂,都可以从医学角度来解释。我听了,颇感兴趣。另一位是华族姑娘。一次我在校园里迷了路,幸而碰上了她,承她热情地陪我走了一段。我们用英语交谈,知道她是从吉隆坡来的自费留学生,专攻电脑。她祖籍潮州,虽不谙普通话,却会讲汕头话。

这一次来槟城,又恰好与两个从澳大利亚留学回马来西亚的华族青年同机,他们是六年前出去的。那个小伙子手里的英文《海峡时报》上恰好登着我们的照片,他看完后便友好地递了过来。年轻的马来西亚十分重视教育事业,教育经费占政府预算的百分之二十七。每年有大批学生到海外留学。各大学还和外国的著名大学交换教授讲学,并时常邀请外国专家、学者到本国作专题学术报告,交流经验什么的。

马来西亚现在有六所大学,其中以吉隆坡大学规模最大。槟城大学是一九六九年建立的,学生有六千四百人。每年的新生,是按马来西亚全国总人口中各民族的比例录取的。也就是说,马来族(巫族)占百分之五十五,华族占百分之三十五,印度族(淡米尔族)占百分之十。过去,高等院校主要是用英语讲课,自一九八三年起,课程一律改用国语(马来语)来教授了。

在宽敞明亮的校长办公室里,我们见到了马来族的副校长。他文质彬彬,讲一口流利的英语。随后,又和在本校执教的评论家和作家们举行座谈。女评论家王素坤(译音)是座中唯一的华族讲师。她是一位社会评论家,在英国统治时期,曾撰文批评过英殖民主义者。她想知道,中国年轻作家读外国作品有没有困难。萧乾告诉她,中国有一支强大的翻译队伍,五四运动以来,一直有系统地翻译外国名著,有的销数比创作还大。

另一位马来族女作家,年纪相当轻,已出版了四部小说选集,都是用马来文写的。她很关心中国文学界的现状。萧乾告诉她,"四人帮"倒台后,出现了一大批关于"文革"的作品,我们叫伤痕文学。近几年来,正面描写知识分子怎样在逆境中努力工作,并取得突出成就的作品,大量涌现。有些写得颇有深度,受到社会上的重视。

这时,苍祐说:"四十年代,我就是通过萧乾了解到一些中国新文学的状况的。五十年代以后,我对中国文学就完全隔膜了。直到一九七八年,才有机会访问新中国。英殖民主义统治时期,曾扼制马来文化达一世纪之久。一九一九年,中国就发生了'五四运动',我们这里的文学运动,直到独立后才刚刚起步。我们面临着复杂的语言问题。殖民主义统治下,强迫我们用英语;独立后,改用国语,也就是马来语。我认为真正的作家,只有用他的母语,才能写出好作品。"

辞出教学楼,我们在风光明媚的校园里转了转,宿舍是木制的,然而正在兴建着钢骨水泥的宿舍大楼。我们在宿舍门口碰见一位马来族姑娘,便请她领我们参观了宿舍。走廊和室内地板均揩拭得纤尘不染。我们照例把鞋脱在门厅里,赤着脚进去。室内有三个床位,每人各有一张书桌。虽然挤了一点,但光线充足,十分整洁。

中午,苍祐请我们在校园附近新开张的海鲜楼吃饭。这是一家半露天的餐馆。主人让我们靠里坐下,原来前面便是蔚蓝色的大海。想到身在印度洋畔,真是令人兴奋。在新加坡,几乎顿顿是鱼虾,我们就点了螃蟹。是从水槽里现捞出来的哩,蒸熟后,黄满肉嫩,味道鲜美无比。

我瞥见一位脸上布满皱纹的印度族老渔夫,乘着木船从窗下荡过,苍祐告诉我们,船尾那对大小不同的淡蓝色木雕,是印度史诗《罗摩衍那》里的人物形象。他又惋惜地说,随着工业的发达,这样的古老雕刻几乎绝迹了。从政的他,对文学艺术还这样关心,很使我折服。回到他的私邸,晚饭前他领我们看了他的花园。原来这幢小楼三面为草坪围起。沿着篱笆是一棵棵他亲手植的树,有香灰莉,树干修长,枝叶稀疏,颇为潇洒。他看到芒果树上有两个果子已成熟,就吩咐园丁摘下来给我们尝尝鲜。热带的花真是漂亮,五颜六色,奇形异状。他最骄傲(因而挂在树杈上)的,是二三十盆色状各异的兰花。

三、河西老宅

早晨,在悠扬的钟声中醒来了。这是星期五,是马来人的礼拜日。在北京,今冬我们的暖气很糟糕,室内温度通常只有十三四度。没想到几个小时的飞机就到了盛夏的新加坡。地理上,槟州位于新加坡以北,可这里比新加坡还热得怕人,室内经常在三十三度以上。我用温度计测验了一下室外。温度计的极限是四十五摄氏度,不一会儿指针就到了头!

今晚到林家的老宅子去欢聚。据萧乾回忆,一九四六年他比苍祐先离英东返,过马来亚时还曾专程到槟城这里看望过苍祐的父母。可惜如今他们都故去了。这幢两层老式楼房是苍祐的父亲林翠龙行医时买下的。临街的大门悬着一道横匾,上书"河西"二字。这是闽南的一个县名,苍祐的祖父就出生在那里。在建筑家苍吉(苍祐的末弟)惨淡经营下,这一古老房子楼下用作宴会厅,楼上则已成为一座博物馆了。这里陈设着苍吉从东南亚各国搜集来的各种美术珍品。我还看到坐落在印尼巴厘岛上的他那座别墅的照片。苍吉以巴厘为据点,发掘并搜集了大批印尼民间舞蹈的服装和祭神用具。除实物外,他还拍下数以千计的照片。

宴会在大厅举行。除了林氏家族外,今晚还请了几位当地的音乐家,所以摆了四桌,吃的是马来菜。东道主苍吉为了做一种特别精致的汤,特地挂了长途电话,从新加坡把他的一位擅长此道的仆人请了来。这里的咖喱辣起来能叫人流泪不止!

宴席过后,在音乐厅里举行了骆秀端女士的独唱会。

走进音乐厅,顿觉一阵逼人的冷气。原来那架立式钢琴是苍吉刚刚从奥地利买回来的名牌货,钢琴也有个服不服水土的问题。大厅里那架旧的,就已经适应热带天气了。新来的这架,昼夜得为它开着冷气。

骆女士三岁即开始习钢琴,教师是她姑妈。五岁时,举家迁到槟城。她受了九年华文教育,所以讲一口纯正的普通话。上高中时,才转到英校。一九六六年她去伦敦三一音乐学院学声乐。毕业后,于一九七〇年又拜著名的声乐家薇拉·萝莎为师。薇拉原是个匈牙利人,后来定居伦敦,入了英籍。

骆女士举止娴静,穿纯白丝质衣裙,亭亭玉立。她用德语唱了舒伯特的《鳟鱼》《小夜曲》等歌曲,用意大利语唱了《茶花女》和《卡门》里的咏叹调。她是花腔女高音,音质委婉圆润,技巧纯熟,比起去年秋我们在汉堡听的《茶花女》中那位从意大利请来的歌剧女演员,绝不逊色。其实,她也经常在欧美各国演出,目前正在委内瑞拉教声乐,这次是回来度假,并应邀在新加坡举行独唱会的。她说,不能长久离开欧美乐坛,否则就要落后了,所以年内还要去伦敦。

她出生在中国闽南,全国解放前夕,在襁褓中就随父母来到马来亚。大陆上还有不少亲戚,她很希望有一天能去中国演出,并看看今天的变化。

正式表演结束后,又在宝燕提议下,演唱起英美民歌,其中几首苏格兰民歌大概唤起了苍祐和萧乾在英国时的美好回忆。两个老友竟然也不禁摇头摆尾地哼了起来。杏蓉小声对我说:"瞧,他们可开心啦!"

不知不觉,已到了午夜。苍祐的两个小孙孙早已支持不住,躺在沙发上入睡多时了。我忽然意识到我们是主客,大家都在陪我们坐着。在这期间,苍祐已经推掉了所有晚间的宴会,明天他还要陪我们去他的山顶别墅呢。我给萧乾使了个眼色,就赶紧站起身来告辞。大家才兴尽而散。

上床时已凌晨一点。睡梦中余音仍在缭绕。

四、山顶别墅

槟城有直通山顶的电缆车,这一点也像香港。

在售票厅里,我们看到一边墙上挂着国王和王后(本地人称作最高元首和元首夫人)的照片,另一边悬挂的是苍祐的照片。飞机场贵宾室里,也是这么挂的。他注意到我们仰头在看,就把萧乾拉开,说:"这是联邦政府规定的,其实,不必挂我的。"照规定,他作为一州之长,是应为他开专车的。但是苍祐愿意同各族老百姓挤在一个车厢里。车身上白下红,好舒适。轨道是凿山铺设的。车子沿着蜿蜒的山坡蠕蠕地爬行,两边错落不齐地坐落着一栋栋别致的小洋楼。殖民统治时期,那原是英国人的别墅,而今当然早已换了主人。

出了电缆车站,我们又上了等在那里的轻便汽车。原来从这里到山顶,还有好长一段路。

车停在别墅前。我们上了几道台阶,才来到大门。起伏的山坡上,芳草如茵。我们沿着小径,来到一座百花争妍的庭园,这里有红山姜花,叶片的茎顶是花穗。我们看到的一株,花梗被一尺多长的花穗坠弯了。苍祐告诉我们,这种花很特别,苞片间会长出绿色幼苗。当花穗接触到地面时,这些幼苗就扎了根。热带植物的旺盛生命力给我留下了深刻印象。草坪两端,各有一幢小楼。苍祐夫妇住一幢,我们住里边那幢。两幢之间,草坪上已摆好了三桌菜。接着,客人陆续来了。这时我才发现,刚才乘同一列电缆车上来的好几位华族,原来也是今晚林家的客人。山庄是由苍吉为乃兄设计的。但苍祐住进去后，又改建了，弄得苍吉有些恼火。

天暗了下来，远远地，海上时有渔火闪现。山顶气温至少低十度，体贴入微的女主人给我们各人送来一件毛衣。席间，大家不断向我们这两个北京来客敬酒。席终，我也微有醉意了。

天蒙蒙亮，窗外百鸟齐啭，惊醒了我。猛地意识到我们是在海拔二千四百英尺的山顶上。这一夜凉飕飕的，睡得可惬意啦。我还是习惯于寒冷气候。

拉开寝室的窗帘，一轮旭日正划破乳白色雾霭，冉冉升起。云层像是被万道金光追逐着一般，滚滚退去。转眼之间，碧空便为一朵红焰所独占了。

这天是星期日，山庄院子里丝毫没有动静。萧乾还在酣睡，我踮着脚尖走到外间，倚在长沙发上，回想起昨晚的事情。十五六年来苍祐为槟州各族人民建厂、修桥，为大家的繁荣和幸福日理万机。这几天他却亲自为我们操着心，朝夕陪伴，并为老友安排丰富多彩的节目。就拿这座山庄来说，苍祐执政之前，全家六口曾在这里住过十年。那时妻子同他度过茹苦含辛的岁月。这几年来他忙于公务，一年也不一定上一次山，这回还是专门为了陪我们而来。

早饭后，苍吉陪我们游逛。我们乘轻便汽车进入山谷。走了一阵，就没有路了。苍吉说，这条路是村民集资修的，可能钱不够了，就半途而废。他说，这样也好，要是交通方便，旅游者蜂拥而至，他那些珍贵植物必然会遭到破坏。那辆车状似吉普，看来很结实。它沿着崎岖不平的山坡硬往前冲，居然把我们送到了目的地。

那是一片三面环山的幽谷，真是别有天地。四周古木参天，错节盘根。据说有些罕见的树还是他从别处移植来的，散放着奇异的香味。这里也有不少果木，由附近一家马来族山民替他照管。

他事先打了电话,所以我们一进门,山民就端上一大盘林中所产的香蕉、木瓜和芒果来招待了,并且告诉我们,是刚刚摘的。这是座简陋的小楼,却也装了电话,有卫生设备和煤气灶。水是从附近的山泉引来的。

我们又乘车来到苍吉开设的美景旅馆。楼上只有十二个房间,每一间的摆设都不一样,是供旅游者度周末的。他说,他开这旅馆不是为赚钱,而是想让天下人和他共同享受天然景色,所以收费很低。每年略有进益,也只是用来维修房屋。从这里望去,烟波浩渺,水天一色,白帆片片,真令人神往。有些旅馆也取"美景"二字,徒然使人觉得俗气;而这座原来叫"槟榔山"的旅馆,现易此名,真是当之无愧。旅馆对面还有座鸟园,庭园宽阔幽静,花木扶疏。笼中关着孔雀、野鸡、鹦鹉等羽毛艳丽的飞禽,也有一些叫不出名字的,宛转啁啾,不绝于耳。

下午六点半才下山。宝燕听见门铃声,迎了出来。我问她,为什么没上山。她说,星期一上级要来视察工作,她得准备资料。她和宝玲都在美国公司当经理,月薪七千马元。她们都是在英国读的大学,现已三十开外,均还未婚。宝玲的公司离大哥家较近,所以和兄嫂一家人同住。

五、城市建设

十四日上午。东道主夫妇要乘飞机去吉隆坡,为即将离任的我国驻马大使陈康钱别。苍祐事先委托他的老战友黎敏悟和政治秘书梅荣杰陪我们看看槟州的经济建设,顺便逛逛市容。由黎先生开车。

黎先生已年近七旬,但精神矍铄,是蔡廷锴将军的十九路军旧部,"一·二八"的时候在上海打过日本。他说苍祐是他一生最佩服的人,即使为他赴汤蹈火也在所不辞。林医生初掌权时,喜欢半夜出游,一路上构想建设槟州的蓝图。这种时候,他不去惊动政府司机,却打电话请黎先生来开车,城里城外慢慢兜圈子,并同他畅谈着发展槟州的设想,经常一直转悠到天亮。黎先生说:"谁料到短短的十几年间,槟州所实现的,还远远超过了当初民政党对各族选民所许诺的呢。今天,它已成了全国的模范州。这是华族的骄傲,也是马来西亚人民的骄傲。"是的,因为槟州有四十五万华族,占人口比例的百分之五十五。民政党——这个以华人为主的多民族政党,在党纲里就主张建立一个促进全体人民和睦团结的马来西亚。

开到工业区,梅君告诉我们槟城只有轻工业,重工业集中在对岸的威斯利区。在林医生的操持下,吸引外资,开设工厂,既发展了工业,为马来西亚训练了技术人员,又解决了严重的失业问题。

走过摊贩区,可热闹啦。林荫道旁,一排排全是卖熟食的摊贩。有香喷喷的烤羊肉串、福建虾炒面、椰子糕、蠔、肉骨茶等。小贩大都骑摩托车,还有开着小汽车来的。晌午就收摊了。天黑后,夜市更是人山人海。

车在填海造地的现场停下了。隔着铁丝网,一辆辆卡车和推土机正在那里紧张地操作。梅君说,我们脚下站的地方,以及前面那片白色楼群所在之处,原本都是大海。填海为兴建大批住房创造了条件,也减少了人口的密度。

民政党在一九六九年大选中提出的政纲是:七十年代解决失业问题,八十年代解决房荒。失业率已从一九六九年的百分之十六降到千分之三了,眼下又正在大兴土木,让人人都能住上现代化的套房。

接着,我们又开到新建的组屋群,大都是造型新颖的五层楼房。

我们挑近处一幢,上楼后随意叩了一家的门。主人四十开外,听说是从北京来的,就立刻把我们请进去坐。他有三个女儿,个个留着黑油油的短发,乌黑的大眸子,活泼大方,并且都在华校读书,普通话讲得很流利。他们原住在靠近泰国边境的地方,新近才搬来的。靠打鱼为生,每月收入一千八百马元,其中花在伙食上的钱是三百马元。现在住着一间客厅三间卧室,相当宽敞。房钱是分期付款,每月三百马元,二十年后,就归自己了。

我们还参观了另一家房价更加低廉的组屋,住了七口人,夫妻带四个孩子,还有一位老奶奶。他们也是三房一厅,开间小多了,孩子们只好睡双层铺。他们每月只交八十五马元,男主人是个搬运工人,每月挣四百马元。女主人每天半夜三点就起来蒸糕,用小车推到市区去卖,不到十点就卖光了。为了营业需要,他们把厨房扩建了,客厅却缩小了一半。

我们随便闯进的这两户人家,都属于下层劳动人民。可是他们都有电冰箱、电扇、电视机、摩托车。据说槟城居民拥有的摩托车数量,按人口比率,在世界上是第一位,有点像我国的自行车。连蓝裙白衫的女子中学生,也有不少骑摩托车上学的。

中午,照苍祐事先安排的,由民政党几位骨干在品香酒楼宴请我们。主人有槟城民政党州主席陈锦华(会计师)、立法议会议长郑耀林夫妇、市议员刘国秋(会计师)、丁福南医生等。席间,谈的多是槟州近十几年来的发展。如今,在联邦政府的大力支持下,槟州又开辟了两座卫星镇,兴建了大批房屋和商店。州政府就是要做到居者有其屋,使人们能安居乐业。建设计划是庞大的,还包括学校、高速公路、公园、植物园等。

归来时,苍祐夫妇已经从吉隆坡先到家了。一位印度族人正在后院为苍祐理发。他招呼萧乾也去理,并且说,那位理发师的名字叫"孙逸仙"。萧乾以为是说着玩的,理发师掏出身份证给他看,果然上面写着用广东音拼的 Sun Yat-sen(孙逸仙)。原来孙中山从事革命时,曾于一九一〇年一月至十二月在槟城住过。至今,他的事迹仍在本地各族人民中传颂。这位印度族理发师就是孙中山的崇拜者,以至改成这个名字来表达仰慕之情。

我听到苍祐和夫人商量到外面吃饭的事,便说:"你们乘飞机往返了一趟吉隆坡,恐怕太累了。其实,不一定顿顿吃馆子。晚上,吃点稀粥咸菜不很好吗?也给肠胃一个休息的机会。"

他们接受了我的意见。

然而哪里是稀粥咸菜!面包虾排、清蒸鲜鱼、口蘑蒸鸡、三鲜炒饭、烤鸭薄饼、摊鸡蛋、炒豆芽,满满地摆了一桌子。旁边的小几上,还有一钵福建甜煮花生米,以及一大盘金灿灿的榴莲。

我纳闷地问道:"没听见厨房里有动静呀!什么工夫做的?"宝燕说:"是从摊贩那里买来的。"

饭菜固然可口,最令我感动的是榴莲。原来一周前,我曾在新加坡的牛车水尝过一次榴莲。我无意中提到这事,东道主却是有心人,特地弄了最好最熟的给我们吃。

这一家人都爱音乐。我们刚到的那一天,宝燕就告诉我们,电视台十四日要放映意大利著名男高音演唱家卡鲁索的传记片。晚饭后我们就聚在客厅西头的音乐室里。这部音乐片是英语对话,马来文的字幕,是近来难得看到的好片子。接着,苍祐把描写中国的英国电视系列片《龙的心》的录像放给我们看。这部分十二辑的影片是一九八三年拍完的,其中有萧乾的一些镜头。去年在英国、马来西亚、香港放映后,萧乾的很多朋友都看了,纷纷写信来,有的还是多年失去联系的老友呢。信是由影片公司或电视台转来的。

他本人却直到现在才看到。录像相当长,亶夜才看完六辑。

我们正准备起身回屋去睡觉,苍祐却说:"别走,还有点东西给你们看。"原来是半个多世纪前苍祐之父林翠龙拍下的他们家庭生活的黑白片。老大苍祐当时只有十一二岁,幼弟苍吉刚刚学会走路。

苍祐兴致真高,最后又放映了这几天他叫人为我们拍下的彩色录像,都是我们这几天坐在客厅里谈话或公园里散步时拍的,也有在山庄上活动的镜头。拍摄时我们根本没有察觉。

六、摩天塔楼

近年来槟城市政一项大工程,是敦拉萨(也叫康大)城市发展中心的兴建。整个工程分五期进行,苍吉是总设计师。第一期已竣工,是建立在四层垫楼上的一座圆形塔楼,共六十五层,里面既有贸易中心、私人企业写字间、会议厅、文化中心,又有政府各部门的办公室。垫楼里,剧场、电影院、百货公司、饭馆、咖啡店、娱乐场所均已开张。只要一走进去,吃的穿的用的玩的,要什么有什么,可以足足待上一天,另外还有一座停车楼,可容纳一百多辆汽车。音乐厅的立式钢琴,跟苍吉那架一样,是花四万马元买的。琴款是由全市学生捐赠的。方式很别致,每个琴键是二百马元,苍祐的小孙子也捐了一个琴键的款。

首席部长办公室前几天已来过一次,当时只看了看屋里的陈设,对塔楼本身没进行了解。今天(十五日),苍祐领我们看了大大小小的会议室。沙发、地毯、桌椅全成龙配套,而每间屋子的色调都在走廊的板壁上标了出来。

我们又乘电梯去第四十二层。这一层还没装修,里面也没隔开,看上去只是一座巨大的圆形室内广场。沿落地窗转上一周,以风光绮丽闻名的槟城的全景尽收眼底。环绕着塔楼,一批批二十二层的组屋正在兴建中。在解决住房的同时,商店和其他公共设施也都跟上来了。苍祐说,等五期建设计划均实现后,槟城就将成为一个真正的现代化城市了。他还说,苍吉最喜欢拂晓邀上几个朋友,带上早点,到塔楼顶层去,边吃边看日出。

乘电梯到楼下,苍祐又领我们去看全楼的保卫中心。这里,一切都是用电脑控制的。从闭路电视的荧光屏上,可以监视楼内各个角落,连自来水龙头没关好,或什么地方丢个未捻灭的烟头,都能及时发现。

塔楼底层大厅里,有几间舒适的接待室。所有马来西亚公民,都可以到这里来找市政府的官员谈话。当然,最初接待他的是一般官员,如果还解答不了问题,就可以找更高一级的。我忽然想起,去年八月在奥斯陆,陪我们逛市容的挪威汉学家伊丽莎白·艾笛曾指着市政厅前的一个信箱说,挪威公民要是往这个信箱里投函,第二天就会有下文。

晚间在槟州华人大会堂举行的宴会,堪称此行的高潮。大会堂是全槟华人的活动中心,旨在维护华人社会的权益,加强华人团结,并促进全民团结。它是一九七五年由平章会馆改建而成的。当时只接受了一所空空荡荡的旧房子。

如今,加入这个机构的团体已近三百,会员达一万三千余人。执委会每两年改选一次。一九八四至一九八五年度的名誉主席是林苍祐、骆文秀、许平等,主席是祝清坤,副主席庄汉良、林庆金和何海天,都是槟州的华族知名人士。

全体会员出钱出力,一九八三年在旧址盖起这座十层的白色大厦。

楼房是中西合璧。西式的主体,却有个富于民族风格的大屋顶,下面是座凉亭。朱红柱子,绿琉璃瓦,交相辉映。

我们到时,大家已等在门口了。门厅左首的一个房间里正在上着华语课。教师王女士有三十来岁,学生是二十来个男女青年。原来这是大会堂开办的华文夜校,共分五班,每周上课两小时,本地出生的华裔,如果不上华校,一般就只会讲点闽南话,不会普通话,更谈不上识字了。在夜校补习一年,就能读能写了。师生白天都另有职业,老师白尽义务。学生读得也都很起劲,往往要求延长学习期限,以便更好地掌握华语。

接着我们又参观大礼堂和图书室。书籍都是大家捐赠的,有的还一捆捆地摆在书架上,没来得及分类。可惜大部分都是民国初年或三十年代的旧书,一九四九年以后的只有几本人民文学出版社出版的《鲁迅选集》。

今晚,在这可以俯瞰全市夜景的天台上摆了六桌席。东道主是林庆金和他所主办的《星洲日报》《星槟日报》及《亦果西报》。除了当地华人领袖外,还有不少报人、作家、文化界人士,包括将近四十年前在中国和萧乾有过一面之交的老作家温梓川、两年前我们在新加坡结识的马来西亚(华文)协会主席方北方、《光华日报》董事经理温子开、北马记者职工会名誉会长韩觉夫、英文《星报》老报人许昌祺、《新明日报》记者李国祥、《星滨日报》记者李宝财、作家刘果因等,济济一堂,不下六十人。清风轻拂,气氛极为欢快。

我们这一桌,全是太太小姐。除了杏蓉和林庆金夫人,还有槟华女子小学校长,也有一位曾在新加坡任教,现已退休的老教员。最年轻的那位是银行家的夫人,可惜她受的完全是英文教育,不会讲普通话。她说,已经把孩子送去念华小了,她也在跟着学华文。

靠里边一桌,统统是音乐家。宴会中间,他(她)们不断地演唱歌曲。我们则边吃边欣赏节目:有古筝,有京剧,有客家山歌(是槟华女子小学校长王秀英女士演唱的)。本地歌唱家陈岳凤女士曾在英国学声乐,但对我国的歌曲也很熟悉。她先唱了《上甘岭》中的插曲《一条大河》,然后又邀请萧乾上来合唱,并要萧乾点歌曲,他点了《在松花江上》,并请苍祐一道唱(后来我听本地人说,他们从未见过首席部长上台唱过歌)。苍祐大概不会这支歌,只见他张嘴,听不到他的歌声。萧乾对歌词也不大熟。陈岳凤嗓音嘹亮,不但能完全掌握词句,而且唱得慷慨激昂,充分表达出了曲中的悲愤情绪。

席间,林庆金先生还送给我们一副写好并裱好的对联,上书:

萧洒妙文洁心醒世,
乾坤正气若亡实存。

一下子把我们二人的姓名都联进去了。

七、槟威大桥

来槟城那天,我们就从飞机上瞥见了槟威大桥全貌,知道它是苍祐执政以来所进行的最大的一项工程,它将对槟州未来的发展扮演极重要的角色。十六日上午九点,我们乘轮渡过海到威斯利区。

这座大桥横跨海峡,把槟岛和威斯利区连接起来了。它全长达一万三千四百四十米,其中海上部分桥身八千三百二十米,引桥一千六百米,公路桥三千五百米。本年四月通车后,可容六辆汽车并排通过。兴建此桥耗资七亿四千四百万马元,在东南亚首屈一指,是世界第三座跨海长桥。

苍祐说,槟州政府原来希望中国也来投标的,但那时"四人帮"

刚刚粉碎,没顾得上。最后还是南朝鲜击败了日本,夺了标。一九七九年开始动工。就南朝鲜来说,赚取外汇还在其次,更重要的是为本国在东南亚争得了声誉。为此,他们派来八百名技工,并培训本地的一千五百名工人。修建大桥的同时,也为本地工人提供了学习技术的机会。

在桥梁工地上,我们看到一台台的起重机和水泥搅拌机在南朝鲜工程师的指挥下,紧张地工作着。桥面基本上已竣工,只差一小段,桥就可以合龙了。

槟州的首府槟城,是仅次于首都吉隆坡的全马来西亚第二重镇。绚丽多姿的槟岛又是旅游胜地,每年吸引着大批游客。目前大陆和岛屿之间虽有十四条渡轮日夜穿梭般地航行,但已不敷需要。大桥修好后,沟通了内陆和岛屿,必然会大大地促进繁荣。

接着又去参观孟光大水库。

由于人口日益增加,工业不断发展,这里对淡水的需求也越来越大了。这座大水库,就是槟州政府为了确保本州在今后二十年内不至于缺水,而花了五千六百万马元兴建的。过去每年到了雨季,吉北慕达河和吉南居林河的水就猛涨,白白地流入大海。水库建成后,威斯利区的双溪赖净水厂抽蓄二河的水,加以滤清,供人民食用。孟光大水库蓄水量五十二亿加仑,不仅本州,连邻州的人们也沾了光。

在大坝上,我们会见了年轻的专家甘有志。理想之火似乎在这位从澳大利亚墨尔本留学回来的水利工程师心里翻腾。他说,根据州政府的计划,这一带还要搞个植物园,开辟成风景区。他说,能够把自己从海外学来的技能用在建设生他育他的土地上,他感到无上幸福。

最后参观的是林庆金开的朱古力(本地对巧克力的称呼)工厂。这原是荷兰人万胡吞(Van Houton)开的,林接盘后,为了继续使用他这个牌子,每年得交付百分之二的利润。厂内共有工人四百名,也像本地其他工厂一样,是按民族人口比例雇用的。

林庆金出生于闽南,是当地华族商界中一位白手起家的巨子。一九四一年,日本鬼子要抓他的壮丁,他只身出走,逃到槟州。那时他才十八岁,上岸后,口袋里只剩下一毛八分钱。四十几年后的今天。他任联合朱古力工业有限公司、中国成药药酒中心等四家公司和三家报纸的董事会主席,是槟州华族文化界和商界很有影响的人士。

晚上,苍祐请我们在一家露天餐厅吃海鲜。餐厅的形状酷似一座大操场,入口处是一排巨形玻璃缸,有灯光照明,里面分别游着各种鱼虾。桌椅就摆在绿叶婆娑的棕榈树下,千变万幻的彩色灯泡星罗棋布,宛如走进一个童话世界。

餐厅中央,设有表演台。真巧,我们入座时正有一男一女两个演员在跳新疆舞《达坂城的姑娘》。

达坂城的姑娘,辫子长呀,
两个眼睛好漂亮……

这熟稔的曲子蓦地把我拉回到将近三十年前的清华园。那时有位沈姓女同学,特别擅长跳这个舞。我发现很多金发碧眼的游客,都在专心致志地欣赏这精彩的民族舞蹈。吃过一道蠔之后,戴白帽的印度侍者又端上大得吓人的龙虾。接着是鲜嫩可口的螃蟹,蛤蜊,素玉兰鲍片。

在笛鼓伴奏下,台上又跳起了印度舞。女演员脸上露着一丝浅浅的笑意,她用优美的舞姿表达了内心深处的兴奋和幸福感。这样的舞技是需要深厚的生活根底的。

苍祐问我们要不要到海滩上呼吸几口新鲜空气。原来离桌子不上几丈,便是海滩。走出灯红酒绿的欢乐场,就来到沉静、肃穆的海滩。我们想散散步,忽然发现正有一对情侣躺在沙滩上喁喁私语。我们不愿惊动他们,就又悄悄地踱了回来。

台上的节目已经换了。随着淳朴而富于民族特色的音乐,年轻的马来姑娘在表演婀娜多姿、节奏感很强的独舞。

杯盘已经撤掉了,端上了最后一道甜食,是装在劈成两半的鲜椰子里的冰淇淋。冰淇淋吃完,接着再用羹匙刮那清香雪白的椰子肉吃。

饭后,苍祐带我们去体验了一下本地的夜生活。露天夜市的熟食摊,日光灯下备有舒适的桌椅,顾客坐得满满的。花不了几个钱,人们就可以在这里品尝各种风味小吃。

车子又开到一座观音堂。殿宇轩昂,香火鼎盛。天气这么干燥炎热,到处却都点着香烛。我忽然想到,时常听说本地的庙宇毁于大火,必然是烧香点蜡焚纸钱酿成的。

庙的左首广场上有座戏台,台下摆了几十个条凳,台上正锣鼓喧天地演着潮州戏。这是什么富人为了还愿而请戏班子来演的,并不卖票,但是观众稀稀落落。据说年轻人都给电视、电影、舞会吸引走了。

杏蓉说,最好的潮州戏班子在泰国。每逢他们来此演出,还是会引起轰动的。

戏台对面有座小楼,楼上有回廊,零零落落坐了些人在看戏,可能都是有身份的。他们一发现首席部长来了,就赶忙噔噔噔地跑下来向他问候。杏蓉小声告诉我,她丈夫从来还没有到这儿来过,今晚他们一定感到突然。

八、南华医院

从许愿请戏班,可以推想槟城婚丧礼吊的排场。

华人大会堂名誉主席骆文秀很想改变一下这种风气。当他的老母仙逝时,他办理丧事从简,并提出愿以一元对一元的方式向捐款人挑战,从而在社会人士中间掀起一股为扩建南华医院而捐献的热潮。截至一九八二年底为止,已收到建院基金一千二百万马元,其中有好几位也是由亲人的丧事费撙出来的。骆文秀个人的捐款占一半。

南华医院本来是一座设备简陋的中医院。新医院则以西医为主,同时也保留了传统的中医中药,他们还继续用西医的理论和方法,对中医进行深入的研究。

新医院是一九八三年初开办的,现有医生、护士和职工共三百五十三名(西医部三百四十一名,中医部十二名)。这一年,中医部曾为二万八千五百二十八名病人施诊。病人只需付挂号费(成人五角,儿童两角)。

西医部分内科、外科、精神病科、小儿科、妇产科、眼科等。一九八三年度的门诊病人为五万五千一百七十二人。住院病人为四千三百八十六人(住院处有三百二十八个床位),有一百多名病人因生活困难,予以免费或减收费用。

现在护士人手不够,正在加紧培训。骆文秀又捐了一半,其余的半数由各界人士慷慨解囊,并凑足了二百万马元。

捐款人都是百万富翁吗?我翻了翻"献捐施药基金芳名录"。头一项就是印刷工友的捐款。这些没有留下姓名的工友共捐了将近三千马元。有来自《星洲日报》《光华日报》读者的义捐;也有儿子成婚时,把亲友的贺仪捐出来的。

捐款的是华人,门诊部外面坐着的患者,则有马来人,也有印度族人。医院里两位护士长也都是马来人,表现了民族的团结。

我们在陈忠祥院长(他又是内科医生)陪同下,参观了宽敞、明亮、清洁的医院。据他说,由于医院的设备都是现代化的,又聘请了专科医生,还要盖纪念馆,从外国进口新式仪器,经费数额很高。估计最初几年,每年要亏空数十万马元。医院完全没有政府津贴,不够的部分继续由各界人士捐赠。一旦训练了足够的护士,病床将全部开放,那时经济状况就会好转。

这一天下午,苍祐夫妇到机场去接两位客人。他们是从吉隆坡来的黄奕忠律师和他的夫人谢凤莲。因为也是留英的,所以很快就同萧乾也扯熟了。看来黄也是此间华族中的一位富人。他除了律师业务,还开水泥厂,很想来我国搞投资合作。

他说,这趟来槟州,除了看老友,还要看看他的马,并且邀苍祐和我们一同去。临上车时我发现,由于苍祐出门必须带保卫人员,我要是也去,就得多开一辆车。我就说:"明天就上飞机了,我不如留下来打打行李吧。"

回来之后,萧乾告诉我,黄奕忠在英国和爱尔兰均养有马匹。槟城这座马厩,共五十几匹,也不知多少匹是他的。每匹马都有专人(马来族)伺候。马厩装有空调,还有常驻兽医。每年他还把这些马空运到世界各地的赛马场去比赛。萧乾很想知道(但没敢问)一匹马的空运费是一般旅客机票的多少倍!

这是最后一个晚上了。苍祐夫妇带我们到一条老街去吃福建馆子。大儿子建安一家四口,两个女儿宝玲、宝燕也来了。两个小孙子——八岁半的振益和六岁半的振耀赶紧占了爷爷两旁的座位。记得一九八〇年六月,杏蓉带着两个儿子访华的时候,就说过苍祐最宠爱孙子们。果然,在两个调皮的孙儿面前,这位首席部长笑逐颜开,又是猜谜语,又是讲笑话,还用餐巾为他们叠起纸船来。

建安的妻子本来是位优秀的数学教师,为了家庭,她牺牲了自己的事业。他们不请佣人,全部家务由她一个人操持。

尾声

头天,黄奕忠夫妇一定要我们动身之前到他们下榻的海滨旅馆去共进早餐,地点离林家不远。

临出门时,杏蓉向女佣交代了哪些行李是随身带的,哪些是空运的。她要我们把机票和护照也留在家里,以便工作人员代办手续。

八点,我们来到那家设备考究的旅馆,一片苍翠的树丛后面,便是马六甲海峡。我们是在游泳池近旁的露天餐厅吃的早点。谈话间,苍祐指着海滨一幢简陋的小楼对我们说:"瞧,那就是一九一〇年孙中山隐遁过的地方。他在那里两次召开秘密会议,参加的还有爱国华侨,即席认捐巨款,支持革命。那年十二月,他创办了《光华日报》,目的是在东南亚华侨中宣传革命,推翻满清政府。至今这家报纸还在槟城发行着。当官府要捉拿他的时候,他就是从这幢小楼前乘小船逃走的。七十几年来,本地人把这座房子保存得完好如初。"

我蓦地想起,在槟州大会堂举行晚宴的时候,就数《光华日报》出席的人多。计有董事经理温子开、采访主任王平松、新闻编辑主任丁玉珍,和记者吴凤美、陈晶芬、陈虹蕾。可惜我的历史知识太贫乏,直到临行之前才了解到孙中山先生和该报的这段因缘。

每逢上飞机,我们总是沉不住气,像乡下人赶火车那样,老早就奔到机场,好去办理海关和出境手续。办完之后,宁可坐在登机口那里多等一会儿,心里方踏实。这一回,飞机十一点一刻起飞,十点多钟我们竟还在这家海滨旅馆悠闲地聊着。经我几次焦急地催促,苍祐才站了起来,向黄氏夫妇告辞。

这时,我晓得了一个老百姓同一个大官儿走路方式有多么不同!原来到了机场,一切手续早有人代我们都办妥了。接过登机证之后,我们又在贵宾室和苍祐、杏蓉聊了好一阵子。直到广播了登机通知,我们才拥抱告别。他们二位站在贵宾室外连连向我们挥手,我们则边挥手,边随着人流进了登机口的通道。

起飞后,我凑近窗口,依依不舍地凝望着这素有"东方之珠"盛名的小岛,直到浮动的云层把视线遮住了为止。

两个多小时后,我们就在香港的启德机场降落了。

狮岛女作家蓉子

年初,我有机会重访狮城。这个新兴共和国的文坛的特点,是年轻作家多,女作家多,而蓉子女士就是其中很出色的一位。

蓉子原名李赛蓉,一九四九年生于我国福建的一个大家庭里,三岁时过继给姨母,五岁上离开家乡。一九五七年,她姨母跟着丈夫走南洋,把蓉子也带了去。她的生母赶到车站,红着眼圈儿向她道了珍重。

姨母从未生养,却百般虐待这个过继女儿,经常半夜里把她五花大绑,丢在门外。蓉子以四年时间念完小学课程,后转入英校读了三年初中。不满十六岁她就自己谋生,曾当过工厂女工、推销员、裁缝店学徒以及店员等。

她二十六岁就开始写作,因天资聪慧,观察力敏锐,同情弱小者,再加上生活经验丰富,所以她的作品涉及的生活面相当广,出版物有散文集、短篇小说集、中篇小说等。

对中国古典小说,蓉子一向也很钻研,她还致力于中国古典名著的普及工作,曾把曹雪芹的《红楼梦》和关汉卿的《蝴蝶梦》《白兔记》《谢天香》《望江亭》改写成浅显易懂的故事,加上精美的彩色插图,并附上注释和练习题,帮助读者提高华文阅读能力。新加坡的一般文艺书籍能卖上一两千册就不错了,她的这些改写本销数却能达到两万本,因为它受中学生的欢迎。

蓉子是新加坡写作人协会理事。《联合早报》问世之前,她曾同时在《南洋商报》《星洲日报》《电视周刊》上撰写三个专栏。这位年轻的女作家通过日常生活片断,写出了普通人的悲欢离合,内容主要涉及儿童教育和妇女地位。她的小说大多富于现实意义。《又是雨季》是根据本地新闻写成的。《短暂的过客》是她在医院里碰见的真人真事。《凯凯的日记》写作者的两个朋友打离婚,给孩子带来了不幸。这篇小说曾获《奋斗报》主办的全国文艺创作比赛优胜奖。

新加坡社会由于受西方影响,有些年轻人不愿意奉养父母,为了扭转这种社会风气,政府曾大力开展敬老运动,并采取减税等办法,鼓励成年的子女与父母同住。

蓉子则在她的短篇小说集《初见·彩虹》的扉页上题词:"献给我亲爱的父母亲。"

去年,她把阔别近三十年的老母亲接到新加坡小住。母亲回潮州家乡后,刚刚过了十余天,她又回去探亲。难道是因为她对人生太执著了吗?旧居的窗口挪移了数尺,都没能逃过她的眼睛。她在《母亲》和《梦里天涯》这两篇散文里,满怀激情地写下了这段经历。后者的结尾有这么一段:

四点的天,还早得很,蒙蒙细雨,更增凉意。上了车,父母和弟弟都站在窗外相送,我频催母亲进旅舍去避雨,她恍如没听见,仰着头,细细叮咛。苍老的脸上,不胜凄切,那惜别的神态,把我的心都揉碎了!……车子开动了,我慌张地要再与母亲道别,却只喊得一句:"进去吧,别淋雨!"母亲挥动她的手。父亲呆立着。……此去又天涯,再见知何时?

作者以质朴平易的语言,抒发了深沉的情愫,表达了真切的乡愁。尽管她已成了新加坡的公民,结了婚,有了两个聪明可爱的儿子,但她对生她育她的故乡和亲人依然是梦绕情牵。

这位女作家也写评论。她评过老舍的《正红旗下》、新加坡作家骆明的随感集《微笑》和晓芙翻译的日本小说《落差》。

狮城三景

一、牛车水

听说新加坡的旅游当局最近才发现,来自世界各地的游客对狮岛上那些先进的现代化设施兴趣并不大。他们想去的还是牛车水,也就是华人早期的发祥地。只由于这一发现,它才没像"白沙浮"夜市和"结霜桥"旧货市场那样被拆除掉。

我们去参观的时候,离春节还有一个半月,但人们已经在纷纷谈论,一度失去光彩的牛车水,又将恢复旧日的繁华和年市的传统装饰了。这里的几条街道,将辟为"行人天堂",不许汽车行驶,以便游人逍遥自在地逛夜市,观赏杂技、地方戏和舞龙、舞狮、高跷等表演。

牛车水是狮城遐迩闻名的年货市场,小贩摊上密密匝匝地挂满了爆竹、春联、年画等,热闹非凡。最醒目的是巨大的牛型灯笼,上面坐着四个梳着小抓髻的胖娃娃,分别举着"牛年好运"四个字。人们喜气洋洋地来购年货,到处散发着浓郁的欢度春节的气息。

同来的一位教授要买凉席,我们便走进兼卖红花油的冯满记。第一代老板是从漳州来的,现在已是第四代了。硬木桌椅等还是从老家运来的呢。一个多世纪以来,这家老店也不知售出过多少张席子,日久天长,已经把桌角都磨圆了。凉席是从印尼运来的,叻币五十元一床,买两床优待,就只收九十元。

店铺门口,小摊贩在卖"嘟嘟"。在圆形模子里铺一层熟米粉,撒上一层椰子丝,再盖一层熟米粉,放在小笼屉里蒸半分钟便可食。每屉三枚,每枚叻币三角。小贩是一男一女,动作麻利极了,但仍供不应求,想吃还得排队。《联合报》的公共关系经理胡杰和担任向导的公关小姐是最后回到大轿车上来的。原来他们排队买了一大包"嘟嘟",供大家分尝,确实清香可口。

二、花芭山

花芭山是新加坡的名胜之一,整座山布满树木、灌木丛和花卉。这里有丰姿绰约的旅人蕉,翠叶挺拔,随风摇曳,宛如一把大芭蕉扇。这里还有灿烂夺目的火炬姜,花茎高数米,顶端怒放着火焰一般的红花。旁边那棵高达十来米的大树尖儿上,嵌在空中的是吉打栀子花,像煞金灿灿的繁星。还有那丽质无双的珊瑚藤。纤细的绯红色花朵,一串串地长在幼茎上,艳阳映照下,发出珍珠般的光彩。有的攀上高树,有的在地面爬。再看那绚烂鲜艳可人的番茉莉,花蕾刚刚绽开时是深紫色,花蕊周围有个小白圈。第二天褪成淡紫色,第三天就变成了白色。三种颜色的花儿混杂,色调特别和谐。

从花芭山上俯瞰,狮城全貌一览无遗。"花园之国"的确名不虚传。新加坡原是一片热带丛林,蟒蛇和大蜥蜴进进出出。人们斩掉丛林,铲平丘陵,填埋低洼地带,建起高层组屋。住房盖到哪里,绿化工作就跟到哪里。

政府的口号是"居者有其屋",今天,百分之八十五的居民都住进了新建的组屋,大部分还是用分期付款的办法自购的。我望着眼前那些白色巨厦,回顾起几天来参观过的几位新加坡朋友的住处。有花园的,不筑围墙,让行人能隔着篱笆观赏院中姹紫嫣红的花圃。没花园的,在阳台上摆上一钵钵的水梅、九里香,傍晚散发出浓郁的香气。

我相信,一个跟着妈妈浇水培土,小小年纪就懂得爱护花儿的孩子,长大后该不至于去随意攀折公园里的花草吧。

三、裕华园

花葩山尽量保存了大自然的本来面目,仿照中国宫殿园林设计的裕华园则处处显示着人工雕琢的技巧。它也叫中国花园,坐落在裕廊工业镇上,从我们下榻的阿波罗大酒店开车半小时就到了。由名建筑师虞日镇设计的这座花园是一九七一年初动工兴建的,占地二百余英亩。

裕华园的气派显示着新加坡这个小国强大的经济力量。这里有四个人工筑造的岛屿。白虹桥是模仿颐和园十七孔桥建造的,形状像彩虹。但数了数,只有十五孔。

鱼乐院外面矗立着莹白牌楼,上面覆以向中国定做的暗绿色琉璃瓦,衬托着红楣金字,壮丽无比,白玉石栏杆上雕满了古色古香的图案。

鱼乐院恰似苏州精美的园林,亭台楼榭,布置得错落有致。院中有清水池,金鱼摆着尾巴,穿过卵石,自由自在地游来游去,别有情趣。还看到一座水中双塔,它使我想起了几年前从中南海搬到天坛的那座双亭。台湾诗人痖弦在一旁说,这是仿台湾光复后在高雄左营盖起来的春秋阁而建的。我们一行六人在挹翠苑的拱门下,像幼儿园的孩子似的排排坐,合影留念。

邀月坊的形状和颐和园的石舫相仿佛。从这里,隔着烟波宛转的湖水,可以看到以绿树为背景的五座水中亭。水面上清晰地映现出金色琉璃瓦的亭顶以及朱红柱子的垂影。

石径两旁芳草如茵,晓春亭、涵碧轩、卧虎岗、入云塔,随处可见富于中华民族特色的宫灯,陶制桌凳,石狮和盆栽。这些建筑群似乎汇集了中国古老园林的精萃,处处表现出海外华族对中国悠久文化与传统建筑艺术的怀念。

狮城花絮

一、金狮奖

新加坡独立二十年来,取得了辉煌的成就,经济发展水平仅次于日本,位于亚洲第二位。这个国家的人口只有二百六十几万,其中华族占四分之三。这里教育普及,知识水准高,青年人热爱文艺,能写作的很多。新加坡的两大华文报刊《南洋商报》和《星洲日报》一向注意培养青年作家。

为了鼓励华文文艺写作风气,提高新加坡华文文艺的地位,《南洋商报》于一九八一年六月间举行金狮奖文艺创作比赛,请海内外知名华文作家参加评审。《星洲日报》则于一九八三年一月与《民众报》、新加坡写作人协会及新加坡文艺研究会联合举办了第一届国际华文文艺营,从北京、台湾、香港、吉隆坡、槟城、马尼拉、汉城、东京、衣阿华、纽约等地邀请了十七位用华文写作的诗人、小说家、评论家,聚集一堂,畅谈各地文学情况,交流各自的写作经验,加深相互了解,并共同研讨今后如何提高华文写作水平。

之后,两大华文报刊合并为《联合早报》和《联合晚报》。今年一月间,第二届金狮奖征文比赛和第二届国际华文文艺营同时举行,这可以说是新加坡文化界一大盛事。我国作家姚雪垠、秦牧、萧乾分别应邀评审小说、散文和报告文学,并和来自台湾、香港、美国的其他评审委员一道参加颁奖典礼和学术报告会、讨论会等活动。

从金狮奖创作赛得奖名单看,有三个特点:女作家多,年轻人多,反映现实的题材多。

这里先介绍四位得奖女作家。

张曦娜的名字,对我国读者来说并不陌生。她的短篇小说《变调》最近在我国《文学报》(一九八五年三月二十一日,第二〇八期)上全文刊载。这一次,她又以《都市阴霾》获得小说征文组的第一名。这部约两万字的中篇小说的男主人公潘展桓,是南洋大学的毕业生,早年曾积极投入学生运动,有改革国家、社会的理想。学成后与友人合伙组织公司,野心勃勃,他与合伙人之间遂开展一场尔虞我诈的激烈斗争。潘的女友梁叔思的父亲在抗日战争中立过功,由于反对殖民统治,锒铛入狱,壮烈牺牲。潘、梁的恋爱,形成了小说的主线。潘后来蜕变,把早年的政治理想抛弃得一干二净。

作者匠心独具。小说的历史背景是广阔的,从殖民地时代、抗日战争时期一直写到七八十年代。曦娜还不到三十岁,她以阅读资料和平时的见闻为依据,再加上大胆的虚构而写。

记得一九八三年参加第一届文艺营时,萧乾曾为一批天真烂漫的新加坡少女所包围。她们说:"你们有'文化大革命',有伤痕文学,多好呀。我们这里生活太平静,没有素材。"弄得萧乾哭笑不得,他说:"这样的血的代价,未免太高了。"

从曦娜的事例来看,新加坡的生活依然可以为作家提供丰富的题材。问题在于你从什么角度去写,关不关怀社会,作品有没有特色和艺术感染力。

获得散文组创作奖第一名的孟紫,原名陈美今,今年五十六岁了,是位退休教师。

她在获奖作品《扎根的一代》中写了三代人。女主人公的祖父因犯了潮州人十五岁不许吃鹅肉的古老禁忌,遭到歧视,十七岁时愤而走南洋。老爷爷让她父亲受英文教育,但她父亲却爱穿中山装,并让自己的子女都受中文教育。同时,他也教育子女要效忠新加坡本土。这篇散文生动地描绘了早期中国移民南下的心境、生活和思想的演变,表现了他们作为炎黄子孙虽然饮水思源,但也以效忠新加坡本土为荣的主题。全文结构严谨,人物栩栩如生,情节生动,已经具有了小说的特征。

由于新加坡所处的地理位置,这里的作品常写到国际题材。获得散文组第二名的《那一段路程》就是写越南难民的悲惨遭遇的。作者蔡淑卿是一位娴雅的年轻妇女,目前在广播局负责审查剧本。她是一九七八年开始写作的。

一九八三年,淑卿在澳洲乡村遇到一对神色憔悴的越南母女。通过交谈,她了解到这对难民的身世。老妪谈到她的丈夫死在越南,连葬身之地也没有,只能曝尸野外。淑卿回国后,便动笔写一对情人劫后重逢的故事,套进了这段真人真事,构成一篇感人的散文。

前年,我们到新加坡参加第一届国际华文文艺营期间,萧乾表示希望对新加坡社会做些采访工作,他的老友拉贾拉南(当时为新加坡主管外交的第二副总理)便派新加坡著名记者刘培芳带他去看了新建的组屋、水库等等。萧乾后来还为她的散文集《我心深处》写了序(见《文艺报》一九八四年十一月号)。这一次,萧乾恰好又应邀参加报告文学组的评选工作,培芳的《泰柬边境去来》获得了优胜奖。这是培芳第二次到泰柬边境访问后所写的报道,由四篇组成。访问活动是泰国军方为了在当地采访第十六届东盟外长会议的非泰籍记者安排的。在同行的十多位外国记者中,她是唯一来自新加坡的。

自一九七九年起,培芳就开始采访东盟外长会议,以及民主柬埔寨政府的成立。她是外交记者,少不了要采访会议。但她认为,除了参加会议,还应该深入下层去体验,写出来的报道才能较有人情味。所以在一九八〇年的外长会议之后,经报馆批准,她又到泰柬边境走了一趟。

那时,大批柬埔寨难民已涌到泰国边境,哀鸿遍野,还有风雨飘摇中的华族难民学校,都给她留下了深刻的印象。那一次她写了《泰柬边境见闻录》九篇报道。由于时间充足,感触深,写得也比较满意。她还把一九八〇年九月在《南洋商报》上连载的报道全部复制了一份给我们。我读后便意识到培芳获得优胜奖绝非偶然。这次获奖的四篇,是续集。把前后十三篇报道放在一起,便可以看出,这位外表娇弱的青年女记者,是怎样冒着生命危险去柬泰边境踏访的。在亚兰镇留宿时,她体验了这个在烽火边缘的小镇上的生活。从《见闻录》第一篇中下面一段,可以看到培芳的正义立场:

> 我曾经一次又一次地采访东盟会议,听过政治领袖们激昂愤慨的演说。新加坡尤其率直地谴责越南公开武装干预柬埔寨,揭穿苏越侵略主义者的狰狞面目。现在,当我投身到柬埔寨难民群中,我要实地倾听难民们的心声,了解他们对国家前途的殷切寄望。

培芳早年在南侨女中读书,后以优异成绩毕业于南洋大学政府与行政学系。她投身报界已十四年,作为外交记者,她的足迹踏遍了美国、印度、缅甸、马来西亚等国,也曾到过我国。

最后,谈一位男作家吧,就是报告文学《沉默的石头》的作者李永乐。

新加坡是个年轻的共和国,到了新加坡,一个突出的印象是各阶层的人都很年轻。新闻界就有些少年记者:高中毕业,不一定非上大学,经过考试和选拔,就可以在报馆担任记者,李永乐就是其中之一。

这次,《沉默的石头》获得报告文学推荐组佳作奖。它通过一座庙宇的故事,从侧面反映华、巫(马来)两个民族的团结。文字细腻,意味隽永。老作家丁玲主编的《中国》文学双月刊(第三期,一九八五年五月出版)已把它和四篇一等奖作品一道转载了。

李永乐是抱着一种使命感来写报告文学的。他说:

报告文学就像一扇窗户,透过这个窗户,我们能够看到和听到周遭的事物,从而了解整个社会的过去与现在,隐忧和希望。它的最终目标,便是让大家认识自己的土地和外面的世界。

单是认识还不够,我们还要关心和热爱,因此,报告文学也应该是一座桥梁,引进和输出新的讯息,说自己的话,说大家口里心里眼里所要表示的话,发掘问题,以激发各方面的关怀和注意。

二、教养

无论去新加坡还是马来西亚,一个突出的印象是华族发家致富的本事。多少人白手起家,刚到时在街上给人擦皮鞋或者理发,惨淡经营几十年,变成了巨富。在参观华人的宗祠时,我才找到了答案:他们真重视教育!那里做父母的即便当苦力,也要把孩子送去念书。在宗祠里,满墙挂了匾额,写着某人在剑桥或芝加哥大学获得的学位。受过良好教育的第二代,多半都愿意继承父业,而且能够青出于蓝胜于蓝。

提起教育,一个清癯的新加坡人的音容笑貌便浮现在我眼前。他名叫何宪铜(何键),名片上印的是"展翼鞋业",就相当于我们这里所说的小业主吧。他店里一共才请了两三个工人,夫妇俩的工时,比工人要长得多。不论是前年还是今年的国际华文文艺营,他都撂下工作,一趟趟地跑来参加各种文学活动,并千方百计地设法跟作家们晤谈。他还把以前买下的这些作家们的书带了来,请他们签字留念。

一个从事制鞋业的人,为什么如此执著于文学?

一天下午,在我们住的新加坡阿波罗旅馆九楼的房间里,我有机会听到他谈自己的身世。他因家境困难,小学毕业后就去当学徒。但他硬是省吃俭用,三年之内存下了一笔学费。但那时他已十六岁,一般中学不肯收他。他把钱揣在兜里,每天早晨站在一家私立中学的大门口,怎样也鼓不起勇气走进去。终于有一天,引起了教务长的注意,便问起来。经过测验,学校录取了他,而且因成绩优秀,接连跳班,两年时间他就完成了四年的学业,只比当年的小学同窗晚毕业一年。

他发誓,要培养自己的两个儿子念大学。

他从政治谈到经济,从文学谈到历史,知识渊博,而最使我佩服的是他那谦虚谨慎的作风。

今年年初我们去那里参加第二届国际华文文艺营时,副总理王鼎昌曾在开幕词中表示：

　　新加坡人绝不满足于在物质生活方面已经取得的成就，今年，政府提出了今后十五年的文化工作纲领。
　　一、一个有革新精神的社会，一个充满创意的社会；
　　二、一个有高度知识水平的社会，一个人人饱览群书的社会；
　　三、一个充满文化生命力的社会；
　　四、一个人人有丰富的文化修养，追求美好精神生活的社会；
　　五、一个人人都有良好社会纪律的典雅社会；
　　六、一个人人都能够获得全面发展，人人都有充分信心的社会。

　　新加坡人坚信，在这个文化纲领下，他们各族人民的文化艺术——包括华文文艺，将会大放光芒。

展望二十一世纪
——筑波博览会巡礼

一、科学城

一九八五年初夏,东洋大学学事科的宫原先生约我于暑假期间一道去参观国际科学技术博览会。他说,二十世纪八十年代,日本提出了技术立国的国策。举国上下,要加强基础研究,以此为核心,振兴科学,迎接二十一世纪。为了了解日本,这个博览会不可不看。博览会于三月十七日开幕,为期半年。

我们是九月十二日去的,四天后就要闭幕了,参观者已突破二千万人次。

会场设在筑波科学城。该市位于茨城县筑波山南麓,距东京东北方约五十公里。这次博览会除由日本政府和民间企业出资外,还有四十六个国家和三十七个国际机构也参与其事。广大的场地上,分布着四十九座巍峨的展览馆,荟萃了近代科学的精华。博览会的主旨在于介绍世界的居住环境和科学技术,并展望二十一世纪的生活前景。

二、中国馆

下了汽车,我们直奔矗立在博览馆会场G区的中国馆。在盛夏骄阳的照耀下,这座设计新颖的建筑物显得格外庄严宏丽。馆内陈列着实验科学卫星、计算机激光汉字编辑排版系统以及计算机在花布设计和中医诊断上的应用成果。我最感兴趣的是那间雅致的明代书斋,里面陈列着我国古代科技资料和文化资料。指南针、印刷术、纸和火药是中国的四大发明。看到原来现代农业、现代航运、现代石油工业、现代气象观测、十进制数学,甚至蒸汽机的核心设计等等,都源于中国。

以"为了更美好的生活"为主题的中国馆,展示了祖国在四化建设中取得的辉煌成就,使我感到,中国人民是完全可以驾驭现代科学技术,急起直追的。

这里还有北京四合院的模型,舒适、美观、富于中华民族风格。老一辈的侨胞大概想让在日本生长的下一代了解祖国的新貌,他们携家带口地前来,在庭园前拍照留念,流连忘返。

历史悠久的刺绣珍品颇受参观者欢迎,争相购买。上面的花草纹样千姿百态,各具娇容,凤凰的形象飘洒俊逸,色泽悦目,达到极高的艺术境界。

三、外国馆

接着,我们参观了十几座外国馆。埃及、伊朗、土耳其、南美几个国家,陈设的大都是民族工艺,有的还把雕像等国宝也搬了来。刺绣、雕刻、首饰、手工艺品,摆得琳琅满目。

法国馆给人印象最深的是怎样把生活安排得舒舒适适。有处理污水的计划,也有家庭利用太阳能取暖的设备。美国目前的失业率高达百分之七,今年财政出现四百亿美元的赤字,但底子毕竟雄厚,巨大的馆舍内主要展览的是尖端科技成就。单是历年因各项成就而获得诺贝尔奖金者的名单,就占了整整一面墙。在全套宇宙航行服旁边,电视正在放映两个宇宙飞行员在宇宙站外操作的镜头。

四、脑空间展览

我们首先参观了讲谈社举办的"脑空间展览"。美国的R. W. 斯培理由于释明了人的左脑和右脑所起的作用不同，曾于一九八一年获得诺贝尔奖金。观众对着二十三米长、六米高的三面银幕落座后，随着洪亮的立体声音乐，就被带到比实物大一百万倍的脑空间里。最妙的是，主人公是孙悟空。它被吸进少女的眼珠，在视神经中跑来跑去，在脑神经的森林里嬉戏，并与脑神经细胞格斗。没想到中国十六世纪小说家吴承恩笔下的齐天大圣，竟在这里扮演起新的角色。据说到了二十一世纪，我们的大脑也许就可以和宇宙间其他生命交换信息了。银幕上也没忘记提醒观众：创造灿烂文明的固然是人类的大脑，制造毁灭地球的科学武器的也是人类的大脑。

五、三菱未来馆

三菱未来馆是由三菱重工业、三菱制钢等三十五家股份有限公司集资筹建的，高达二十八米，建筑面积三七八〇平方米，钢骨结构，完全不像是临时性的建筑。参观者入场后，即搭乘"三菱二十一世纪号"敞篷车，每列共十六辆，每辆乘五十人，时速一六二〇米。车子首先把观众带到三十五亿年前，去探索生命的起源。钻过摇曳着的七色光帘，原始地球便展现在眼前。这里繁茂地生长着羊齿类植物和阔叶树，也有浮游生物。浮游生物逐渐进化为鱼类、两栖类和哺乳类动物。斑马在草原上驰骋。北极、非洲大陆、亚洲各地的奇禽异兽，一齐出现在未来馆顶棚和四壁的二十一面银幕上。凭着世界尖端的印刷技术——一种特殊的白色荧光液，平时肉眼看不见的、斑驳陆离的色彩，都浮现在眼前，观众仿佛进入了巨大的万花筒。

一瞬间，"二十一世纪号"又变成了一艘潜水艇，把我们带进海下一百米深处的一座海底村，人们在那里采掘矿藏。轰隆一声巨响，喷出橙黄色火焰，白烟滚滚。嗖的一下，"二十一世纪号"又从海底飞上太空，抵达设在距地球五万公里轨道上的宇宙站。隔着宇宙站的舱窗，以地球为背景，看到宇宙联络船和在船外工作的宇宙飞行员、探查艇以及太阳发电站。

离开宇宙站后，周围展开直径二十五米的拱形巨大银幕。三台前后左右旋转自如的放映机、能够拍下无数星宿的"星投影机"，以及十架幻灯，联合操作，做了无比生动的宇宙摄影。

为了探索宇宙的奥秘，"二十一世纪号"又向火星、木星、土星进发。据说到了二〇三〇年，这样的旅行有可能真正实现。三菱馆把半世纪后的未来，展现在观众眼前。

六、瓦斯馆

瓦斯馆造型美丽，由五个套在一起的深浅不同的紫蓝色环状建筑构成。前面耸立着二十五米高的火焰塔，塔顶和塔座上各放一颗以瓦斯做燃料的球体，在六个月的博览会期间，它一直熊熊燃烧着，放出柔和的光。博览会会场一共铺设了十一公里长的瓦斯管。为了向会场供应瓦斯，特地修了一条天然环状干线。会场上使用的动力的二分之一，靠的是瓦斯。

七、车辆馆

在车辆馆里，每四个人分乘一辆绿色新式汽车，九十六辆汽车浩浩荡荡从三十三米高的顶层，朝着由十八米宽、八米高的银幕构成的三个映像世界进发。第一站是阿拉斯加的大冰原。眼前耸立着北美的最高峰马金列山。汽车沿着一望无际的大冰原驶下去，冰河和雪山连绵不断地出现在眼前。接着是绿色大草原。一碧如洗的天空，一片片美丽的小黄花被抛在后面，远处则展现了牧歌式的田园风光。最后一站是撒哈拉大沙漠。褐色的沙丘如滚滚波涛，台地上，游丝摇曳，怪石嶙峋。灼热的烈日当头，晒得人头晕眼花。明明知道这是人为地用光和音制造的幻景，但还是使人感到宛如身临其境。

一楼有一座直径八米的未来交通模型，如能实现，像我这样不会驾驶的人也可以开上一辆车，安安全全地到达目的地了。因为操作方便，车与车之间的距离由电子技术控制，不会发生车祸。还有各种新式车辆模型（有实物的一半大）：鱼雷形的，能够驰过荒地、雪原甚至河流的，椭圆形的，流线形的，不一而足。

八、灿鸟馆

灿鸟馆也别开生面。在高二十六米、宽三十五米的巨大银幕上放映着立体电影《遥远的天空》，拍下了在加拿大辽阔的大湖一角筑窝的鹅的生态。从产卵、诞生到母鹅与幼雏展翅飞翔，都是用的近距离摄影。看飞翔场面时，观众感到自己似乎也在一道飞，连翅膀相互摩擦的声音都清晰可辨。这样的立体画面，我还是第一次看到。在加拿大雄伟的天空中翱翔的鹅的生命力，给人留下了难忘的印象。

说到立体电影，住友馆放映的《大地之诗》，也是使用了最新的映像及音响技术来表现大自然与人类的关系的。主角是艾莉加和长毛狮子狗勃佐。八岁的小妞儿带着狗，乘上彩虹般的七色气球，从沙漠飘到森林，从森林飘到海洋。在森林里，遇上风暴，怪树伸出枝条，霹雳闪闪。天晴了，又继续旅行，一望无际的金黄色麦田，联合收割机呜呜响着。为了庆祝丰收,在田边摆起盛宴,小妞儿和狗也大吃一顿。妙的是银幕上的人物、狗和东西,都仿佛伸手就能触到。据说电视也快出现立体的了,科学造福人类,步调真是越走越快。

九、缆车

不知不觉又到了中国馆前面,我们每人喝了一杯酸梅汤,还不解渴,宫原便建议到茨城馆去喝日本茶。为了节省时间,我们是乘缆车去的。一九八三年初,在香港游海洋公园时,曾乘过一次这种车,这里的规模却大多了。每辆缆车可乘八人,从会场东边通到西边,形成一条干线。每秒钟可驶六米,但为了照顾乘客欣赏场内五光十色、形状各不相同的建筑群,汇聚科学技术之精华的筑波科学城,以及远处的筑波山,它是以每秒二米半的速度行驶的。据说到了二十一世纪,缆车有可能成为城市交通工具。因为它用不着铺铁轨,造价低,又可以节约能源,而且没有什么公害。

我小时住在原麻布区(现在的港区)六本木市兵卫町的一个坡上,天晴时,从二楼即可眺望富士山。从麻布小学楼上的教室,也可以望到。不知是由于大气层污染还是高楼大厦多了,半个世纪后重访东京,始终未见到富士山。这次从筑波的缆车上,倒是瞥见了一眼,可惜转瞬之间,它就被云层遮住了。

十、茨城馆

茨城馆是由茨城县主办的。茨城县是筑波国际科学技术博览会会场所在地,所以该馆也充分显示了东道主的殷勤好客。占地面积九百平方米的日本式庭园,是用竹篱围起的,中间坐落着古色古香的双宜庵。这座一一五平方米的木造房屋,是茨城县造园建设业协会副会长设计的。

筑波山由二峰构成,自万叶时代起,便以双宜灵山闻名于世。它象征着茨城风光旖旎的大自然。按说古老的茶道似与科学技术风马牛不相及。但日本人认为,茶道、花道都代表着传统的精神文明。

举办博览会的半年期间,这间茶室招待了将近五万名游客。据说九月初的一个星期天,来参观博览会的达三十三万人,到此品茶者不下三千人。一半来客是初次进茶室,当然也包括我在内。据说闲雅的茶室体现了日本传统的美,而茶道的真髓在于"味苦而甘,堂朴而闲,庭隘而幽,交睦而礼"。日本武将丰臣秀吉(一五三六——一五九八)逼迫千家流的茶道祖师千利休(一五二二——一五九一)自刃的故事是有名的。他晚年两度举兵侵略朝鲜,为几世纪后的日本军国主义者着了先鞭。他搞茶道,只是为了附庸风雅,其实像他那样侵略成性的人,根本不可能懂得这方面的精神修养。

走出茶室,天色已黑下来了,灯火辉煌,五颜六色,如入仙境。一长串彩车驶来,上面有妙龄女郎婆娑起舞,宫原赶紧咔嚓咔嚓按快门。底下只好走马看花了。

十一、主题馆

由日本政府出资举办的有历史馆、儿童广场等五个馆。主题馆的"光和水"展厅中,最令我吃惊的是那棵西红柿树,上面结了一万二千个西红柿。这是利用"水气耕栽培"法栽培起来的,说明只要提供理想的环境,就能最大限度地发展植物的生长能力。这里还陈列着太阳光自动集光传送装置的模型。通过十九个凸形透镜和光导纤维,只消三分之一至十分之一的日照即可满足西红柿生长的要求。

日本不愧为"机器人王国",主题馆有各种机器人:用两条腿走路的,用四肢爬行的,以及会演奏键盘乐器的。

十二、集英社馆

最后匆匆参观了集英社馆。馆舍别出心裁,由日本的古坟装饰、智利伊斯塔岛的雕像、世界最古的巴基斯坦甘迪拉的佛像、石器时代的壁画、印尼的婆罗浮屠佛塔、古埃及法老王的面具以及墨西哥的巨石人头像的仿制品所构成。最珍贵的展品莫如一具年轻女子的木乃伊。她死于二千五百年前,而这具木乃伊至今仍保持得神情栩栩如生。胸前画的那只蓝色小鸟,呼之欲出。还有一副棺材,里面陈着三千年前一位神官的儿子。这两样都是从大英博物馆的埃及室运来的,在日本还是初次展出,使我这个海外游客也得以一饱眼福。

我们从上午七点参观到晚上八点,一直马不停蹄地转了十三个小时,结果连四分之一的展览也没看完。快闭馆了,我们只得恋恋不舍地离去。据说有来好几趟的。

日本这是第三次举办国际性展览会了。第一次是一九六五年在大阪举办的万国博览会。一九七〇年日本又在冲绳举办过海洋博览会。一个国家能够在二十年内举办三次这样规模宏大的万国博览会,说明它经济力量的雄厚。

我国虽然是初次参加这样的国际性综合科技博览会,中国馆却办得引人入胜,通过许多具体例子深入浅出地展示了传统科学和尖端科学的对比、协调和综合。这又是和世界各国的科技进行广泛的交流与合作、开阔眼界的好机会,影响将是深远的。

在中日两国之间架起友好的金桥
——池田大作其人其事

一、周总理会见池田大作

今年正值中日建交三十周年,我们不禁回忆起周总理与池田大作之间的一段弥足珍贵的友谊。一九七四年十二月五日,已届七十六高龄、癌症进入晚期的周总理,听到日本创价学会会长池田大作访华的消息后,不顾医生的劝阻,坚持与池田晤谈。生于一九二八年的池田,整整比总理年轻三十岁。总理知道自己来日无多,他最挂念的问题之一是中日关系。十九世纪末至二十世纪中叶,日本军国主义者给中国人民造成了极大的灾难。一九七二年,中日两国终于恢复了邦交。然而,让两个民族——尤其是日本的年轻人正确地对待那段历史——世世代代友好下去,还需要做大量的旷日持久的工作。

周总理高瞻远瞩,他了解自己与之面谈的这位宗教领袖、思想家、世界和平活动家将在促进日中友好方面起多么重要的作用。一九七五年十一月,为了表达对总理的思念,创价大学第一批中国留学生与日本同学一起在校园里栽下了樱树,将它命名为"周樱"。翌年一月九日,总理逝世,这株樱树逐年茁壮成长,象征着不断发展的中日关系。每年春季,樱花烂漫,创价大学举办"观樱会",中日友好人士相聚,在融洽的气氛下谈天说地,交换意见,诚然是一次沟通思想、加深理解的好机会。池田会长没有辜负周总理对他寄予的厚望。如今,中日两国之间已架起一座友好的金桥,对此,他建立了不朽的功绩。

二、创价学会的三任会长

创价学会原名创价教育学会,是由首任会长牧口常三郎(一八七一——一九四四)与第二任会长户田城圣(一九〇〇——一九五八)于一九三〇年共同创设的。牧口会长是一位杰出的教育工作者和教育思想家,他所执笔的《创价教育学体系》在当年发刊,创价教育学会这一名称由此而来。牧口会长由于反对日本军国主义者的战争政策,于一九四三年被捕,坚贞不屈,一九四四年惨死狱中。户田城圣与牧口同时被捕,他坚定不移地恪守反战信念,日本投降数周前获释。他立即着手重建学会,改名为创价学会。一九五七年,户田会长发表《禁止原子弹氢弹宣言》,这篇宣言成为创价学会和平运动的里程碑。池田大作毕业于富士短期大学经济学科。一九四七年夏天,十九岁的他结识了恩师户田会长。户田是一位创新的教育家和事业家,虔诚地信奉日莲大圣人的佛法。池田协助户田推进创价学会的和平、教育、文化运动。同时,在户田的谆谆教导下,孜孜不倦地探究东西方的哲学、文学、自然科学、经济学、政治学等。恩师逝世后,池田于一九六〇年继任创价学会第三任会长。一九七五年,任国际创价学会会长。一九七九年起,转任创价学会名誉会长。

池田大作毕生致力于创价学会和国际创价学会的发展,同时不遗余力地献身于世界和平运动。

三、生命无极限

一九六八年九月八日,刚入不惑之年的池田大作在创价学会

第十一届学生部有两万名部员参加的全体大会上发表了针对日中两国关系的重要倡言。他提议:(一)要正式承认中国政府的存在。(二)要为中国恢复在联合国的合法席位,以作中国参加国际讨论的场所。(三)要广泛推进日中两国间经济和文化的交流。

现在,人们对这些问题已达成共识。然而在三十四年前的日本,这不啻是异端邪说。池田会长是冒着极大风险发表这篇演说的。当年九月十一日,我国新华通讯社出版的《参考消息》上,印着这样一条醒目标题:"池田大作强调有必要与我国建交。"说明他的公开演说受到了我国政府的重视。

一九七一年六月,池田会长派遣由他本人创建的公明党代表团首次访华。一九七二年九月二十九日,中日两国终于实现邦交正常化。一九七四年五月,池田第一次访问中国。据中日友好协会的廖承志会长透露,当时周总理病得很重,未能与池田会见,所以一直拖到当年十二月池田第二次访华时,总理才在自己所住的北京三〇五医院与池田相见,实现了夙愿。

池田担任会长的国际创价学会是个全球性的佛教徒组织,也是受到联合国承认的非政府组织。它协助联合国的支持人道运动及宣导教育工作。这个组织在日本国内拥有一千万人以上的会员,占总人口的十分之一。还有遍及海外一百六十五个国家和地区的一百三十多万会员。池田会长著作等身,译成中文的达三十余种。我本人翻译的他的诗集,于今年九月与中国广大读者见面。他创办的教育机构,与和平、文化机构,除了日本本国,还分布在香港、新加坡、马来西亚、美国。他多次在世界各大学、学术机构发表讲演,被世界各大学授予的名誉博士及名誉教授称号达一百个以上。来自联合国的表彰有四次(联合国和平奖,联合国荣誉表彰,人道奖,和平贡献、秘书长表彰)。中、美、印、菲、巴西等国授予他四百个奖章。他又享有美、中、法等一百多个城市的名誉市民称号，以及桂冠诗人（一九八一，世界艺术文化学会）等六十五个会员称号。这些头衔正在陆陆续续增加。今年六月十一日，中国艺术研究院又向他颁发研究院顾问聘书。文化艺术出版社已决定约我近期把池田大作先生的一本新作译成中文，以纪念中日恢复邦交三十周年。

在池田会长来说，生命无极限。他祈愿，通过基于佛法哲学的行动，把二十一世纪建设成为一个以人为本，充满希望，互相信赖，互相尊重的和平繁荣世纪。

东京交通拾零

原来听说东京车祸严重,乍到这里,一个人单独上街心里总有些发憷,日子一长,这种心情就逐渐淡下去了。个人所见,东京的小汽车远比北京多,街道又较狭窄,没有北京长安街那样宽阔的马路;东京人口比北京稠密,但街上的行人和自行车却比北京少多了,汽车很少有阻塞现象。

东京和北京交通一个很大的不同之点是:东京地铁四通八达,像蛛网一样联结着各个市区及周围几个县。地面上的公共汽车寥寥无几,自行车也很少,被允许在人行道上行走,有的还装上带小孩的小椅子。

东京所有的人行横道都设有信号灯。红灯上映出的人像是站立的,绿灯上的是迈步的,颇为醒目。绿灯在换成红灯之前,要先闪亮十几次,提醒行人,要过就得马上过,腿脚不灵便的就别过了。人行横道两旁,三米外画有白线,信号灯变红后,汽车要停在白线后面。信号灯变绿后,停在白线后的汽车并不马上冲过来,一般都得稍待一会儿才开动。在汽车可能通过的巷子里,都用栏杆隔出人行道,并在拐角处装有道路反光镜,以保安全。

为了保护儿童的交通安全,凡是学童经过的马路,在上下学时,都有戴黄帽、执黄旗的妇女等着,护送学童过马路;巷子到处贴有大字标语,提醒司机注意会有孩子突然冲出来。学童来往多的巷子,地面还涂成绿色,写上淡黄色的大字:学校区。

尽管日本交通安全部门采取了许多安全措施，交通事故还是层出不穷。据报道，去年上半年死于车祸的就有四千二百零七人，全年可能超过九千人。一九七〇年日本出车祸最多，死亡人数高达一万六千七百六十五人。

近年来，日本骑摩托车的人数增多，摩托车下的冤死鬼也剧增。百分之八十以上的骑手是十六岁至二十四岁的青年男女。他们当中有些人无视交通规则，有时骑着车成群结队地在大街小巷横冲直撞，车上装的高音喇叭发出噪声，呼啸而过，威胁居民们的安全，引起群众的憎恶，人们称他们是"暴走族"。他们开超速车压死别人，自己有时也车毁人亡。据说，有个居民被反复在门前奔驰的"暴走族"弄得神经衰弱，一气之下，在巷子里横放一根大木料，使两个骑摩托车的年轻人车翻人死，那人也因而被捕。

在日本，我衷心感觉到，要搞好交通秩序，设施现代化只是一个方面，更重要的是加强对人们进行遵守交通规则的教育。日本《朝日新闻》去年在《危险！年轻人的车祸》的社论中，提出一些改进交通管理的办法，并强调"当务之急"是要将交通规则"教给新加入车辆社会的年轻人"。

东洋大学巡礼

日本的东洋大学在我国的知名度不及早稻田或庆应。然而到日本几个月后,我日益感到它是很值得我们了解一下的大学。因为这所大学着重研究包括我国在内的亚洲国家的文化,是为日本培养未来的汉学家、印度及东南亚问题专家的学府。

谈到东洋大学,就有必要首先谈到它的创立者——井上冈了博士。明治维新后,日本人锐意赶上先进的西欧,千方百计地把西欧文化介绍到日本。这时,井上冈了大声疾呼:不可忽略哲学——一切文化的根。他认为日本在输入西洋文化时,存在两大缺陷:(一)只学习西洋文化的皮毛,并没有挖掘到创造这种文化的精髓,没从根本上来学。(二)盲目崇拜西洋文化,对传统的东方文化缺乏了解及正当的评价。后来,他把哲学馆扩大为东洋大学,就旨在纠正当时日本教育的缺陷。他募资兴建了释迦牟尼、孔子、苏格拉底、康德的雕像,奉为四圣。至今这些雕像仍在东京文京区白山的东洋大学五号馆正面的墙上。

井上于一八五八年生在日本新潟县。他从九岁起就像当时许多日本学人一样,攻读《四书》《周易》《毛诗》《尚书》《礼记》《文选》《史记》《唐诗选》《春秋左氏传》《荀子》等古籍。一八八一年,他进入东京大学文学院哲学系。他的毕业论文是《读荀子》。早年教过他汉学的石黑多次劝他当内阁书记官,但他坚决不肯,并表示要终生从事学术工作。一八八八年,井上创建了哲学馆,他自任馆主,这就是东洋大学的前身。

东洋大学成立后,即确定以东洋学为主的办校方针。今天,东洋大学本科设有六个学院,另外还有研究院和短期大学,在校学生两万多人,是日本著名的综合大学之一。这里有不少中国留学生。

我特别了解了一下中国文学系的教学内容。古典文学专业用书中有中华书局出版、喻守真编注的《唐诗三百首详析》及上海古籍出版社出版、刘世德选注的《魏晋南北朝小说选注》。中国现代文学专业正在研究老舍的作品。教授选用了北京出版社出版的《老舍小说集外集》为读本,因为没有日文译本,教授要求三年级的学生分头把老舍的短篇小说译成日文。一个女学生来向我请教。她虽然勉强译出来了,但对原文的理解很差。我花了两个小时替她改了一遍。我很同情这个女学生,觉得她刚刚学了两年半中文,就翻译这样的文章,太吃力了。

日本大学生毕业后,并不由国家统一分配,但学校有专人替应届毕业生联系工作。据东洋大学就职部部长说,这几年毕业生做到了充分就业。

尽管日本今天已成为一个经济大国,但这里学风朴实,图书馆里深夜还常满座。

今日的东洋大学,处处给人以兢兢业业、顽强不息的印象。

旅日散记

一、东京市面

有一次,我到研究我国京剧的吉田登志子女士家串门。聊完后,我正要告辞,她说:"你还没吃饭吧?"随手拨了电话,一会儿工夫店员就骑摩托车送来了两份鳝鱼饭,还有酱汤和咸菜。吉田说,汤是放在专门的暖瓶里,店员坐电梯上四楼,现倒入碗里,好让顾客吃到热的。吃完了,餐具就放在走廊里,回头店里派人来取。我所在的东洋大学,只有学生食堂。虽然教授也可以去吃,但一般都是打电话叫外面的饭店给送份饭来。洗衣店也很多,早晨骑摩托车上门来取,当天就洗好烫平,晚上送回给你。倘若纽扣掉了,还准保替你配上,钉好。服务性行业很发达,大家比赛着服务质量,越是周到,自然就越会顾客盈门。

我经常去买面包的一家店铺,老板是七十五岁的老头儿,帮手是儿子和儿媳妇,是个两代夫妻店。店堂里,点心,糖果摆得琳琅满目。店堂后面就是面包作坊和全家人的住房。背微驼、满脸皱纹的老板常在里面忙碌,我每次去必须大喊几声才出来。店里不必经常有人看着,治安好像比纽约要好。

初来时,我在巢鸭的百货公司买了棉被、毯子、褥子和坐垫等。当天晚上,店员就开汽车把货物送到家,而且并不额外收费。

寺庙的祭祀活动有时也以商店为中心来开展。我每天路过大岛店街。这条街上有座小庙,叫巢鸭大岛神社,旁边是子育稻荷神社。稻荷神是五谷神,被视为各种产业的守护神,受到一般群众的信仰。稻荷又是狐仙的异称,祭坛两旁供着一对石雕狐狸。小庙周围总是插着几十面崭新的旗幡,红地白字,都是这条街上的商店献纳的。我看到过几次祭祀活动。男女老小,都穿一样的蓝地白花纹和服,头扎白带。十几个孩子抬着神舆,在街上转一圈后,又把神舆送回庙里。然后坐在街上吃饭。每人一份盒饭,还有酒。好在那段时间(下午六点至十点)那条商店街禁止汽车通行,而且凡是商店街,地面上都涂上了油漆。车道是杏黄色,人行道是淡绿色。

到了年底,商店还联合举办有奖抽签。买足了九百日元的东西,就可以抽一次。我也抽过两次,拿到个四等奖——一瓶食油。立春的前一天,还发给孩子们点心,撒豆子和橘子,随孩子们去拾。据传说,撒豆子可以驱鬼,把福神请进来。其实,商店花的钱本来也是从顾客身上赚来的,羊毛出在羊身上。但是在东京这样一个大城市,通过商店举行这样一些传统性的活动,似乎也能平添不少色彩。

东洋大学一年一度举行的白山祭(十一月二十一至二十五日)也饶有特色。学生们在校园里搭起几十个棚子,卖纪念品以及"寿司"、"御田"(将蒟蒻、豆腐、芋头等混煮的一种菜)、年糕、小豆汤、软炸虾等风味小吃,价钱比食堂要便宜一半。还表演文艺节目,充分显示出日本年轻人的组织能力。可惜第四天下了一场大雨,学生们做鸟兽散,负责清洁卫生的老头儿、老太太(他们可能是退休后重新就业的)好容易才把那片校园重新打扫干净。

巢鸭神社,每月初四、十四日和二十四日举行庙会,附近的人蜂拥而来。人们先在庙前用清水净手,然后献香,祈愿。不少人是为了孩子能考上名牌中学或大学而许愿的。矛盾的是,一方面日本人在尖端技术研究领域已同美国并驾齐驱,另一方面又还有这么多人信佛信神。自然,也有不少人是光为逛庙会而来的。

在庙里,有卖假发的,也有卖老头乐和各种竹器的。至于食品,从蔬菜、水果,到鱼、肉,以及熟食摊子,应有尽有。据一九七六年的统计,日本全国家庭吃剩而丢掉的食物折成钱的话,每个月达五十四亿日元。战争期间的口号是"奢侈是敌人",四十年后的今天,已变为"消费是美德"了。

二、孩子及其他

从人口方面来看,日本的出生率在逐年下降。一九八四年度全国只生了不到一百五十万个娃娃。一对夫妇平均生 1.8 个婴儿,大大低于一九五〇年的 3.65 个。原因当然很复杂。妇女就业的多了,事业心强了,有的干脆不结婚。结了婚的,由于都想把孩子送进第一流的学校和企业,这样,教育费就颇为可观;孩子多了,根本负担不起。在日本,各种补习学校名堂很多,不进补习学校的是少数,被叫作"未塾儿"(在日本,早产儿叫"未熟儿",补习学校叫"塾")。

我的房东是一位建筑师,每天自己开车去上班。按说家境是中等以上了,房东太太千枝却还要参加好几种临时性的工作。她教几个人打毛衣,又是化妆品公司的推销员。遇到什么展览会需要解说员,她也跑去应征,干上几天。市立中学学费较低,她却把两个女儿都送进私立的,每年的学杂费,每人要四十万日元。还为小女儿请了一位家庭教师,除了管一顿饭,每月的费用是四万日元。那是个女大学生,样样功课都给补习。

在日本,每年的一月十五日举行成年式,全国放假一天。这一天凡满二十岁的青年男女,都要盛装打扮,参加各种活动。据报载,有个妇女愁眉苦脸,一问,是因为没有为女儿定做艳丽的和服,女儿哭哭啼啼,弄得她心烦意乱。和服、腰带、草履等全都置办起来,一套要一百万日元,相当于一个大学教授两个月的工资。我在街上遇见过两个姑娘,大概都穿不惯那种草履,看样子有点寸步难行。她们在母亲的陪伴下,走进了照相馆。去年东京对一部分中小学生做了调查,结果孩子们最希望要的是钱,引起有识之士的忧虑。近来日本各大报纸几乎没有一天不刊载中小学生受同学欺负的消息,有不少人因而自杀。文部省认为,这是学校、家庭、社会的原因纠缠在一起造成的。

有些日本家庭愿意接待外国留学生,以加强他们对日本的理解。社会活动家安藤初枝在全日本社会教育联合会发行的《社会教育》(一九八六年一月号)上撰文说,十五年来,为了加强文化交流和相互间的理解,她每年都接待外国留学生。一九七三年,从洛杉矶来了个名叫艾弗琳的黑人女生。有一次吃火锅,安藤自己先吃了,没和艾弗琳一道吃,艾弗琳便产生误解,以为安藤歧视她,不愿和她一锅吃东西。安藤花了八个钟头,才解释清楚。安藤因多年来致力于提高日本妇女的地位,并编辑出版妇女问题杂志,受到日本首相的表彰。

日本有座中学,自发地给学生看关于朝鲜人受日本侵略的历史纪录片,事后让他们写感想。目前日本有六十万朝鲜人,不论在政治方面还是就业方面,都受歧视。孩子们看了影片,反映很强烈。有人写道,以前不知道为什么日本有这么多朝鲜人,现在才明白,那是过去错误的侵略行径造成的。另外,四十年前被丢在中国、由中国人抚养大的日本人的子女(日本人叫"残留孤儿"),也陆续带着孩子回国。日本还接受了一部分越南难民。这些因素,都促使这个由单一民族形成的社会发生变化,日本人学着站在国际立场上考虑问题了。

三、青年的情操

去年九月十七日下午,我用轻便行李车拉着一包东西,走在九段坂的大街上,车把突然脱节了。我正无可奈何时,从跟前的铺子里走出一位四十来岁的中年人。他立刻就用老虎钳子和铁丝替我修好了。我当时感到很不安。他说:"我是开花店的,可以自由支配时间。"可惜我忘记问他的名字了,地点也已模糊。后来我又经过九段坂时,怎样也找不到那家花店了。恰好不久前《每日新闻》在《大家的广场》栏下征集"外国人眼里的日本和日本人"的短文,我便以"感谢热心的卖花人"为题写去一封表彰信,登在今年一月九日的该报上。

东洋大学附近,有个亚洲文化会馆,可以说是亚洲留学生之家。里面有住宿设备,每一个国家的留学生限住三名。但住在附近公寓里的亚洲留学生也经常去楼下大厅打乒乓球,看电视,看报或下棋,也有专供学习的屋子。他们为留学生准备了和服,随时可以借去穿。过新年时,还举行盛大的宴会。我总是在东洋大学和区办图书馆都休息的日子才去,那也就是全国性的假日。只见里面的工作人员每天忙到深夜十二点。据说工作人员连家都不经常回去。不论是来自北京、新加坡还是台北的留学生,都对他们交口称赞。这是个民间办的团体,工资低,而且不能像政府机关那样按时加薪。外面打进了电话,或有人来找,他们一次次地给传,不断可以听到这样的喊声:"××号房间的马来西亚同学×××,请接电话。"

在一月十五日的成人节那一天,电视里播放了北海道一个女学生的讲话。她目前还在念书，但有空就去为残疾儿童服务，而且将来也打算做这方面的工作。

年前，东洋大学开来了两辆献血车。两天的工夫，上百名学生自愿献血。他们连营养补助都不要，纯粹是出于帮助病人，尽一份社会责任。

日本人很注意他们在国外的形象问题，也怕经济繁荣会使下一代变得傲慢。据我个人的观察，日本青年当中还是有不少情操较高的人，反而是个别老人在礼貌后面掩藏着一颗冷酷的心。

幼儿教育家海卓子①

一九三四年七月初到日本时,我们语言不通,父亲便请了一位家庭教师来教我们日语。她名叫海卓子,是附近麻布幼儿园的保育员,一位好脾气又有耐性的日本女子。她不谙华语,所以只能采取直接教授法。比我大一岁半的檀姐聪颖过人。转年一月,她就插班入麻布小学三年级了,有时还被找去为送子弟来入学而不谙日语的中国人做口译。

日本学校一学年分三个学期,我插班入了一年级。那已是最末一学期了,四月就升入二年级。我小时见了生人一向不讲话,没有檀姐那么伶俐活泼,但好歹也已熬过了语言关。我们上学后,家里又添了一位家庭教师。他姓今野,是专门开补习学校的,每晚来两小时。父亲请海卓子改教桂姐、棣姐和母亲。姐姐们忙着在圣心女子学校攻读英文,根本抽不出时间。母亲已四十开外,学外语确实有困难。

不过我们都很喜欢这位好脾气的日本大姐姐,只要她来了,便一拥而上,听她讲故事,跟她学儿歌。姐姐们背后念道,教大人也罢,教孩子也罢,反正没有让她白跑就行了。

这对海卓子来说,在经济上多少会有些帮助。她丈夫患肺病,膝下虽没有孩子,然而需要买药,补充营养,靠她本来那点薄薪来

---

① 海卓子女士生于一九〇九年,二〇一一年三月二十二日去世。享年一〇一岁。

维持,是捉襟见肘的。

朴弟和概弟也分别进了麻布幼儿园的梅班(大班)和桃班(中班)。由于海先生正好负责大班,关于幼儿教育,经常和父亲联系。再过一年,朴弟进了小学,概弟又升到她那班。幼儿园是附属于小学的,就在校园后身。一天,有个中国孩子撒起野来,大闹幼儿园,把全校师生都惊动了。我也跑去看,只见那个孩子满脸的鼻涕眼泪,海先生正在拢着他。他把海先生的和服前襟和袖子哭湿了,还打了她嘴巴。我已忘掉那一次是怎么收场的了,只记得海先生始终笑容满面,细声细气地哄劝着他。而这又和另一幕更早的记忆重叠在一起。

那是在北平的四合院,当时朴弟刚学会走路,母亲已穿戴好了,要出去打牌。弟弟抱住她的腿,不让走。洋车已雇好,等在大门外。母亲硬把他甩开,走出堂屋。尽管她格外宠爱儿子,但她总不能让牌桌上"三缺一"呀!他趴在地上哭,奶妈抱起来,怎么哄也哄不住。我一直在想,为什么海先生能够对非亲非故的孩子们都那么有耐心?

多年后我才明白,生在重男轻女的旧家庭,没受过多少教育的母亲,是不幸的。除了生儿育女,打麻将成了她唯一的精神寄托。相形之下,海卓子却从少女时代起就有了个人事业。在教育受到重视的日本,作为儿童教育家,她获得了整个社会的尊重。

一九三六年东京发生了"二·二六事件"(日本法西斯军人武装政变事件),我们举家于当年七月回到北京。一年后,日本发动了全面侵华战争。从那以后,海先生的音信也断绝了。

一九八五年六月,我以日本国际交流基金研究员身份访日。初到东京,研究工作太忙,抽不出身来。转年四月,我才设法打听出海先生的电话号码,给她打了个电话。我劈头就问:

"您是海先生吗？您记不记得三十年代有一家姓文的中国人，四个孩子在麻布小学念过书？"

"怎么不记得！你是第几个？"

话筒中传来了海先生的声音，很激动，完全听不出讲话的是位老人。

"我是女孩子中最小的一个。"

她一迭连声地问道：

"哦，是那个一年级娃娃呀！你弟弟朴君好吗？概君呢？你大姐、三姐、四姐好吗？令尊令堂呢？"

多好的记忆啊！我把家里人的情况逐个儿说个清楚。

我原计划半月后去参加麻布小学成立一百十周年纪念的，估计她也去，就约她在会场上碰头。但是不！她说那太晚了，她要及早和我见面。

四月二十五日晚上我刚好要到港区的国际文化会馆去听日本首任驻华大使小川平四郎的讲话，便约定那天上午十一点到白金台幼儿园去看她，现下她是那所私立幼儿园的园长了。

说也怪，我老远就一眼认出在院子里用洋铁桶接自来水的老太太便是海先生。她扎着条围裙，衣着朴素，丝毫也没有园长的派头。半个世纪了，除了头发花白，戴上了眼镜，眼角略添了鱼尾纹外，她几乎没有失去昔日的风韵。

我们正坐在客厅的皮沙发上叙旧时，一个保育员进来报告说："信儿在树林子里跑，被树枝划破了脸。医务室已经给上了红药水。"

海卓子皱了皱眉，紧跟着关照说："回头妈妈来接，向她解释一下。"

我真替海卓子捏了一把汗。听说日本儿童中间有不少娇气包儿。要是扎坏了眼睛呢？我在东京看到的幼儿园，都把地板揩拭得纤尘不染，再铺上地毯。孩子们像是入了保险库，磕不着也碰不着。海卓子让孩子们回到大自然的怀抱里自由活动，其实是冒点风险的。但是窗外，娃娃们像刚撒出鸟笼的小鸟般尽情奔跑着，是多么纯真可爱呀！甚至带点野性。

过了半晌，那位保育员又进来报告了："信儿的妈妈说，谢谢幼儿园及时处理了伤口，看来不碍事的。"

我感到，把娃娃送到这里来的家长，对幼儿教育是有一定理解的，并不为一点小事就无理取闹。

我送给海卓子我和朴弟合译的《曾野绫子小说选》和《海魂》，她签名送给我们她的著作各两本。在送给弟弟的那本著作《孩子的危机——如何回归大自然》上题的是："我眼前又浮现出五十年前的你的形影。"在《儿童保育须知》上写的是："怀念当时，感谢自己能活到今天。"

随后，她领我在幼儿园里转了一圈。教室里铺着地板，和任何幼儿园一样干净。最突出的是宽大的庭园。除了滑梯、压板、秋千等娱乐设备外，后院还有座小山，郁郁葱葱的树林里传来鸟语。遍地是花草，发出浓烈的泥土气息。一家私立幼儿园在一寸土壤一寸金的东京都内居然保留了这样一片大自然风光，真是难以想象！院心还有鸡笼，但几十只鸡都放出来了，到处啄食。其中杂有几只鸽子。海先生说，原来还养兔子来着。孩子们喜欢活物，通过养鸡，他们能了解孵鸡的过程，看着小鸡成长，也给他们很大乐趣。每天早晨，孩子们自己去捡蛋，十点钟，保育员端出用园里的鸡下的蛋做成的蛋糕，孩子们吃起来就特别有味道。

这时，我看到有个孩子在院子里扫落叶，便问海先生："怎么还没有人来接他？"

海先生说："他已经毕业了，是回来玩玩的。"

孩子上了小学，还一个人跑回幼儿园来打扫落叶，说明他对幼儿园的依恋之情，也表露出美好的心灵。政府办的幼儿园，每月只须交四千元，而这所私立幼儿园，每月要交两万元。可是要求入园的还络绎不绝。名额是三百人，每年都有进不来的。

回公寓后，我翻看海先生送给我的两本书，对她有了进一步的了解。她于一九〇九年生在东京都港区白金（也就是白金幼儿园所在的地区），一九二八年毕业于私立昭和幼儿师范。现在她不但是白金幼儿园的园长，还在青山学院大学和青山学院女子短期大学担任讲师，著有《幼儿社会性的指导》《幼儿教育理论》《人格的形成》《幼儿社会教育法》《今后的保育》等书。我还是第一次见到一位幼儿园园长在大学里开课，并且有这么多著作！

记得小时从我们住的麻布区市兵卫町的坡上，还可以看到一大片空地，我们管它叫"大片地"。那是孩子们捉迷藏、跳绳、嬉戏的好去处。每逢盂兰盆会，男男女女穿着和服，在那里围着圈跳盂兰盆舞，舞蹈者的拍手声和欢快悠扬的歌声一直传到我们住的小楼上。如今麻布区改名港区，变得认不出来了，空地上密密匝匝盖满了高楼。

白金幼儿园是一九四七年创立的，到了一九七五年，曾有人计划要在与幼儿园毗邻的国立自然教育园旁边盖起一座摩天大楼。那样一来，水源就必然断绝，树木也会枯死。在家长们的支持下，幼儿园向有关官厅请愿，居然迫使有关方面打消了盖高楼的计划。这也表明当局对幼儿教育的重视。

同海卓子阔别了五十年，如今，她已成为一位卓有建树的儿童教育家。伴随着经济繁荣，日本社会出现了种种弊端。儿童们生长在高级公寓里，见不到阳光，接触不到土壤。有的营养过剩，缺乏运动,成了肥胖儿。有的精神脆弱,小小年纪就自杀。还有的娇生惯养,不合群,性情乖张。这位毕生献身于幼教事业的海卓子始终坚守岗位,根据她积累的丰富经验,在培养新一代的日本人方面,实现着她的理想。

五月十日,我又和海先生在麻布小学成立一百十周年的庆祝会上见面。那一天又是麻布幼儿园成立五十周年。那天我才听说,原来朴弟是幼儿园的首届毕业生。好几位年轻的保育员围着海先生,听她讲解哪张照片是哪一年的,照片上的人都是谁。她可以说是麻布幼儿园的一部活词典。陈列橱里摆着一部部年刊(幼儿园毕业生,也办年刊)。会后,当年教过朴弟的另一位保育员小山田几子请我和海先生去吃法国点心。海先生指着高速公路前的一片楼房说,可惜你们当年住的那一带都拆掉了。

吃点心、喝咖啡时,我才晓得,侵华战争期间,海先生的丈夫因病,免除了兵役。没等日本投降,他就去世了。比海先生略小几岁的小山田几子,一直也没结婚。那时年轻男子都被送到前线当炮灰了,很多少女只好独身。匆匆忙忙和即将开赴前线的士兵举行了婚礼的,往往没多久就成了寡妇。

后来我同海卓子又见了两次,她请我吃了一次鳗鱼饭,我又在幼儿园附近的中国餐馆请她吃了中国饭。看到她胃口那么好,我真高兴。老大一个狮子头,她几口就吃完了。席间,她送给我一叠照片。那是五十年前我们离开东京前照的全家福。"文革"中,我把家里仅存的一张烧毁了,一直后悔不已。她知道后,就把当年我们送给她的那张给翻拍了,放大六张,说是送给我们兄弟姐妹每人一张。

海卓子已年近八旬。她在年轻时就找到了生活的目标,要为幼儿教育奋斗终生。她名副其实地以幼儿园为家,她那间朴素的日本式卧室的楼下,就是娃娃们上手工和音乐课的教室。她在为娃娃们操持,在他们的哭声和笑声中,找到了快乐。这么大年纪,可她不想退休,对于事业心像她这么强的人来说,工作就是幸福。

东京的麻布小学

不论一个人在多少地方学习过,他上过的小学在他的记忆中,总占有特殊位置。去年我一到东京,就打听我们当年随父母旅日时就读过的麻布小学。五十年了,它还在原处。可我因研究工作安排得太紧,一直也没能抽出时间去寻访。

回国之前不久,我下决心挤时间去了趟麻布台。那天我带上照相机,准备万一吃闭门羹,就请路人为我在门口拍一两张照片留作纪念。我估计相隔半世纪了,学校里不会再有熟人了。

到了麻布台,东打听,西打听,终于找到了那家挂着"东京都港区立麻布小学校"牌子的楼房。我四下里望了望,不觉愣住了。小卧车、摩托车、大轿车沿着门前的马路急驰而去。马路上空架起了高速公路,车轮转动声刺激得耳膜发胀。右边是地铁的入口,附近是个复杂的三岔路口。据说日本年轻人到了巴黎,不再像老一辈的人那样感到茫然了,还嫌巴黎变化太少。战后的东京几乎是每天都在变,记得五十年前,小学校对面原是一条幽静的横街,街道两旁有好几家文具店,尽头便是通衢大道。那时往来的车辆并不多,穿过大道,下半个坡,便是我们一家人租住的那幢小楼了。

走进小学的大门时已将近下午五点。早就散了学,学生已走光,传达室里只有两位警备人员。他们听说我曾在这里念过书,立刻表现出亲切热诚,使我有了宾至如归之感。一位姓大桥的中年人马上取了钥匙,打开通往操场的门,领我看校舍的全貌。五十年前我们念书时,钢筋水泥结构的新校舍刚竣工不久,而现在已改建为更新式的楼房。大桥告诉我,那是一九七五年重建的。接着,他又把幼儿园的大门也打开,为我在门口拍了照,并且在小学的各个角落也拍了数张。他热切地告诉我说,五月十日是小学成立一百一十周年纪念,问我可不可以光临。我以为负责人均已离校,就当即写了封短信,表示愿意参加纪念活动。他接信之后,一转身就进了走廊。一会儿走出来说,那封信已交给校长,他立即拆开来看了。我说:"原来校长还在!"就递给他张名片,说:"请你问问他,我能不能当面跟他谈谈。"

当年我们在麻布小学读书时,校长是第八任,姓小田岛,他于一九三五年在任期间病逝,由朝仓继任。而现在在我面前的星野利昌校长,是第二十任了,上任还不满十年。他中等身材,肤色微黑,浓浓的眉毛,整齐合身的西服,打着领带。在里间忙碌着的女秘书恭恭敬敬地端来了茶。

星野校长一再感谢我肯回到母校来看看。他答应一定会尽早把返校节的请帖寄到我的住处。我说:"也难怪日本人把教育界叫作'圣域',这一带变得我完全认不出了,可唯独这座学校,不但保存下来,并且还修得比原来更漂亮了。"

星野的脸上顿时浮现了惬意的笑容说:"一九七一年,建筑公司在学校西南侧买下了一片地,原准备盖起一座二十一层的高楼。可那样一来,学校就晒不到太阳了,会影响孩子们的健康。于是,家长联谊会临时召开大会,表示异议。最后,由区里买下那片地,拨给学校做第二校园。如今,盖起了花房、鸟房、种植园,供学童上自然课之用。"从这番话可以看出日本社会对儿童教育的重视。

参观完毕,星野校长一直把我送到大门外,并在门口合影留念。

五月十日那天，我是提前一小时到的，直奔展览厅。我最感兴趣的是学生们制作的港区麻布台的巨大模型。学校、图书馆和百货店自不用说，就连每一条街道也都标了出来。我久久审视着比一张乒乓球台子还大的模型。实际上这也是生动的爱国主义课，使学生们了解自己生活在怎样一个地区，从小培养他们热爱乡土的感情。

有人说东京是一座钢架和水泥堆砌的城市，成了"精神沙漠"。隔着车窗，浮光掠影地看，确实免不了有这种印象；然而倘若徒步走走的话，你会发现，在这片"沙漠"中，到处还可以看到绿洲。仅拿我住的人口不满二十万的文京区来说，除了六义公园、小石川植物园、竹早公园、后乐园等老幼咸宜的二十几座公园外，还在街心开辟了数十座儿童乐园，有滑梯、秋千、压板、沙场，以及花草树木。去的孩子不太多，基本上满足了孩子们的需要。八座图书馆也都附有儿童阅览室。

麻布小学举行盛大的庆祝仪式那天，那位姓大桥的警备员特意走过来，亲切地招呼我，问上次的照片照得怎么样。我刚好带着一张和校长的合影，便签名送给了他。这一天，他没穿制服，换上了笔挺的西装。我一直和我的日文启蒙老师海卓子先生待在一起。两个弟弟在幼儿园时，也都承蒙她照看。在日本，小学校长是个荣职，好几位前任校长都穿着大礼服来了，同教育界的要人一道坐在贵宾席上。会场被红白相间的帷幕围起，场面很是隆重。

会后，发给每位来宾一只瓷瓶，三本纪念册；其中两本是一九三三年盖了新校舍后印的，第三本是一九七六年举行一百周年纪念时印的。上面不但刊有每一任校长的照片和名字，连仅仅工作过半年或三个月的教职员的名字也堂堂正正地印在上面。甚至还能找到一百一十年来历届毕业生的名字。通过文字说明和几十幅照片,可以了解到麻布小学不同时期的历史,以及校舍的沿革。

母校,这是一条感情上的纽带。它能温暖人们的心,滋润人际关系,激发人们对事业、对社会的献身精神。

公民纪律在日本

我的童年一部分是在日本度过的,并曾在东京麻布小学接受启蒙教育。因此,一九八五年以国际交流基金研究员身份重访日本,对我不啻是一次回到童年的旅行。下飞机伊始,我就一直在用战前的情景来对照今天的日本。日本人民依旧还是那么勤劳,那么诚挚热情,富士山还是那样端丽如一尊观世音菩萨,然而东瀛比我所知道的更先进,更富强了。

很幸运,我在日本时适逢筑波国际科学技术博览会的举行。看到日本机械文明的先进,同时也目睹了自觉的公民纪律。每天一二十万人来参观,四十九座展览馆前都排着一字长蛇阵,可秩序井然,没有任何喧哗混乱的现象。经过那么一场包括原子弹轰炸在内的战争,日本在世界上依然能有今天,看来主要靠的就是日本人民良好的素质、勤劳刻苦、认真钻研的精神和自觉的公民纪律。

初到日本,想买点纪念邮票,就拉开文京区一片代售店的玻璃门。店堂里一位秃头戴老花镜的男子正坐在桌前看书。听说我买邮票是为了往中国寄信,便热情地从抽屉里捧出一只匣子,里面有若干种面值一百三十日元的邮票。我各选了五张之后,问他:"还有其他的吗?"他说:"在楼上哪。"便毫无提防地丢下那匣邮票,噔噔噔地上楼去了。当时我就想到,今天的日本已做到了"衣食足,礼仪兴"。

我喜欢在临街的一家店铺买鸡蛋。窗口下放着几个木箱,鸡蛋都装在塑料盒里,每盒一打。箱中分别插着牌子,写明每盒若干日元。我叩叩窗子,店员拉开窗,接过钱,随手递给我一个塑料袋,说:"请你自个儿取吧。"哗啦一声就把窗子关上了。

我经常去的那家面包房基本上也是"自动售货"的方式。店堂的货架上陈列着各种饼干、糖果、点心,琳琅满目,那位白发苍苍的店主却在作坊里忙活着。他耳背,有时一连招呼几声也听不见;我只好绕到柜台后面,站在作坊门口大声招呼,他才边用围裙揩手边踱出来了。他从不在货品旁边守着。

听说美国和西欧的自选市场,尽管采取了各种防范手段,每年由于偷窃而蒙受的损失仍然可观,但是日本的自选市场却允许带提包进去。

图书馆也是如此。我每天去东洋大学图书馆从事研究工作,寒暑假和星期日,则利用区立图书馆。不但工具书,所有的图书一律开架,准许带书包,甚至带自己的书。那可以说是研究者的天堂。区立图书馆都设有儿童部。有一次我在小石川图书馆遇到一个十三四岁的弱智少女,她借几本供学龄前儿童读的书,大声朗读。周围没有人讥笑她。图书馆员耐心地陪她说话,看来她是这里的常客。当时我见了,非常感动。因为在公民纪律之上,还有人与人之间的同情。

影片《二十四只眼睛》中有个镜头,给我印象极深。一个穷苦人家的女孩儿,辍了学替死去的妈妈照顾刚上小学的妹妹。送妹妹出门后,她追上去塞给妹妹一叠卫生纸。在任何境遇或场合,日本人随身必带着卫生纸。因此,在日本一年,我没看到过一块"禁止随地吐痰,违者罚款"的招贴,却也从未见过吐在地上的黏痰。

生活尽管富裕了,日本的父母和教师却不把孩子泡在蜜罐里。那样的话,孩子长大成人,就不能适应激烈竞争的社会,迟早会被淘汰。在一个寒风凛冽的早晨,我看到一所小学的操场上,学生在练操。男生一律穿短裤,裸露着的腿部都冻紫了。一家著名的私立女子大学,规定学生不许把手揣在衣兜或裤兜里,认为那是精神松懈的表现。一次,校长乘车从一个女大学生身旁经过,从车窗里探出头来,提醒她违反了校规。过一会儿,校长办完事回来,瞥见她还是懒洋洋地将手揣在兜里,就立即把她除了名。家长怎样哀求也不行。

纪律表征着精神状态。在日本经济起飞中,这是个不容忽视的重大因素。

抗日英雄刘粹刚

　　东北硬骨汉刘粹刚是个罕见的空战奇才。一九三七年中日战争爆发后,自八月十六日至十月十二日为止,他独自击落敌机九架,并与队员袁葆康共同击落敌机两架。十二日那场空战尤其精彩。包括刘粹刚的年轻妻子许希麟在内的南京老百姓,顾不得躲进防空洞,争相站在阳台上仰头观看。只见日寇的六七架战斗机在上空包围了刘粹刚的座机二四〇一号霍克飞机,刘队长机警地甩掉了它们。仍有一架穷追不舍,妄图咬住刘机的尾部。刘突然调头俯冲,以滚动的八字形从敌机腹下转出,飞速拔起,旋即咬住了敌机尾部。一排清脆的子弹命中日寇这架九六式驱逐机要害,在全城老百姓的欢呼声中,它化为一股浓烟当场跌落在东郊,大长了我国军民的志气。

　　十月五日凌晨,空军少尉刘粹刚奉命带两架飞机冒着风雨从南京起飞,限当天晚上飞抵太原报到,配合八路军于二十六日清晨出击敌寇。天气恶劣,他们经武汉,抵洛阳已是黄昏时分。飞机加了油,三人不辞劳苦继续飞行。不久,一架僚机出了故障,折回去了。

　　岂料我方与八路军事先没有就陆空联络信号达成协议,以致灯火管制下的太原黑压压一片,风狂雨急中,两架飞机徒然地从太原上空飞过去了。折回途中,经过山西东南部高平县上空,僚机的油耗尽了。刘粹刚下令僚机迫降,并义无反顾地投下自己唯一的照明弹,就这样把生存的机会让给了同僚。

事后，人们发现，刘粹刚的座机稳稳当当地停在高平县魁星阁的栏杆上，仅尾部略微损坏。斜坐在驾驶座上的刘粹刚却已咽气，口角淌着血！

有人拍下了现场的照片。据许希麟分析，她丈夫是存心把飞机开到魁星阁的石栏上的。我军的飞机太少了，他舍不得弃机跳伞。过去他就冒着风险驾驶一座燃烧起来的飞机从笕桥上空着陆。在南昌乡下，他还曾沿着仅一辆汽车宽的木板桥安然无恙地一冲而过。然而，这一次非但是风雨交加的夜晚，开战以来他又一直透支着体力，意志再坚强，毕竟是血肉之躯，因超负荷而猝然去世！

一九三八年三月，中央航空学校在云南昆明复校，校长陈庆云将军派人把许希麟接到昆明，要她创办粹刚小学，以缅怀为国捐躯的烈士。这座小学专收空军在职的或遗族的子弟，礼堂里挂满了空军烈士的遗像。

当年一月，萧乾随着杨振声、沈从文等人辗转来到昆明，经人介绍，对许希麟进行采访。第三次采访时，在座的沈从文忽然说："刘太太，我们知道你心中有委屈，说出来，大家会支持你，民众也会支持你！"

许希麟认为，大敌当前，岂能以小我纷扰当局，从此疏远了这几位关心她的作家。

五月八日，萧乾执笔的《刘粹刚之死》①发表在《文艺阵地》半月刊(六月一日，第一卷第四期)上，接着收入《灰烬》，上海文化生活出版社出版。旅英期间，他将此文译成英文，作为《China but not Cathay》(《中国而非华夏》)一书的第十一章，由 Pilot Press, Lon-

---

① 《刘粹刚之死》一文已被收入《萧乾全集》第二卷，湖北人民出版社二〇〇五年十月版。

don(伦敦向导出版社)于一九四二年十月出版,一九四四年一月再版。序言是由当时的驻英大使顾维均写的。刘粹刚的英勇事迹从而走向了世界。一九四六年回国后,萧乾也没忘记把《刘粹刚之死》编入《珍珠米》(上海晨光出版公司一九四八年七月版)。

八十年代初,北京一家报纸为了纪念抗战胜利,以全版篇幅把《刘粹刚之死》重登了一下。据说这是空战方面唯一的一篇写国共在抗战期间合作打日本的。傅光明编的《萧乾文集》十卷本(浙江文艺出版社一九九八年十二月版)将此文收在第二卷(特写卷)里,文后附有萧乾于一九九六年五月七日补写的"余墨"。

一九九八年,许希麟托台北诗人痖弦带来了一本她和刘文孝共同编著的《刘粹刚传》。内封上,她用苍劲有力又不失娟秀的笔迹写道:"萧乾先生惠存　许希麟敬赠　一九九八年五月。"那时萧乾已在北京医院住院一年多了,我昼夜陪床。我们二人分别写了感谢信,托痖弦捎给她。读了这本传记,我们才知道,刘粹刚生于一九一三年二月四日,壮烈牺牲时不满二十五岁。许希麟出生于一九一四年十二月四日,祖父是清朝的世袭盐官,父亲经商,历任数届商会会长。许希麟天资聪颖,精明强干,年仅十八岁就当上了临平镇立小学校长。刘粹刚是一九三三年春在笕桥的中央航校当第一期飞行生时,在火车站与许希麟萍水相逢的。他对这个气质脱俗的少女一见钟情,打听到了她执教的学校和家庭地址,竟然利用飞行训练的机会,从笕桥飞到只不过一站之隔的临平。在临平小学的上空低低地盘旋,吓得老师把操场上的小朋友统统赶进教室。

一计不成,刘粹刚只好投寄一封封的情书。许希麟对刘的印象不错,然而生长于旧礼教家庭的她,有着少女的矜持。她把信交给父母看了,对他却置之不理。

一年多之后,刘粹刚驾着飞机翩然来到许希麟所住的杭州珍珠巷宅子上空做特技表演,又是翻滚,又是倒飞,四岁的小弟弟拉着母亲到前院观看。他还探出头来,跟许希麟的母亲挥手致意,做了各种高难度表演才离去。

这下子许太太被感动了。她劝长女跟刘通信交朋友。院子里有好几棵大树:冬青、银杏。万一撞上,出了事怎么办?

他们是一九三五年夏在杭州聚丰园举行婚礼的。婚后,许希麟离开教职。悉心照顾丈夫的生活。刘粹刚殉国后,许重操旧业,献身于教育工作,一晃儿就是七年。过了而立之年,她才在空军第五路司令王叔铭和刘粹刚烈士生前好友的簇拥下,跟广西空军出身的唐健如共结连理。难能可贵的是,唐先生对刘粹刚的爱戴,不下于许希麟。他们的儿女自幼就了解母亲对刘烈士的感情,他一直"活"在这个新家庭中。抗战胜利后,许希麟入金陵女大。毕业后随丈夫赴台。

一九七七年,为了纪念抗日战争爆发四十周年,台湾中央电影制片厂拍了一部《笕桥英烈传》空战史电影,剧中主角有高志航、刘粹刚、沈崇海等烈士。首轮上映之际,唐健如、许希麟伉俪赶去观看。散场之际,唐先生严厉地指出,电影中对刘烈士的事迹交代得太草率,不足以突显出这位英雄的超凡表现。

进入新时期,位于南京市郊王家湾的航空烈士公墓已修复一新,这里安置着抗日战争期间在中国阵亡的中、美、苏联等国飞行员的墓碑。一九九〇年五月二十日,许希麟应邀到此,小弟希成陪她前往,并采野花,在粹刚坟前为祭。她献上预先写好的《出塞曲》条幅,表达永不磨灭的哀思。

一九九八年八月三日,我从邮局取回了许希麟挂号寄来的《澹宁艺苑》(六月出版)。其中刊有许老的玉照、简历、诗二首,以及书法、山水画各一幅。她还写来了一封长信,这才知道,唐先生已于一九八一年谢世,从此她以书法、习画打发时间,在这些方面也取得了可喜的成就。

岁月不饶人,萧乾也在一九九九年二月十一日溘然长逝。几年来,我致力于为他出版各种文集,其中《萧乾作品精选》收了《刘粹刚之死》的汉英对照本。为了纪念抗战胜利六十周年,我将寄一部给我所敬仰的许希麟先生。

从日本找回来的一张"全家福"

全家福,一九三六年摄于日本东京。前排自左至右:二弟学概、文洁若、四姐檀新、大弟学朴;后排自左至右:三姐常韦、母亲万佩兰、父亲宗淑、大姐馥若

这张全家福摄于一九三六年阴历五月二十七日,我父亲的四十三岁诞辰。

后排右一是大姐桂新(馥若,当时就读于东京的圣心学院),自一九四七年起,在美国定居。右二是父亲,一九五三年二月在贵阳驾鹤西去。后排左一是我三姐棣新（常韦），跟大姐同校，一九九三年一月五日在北京去世。左二是母亲，一九六六年八月二十七日被迫害致死。前排右一是朴弟，一九五二年起在北京新华社工作。右二是我四姐檀新，一九四九年七月三日在美国逝世。左一是概弟，系山西大同一家机器厂的高级工程师。左二是我。同一天还照了一张父亲和母亲坐在长椅上的照片，六个孩子围绕着父母，比这一张亲切而自然。可惜随着萧乾的大批书信、笔记和卡片，已在"红八月"中化为灰烬。

相片中没有二姐。一九三四年四月，就读于北平圣心学校的二姐追随当年的一位风云人物（此人在"五四运动"火烧赵家楼一事中是主角之一，后来成为北京大学名重一时的教授）赴沪，一九三五年四月十九日在医院生下一女婴（小名绵绵）后，因产后伤寒结束了她的豆蔻年华。六月十一日安葬在虹桥公墓里。二姐出走，是我们举家移居日本东京的契机。

一九三四年七月，父亲把母亲和我们兄弟姐妹六人接到东京麻布区。父亲二十三岁时考上高等文官，赴日担任外交官。公使大使换了好几位，他一直留任。在汪荣宝公使下面做过驻横滨总领事。蒋作宾当大使时，他做过三等秘书官。他是只身赴任的，年年回国探亲。

我祖父是而立之年中举人后离开家乡（贵州贵阳）赴北京应考的。他在京城待了十四年，于光绪十五年（一八八九，己丑）中进士，在广西和山西任县官。他离家前，已有一对儿女。做官后，发妻刘氏带着孩子到县衙来与他团聚。岂料一八九三年生我父亲时，刘氏死于难产。祖父对次子百般溺爱，致使他成为一个落落寡合、刚愎自用的人。父亲把"不孝有三，无后为大"奉为金科玉律。母亲一连生了三个女儿。当她第四次怀孕后，他去找算命先生，对方摇头晃脑地说:"第四胎还是个闺女。"父亲让母亲吃堕胎药。大概是母亲的身子骨儿太结实了,胎儿未打下来,足月呱呱坠地的竟是个体质虚弱的男婴。每年父亲生日的那天,母亲都照一张与儿女的合影寄给他。我这个哥哥唯一的留影病恹恹的没一点精神。他的小名儿叫"东城",因为是从祖父置下的另一座位于西城的房子搬到东四以北的北剪子巷桃条胡同的四合院后生的,故名。"东城"三岁时夭折了。跟他挨肩儿的妹妹,还没来得及取小名儿,也走啦。

从此,我父亲再也不找算命先生了。母亲将养了几年,又一鼓作气地接连生了四个娃娃。最后两个是男的,终于满足了父亲传宗接代的夙愿。

我大姐赴美留学前曾跟我探讨过父母各方面的问题。我外公以教私塾为业,母亲和她弟弟万徐如在该私塾里念过几年书,熟读《红楼梦》《三国演义》等小说,能写通顺的信。我大舅万勉之比她大十四岁,一九〇五年考取公费生,七月入东京宏文学院,一九〇七年六月毕业,八月考取仙台东北帝国大学农科,改为官费生。毕业后回贵州。正是这位老同盟会会员把他的幼妹带到北京,并做主让她嫁给了我父亲。我母亲结婚时还不满十九岁。她和嫂子(姚茫父的长女姚銮)轮流照看瘫痪的老公公。家里还有婢仆,日子过得并不紧张。倘若婚后我父亲抽空为新婚的妻子补习文化,一九一六年将老县官安葬毕,他完全可以把妻子带到日本去。假如我父亲下功夫培养比他年轻两岁半的母亲,她会成为一名职业妇女,全家人将受惠无穷。父亲的同事、二秘杨先生就是这么做的。杨太太外出工作,请了两位日本女佣。二十世纪二三十年代,日本的物价不高。我父亲当时的工资是每月八百大洋,约合日元八百。女佣的工钱是十五元。她们来自农村,很纯朴。

杨太太育有两儿两女。我们初抵日本后,与杨家人到镰仓一游。三岁的概弟走不动了,杨家老二就把他背起来。那天还抓拍了几张照片。

我的父母自一九一六年起就分居两地,每年相处一段日子。父亲在日本大开眼界,学识、工作能力也有了长足的进步。母亲在照看七个子女之余,除了绣花、织毛衣、炒菜,还迷上了麻将,一发而不可收。

方城之戏是一种交际手法儿,张爱玲的《色·戒》以麻将开头,一下子就把读者吸引住了:"麻将桌上白天也开着强光灯,洗牌的时候一只只钻戒光芒四射。"在东京,母亲天天出去应酬,无非是轮流到各家去搓麻将,父亲对此深恶痛绝。

有一次,女佣买来了一副扑克牌,教我们怎么玩。四姐、我和朴弟简直着了迷,打到深夜也不肯去睡。父亲参加使馆的晚宴回来,见此状,着令女佣次日把扑克牌退掉,换一副伊吕波纸牌。这是一种教育与娱乐相结合的纸牌,共四十八张。以伊(イ)吕(ロ)为顺序,每张印有一首诗歌,并附有相关的图。我们兴致勃勃地打伊吕波纸牌,早把扑克牌抛在脑后了。他本人在国内从来没进过学校,赴日前更不曾学过日语。抵东京后,利用业余时间刻苦学习,不出几年就拿到了明治大学法学院的学位,日语也掌握了。他与国民党没有任何瓜葛,他之所以能在使馆里待二十年,全凭实力。他还要求我们每天用毛笔写一张小字、一张大字,他在写得好的字旁画个圈儿。我喜欢临摹小人书。父亲看了,就让我把那些小人儿吐出来的日本话改成中国话,并告诉我:"这叫做翻译。"我知道父亲最大的遗憾是毕生未能出一本书。每逢我有一本著译问世,就想:我使父亲的梦幻成真了。

《太太》是凌叔华于一九二五年除夕脱笔的短篇小说。太太(女主人公)搓麻将输了钱,叫蔡妈去把老爷的狐皮袍子、火爪马褂送进当铺。蔡妈刚走,老爷就回来了,说下午得到新任局长府上道喜——局长的老太太过七十大寿。老爷发觉袍子、马褂已被太太典当出去了,不免数落了几句,太太就撒泼。老爷惹不起她。"老爷赶紧跑出饭厅,使劲将屋门一摔,算是报复,连忙戴上帽子上朋友家去了。"蔡妈回家后,倘若太太赶快雇辆洋车亲自到当铺去将袍子、马褂赎出来,倒也罢了。然而太太把偿还赌债看得比丈夫的仕途重要。她坐洋车到黄太太家连还债带打牌去了,临走还没忘记关照蔡妈:"回头老爷回来,别提我去那里呵。"

我母亲比凌叔华笔下的这位太太勤快、能干多了。我们穿的毛衣毛裤都是她手织的。不过,她也曾因打牌输钱,把不少东西送进当铺,其中包括祖母留下的一副金镯子。伯父一家住在西城的上斜街,我们住在东城的北剪子巷桃条胡同。三个同父异母的弟弟在两处轮流住。最糟糕的是四叔。父亲一度把他带到东京去,替他在一家供成人补习日语的学校交了学费。他天天逃学,坐公交车消磨时光,从起点站坐到终点站,再坐回来。一年后,只好把他送回北平,连一句日文也没学成。他不爱读书,专爱打小报告,祖传的金镯子被典当的消息,伯父立即知道了。一九三二年八月,父亲回国探亲。中院的三间北房,两明一暗,暗的那间靠东,是父亲的书房兼卧室,有扇小门,通套间儿。堂屋靠后窗处,长桌上摆着祖宗牌位。长桌底下,藏着一只上了锁的樟木箱。伯父是特地拖到孩子们放完暑假、父亲即将返回日本之际来的。伯父的长女和新当时住在我们家,与我三姐棣新同窗,都在孔德学校读书。六岁的四姐檀新早慧,不但念小学二年级,还被选为班长。大姐、二姐已由孔德高中部转到圣心学校去攻读英语、法语。伯父一进堂屋,就用拐杖边敲那只樟木箱,边说:"金子跑了,金子跑了。"

祖父做了二十年县官,留下的当然不止一副金镯子。他在北平去世后,其他的宝物悉数放在他的棺木里,运到贵阳郊区燕塘安葬。祖父是老大,他的两个弟弟均经商,哥儿仨的墓挨在一起。据悉,近年盗墓者光顾,将值钱的东西洗劫一空。好在文家的后代多得很。他们清明节上坟时发现了此事,遂将墓穴修复一新。倘若我父亲在九泉之下得知一九一六年他费了九牛二虎之力把老县官的棺木隆重地予以厚葬,将近一个世纪后竟落得个暴骨的结局,不知会作何感想。

且说我母亲比凌叔华笔下的那个太太识大体,老家人王升刚一通报"大爷(指我伯父,我父亲是二爷)来啦",她就知道来者不善,因为她心中有鬼。于是立即把当票交给王升,嘱咐他火速赎回那副金镯子。我四姐的奶妈姓汝,断奶后,母亲继续留用她,照样付给她工钱(大洋五块,而女佣一般是三块),一直称她作"汝奶妈"。家里有这么两个心腹,母亲如虎添翼。伯父的一只眼睛已失明多年,另一只眼睛的视力也在逐渐减退,正当他摸摸索索地打开樟木箱盖儿找金镯子时,我母亲快步走进堂屋,把刚从当铺取回来的那副金镯子完璧归还。祖父驾鹤西去后,哥儿几个并未分家。桃条胡同的房子较大,祖父的大部分遗物放在这里。伯父当然有继承权。自一九一一年起,祖父在北平当寓公。伯父迷上了京剧,当票友儿,唱旦角儿,嗓音清脆,顾盼有神,博得满堂喝彩。害得年奔七十的祖父每夜站在上斜街那座民房的当院儿等门。家里固然有婢仆,老人考虑到人家白天忙碌,还得早起,总不能不让人家睡够啊。再说,他念子心切。祖父最后瘫痪,卧床三年而死,兴许是站在院落里受了风寒呢。

伯父年轻时风流倜傥,一表人才,姚茫父是他的启蒙老师。姚器重这个学生,才把自己最宠爱的长女姚銮许配给他。姚銮去世后,他续弦。第二位妻子因难产而死,新生儿亦夭折。于是他把陪嫁的徐氏扶了正,第一胎生下文和新。徐氏是河北徐水人,面容姣好。他要是和徐氏和和美美地过下去，本来可以维持一个幸福的家庭。岂料小和新尚在襁褓中，他又明媒正娶了吴家千金，是吴裕泰茶庄的，带来了一大笔嫁妆。在一次激烈的争吵后，伯父冲出家门，一头撞在路过的马车上，顿时一只眼睛鲜血直淌。我父亲闻讯后，从东京赶回来，请眼科专家为他这位长兄诊断，终告不治。最后花巨款托人从意大利配了一只高级假眼装上。伯父真是有福，不断地给家人添麻烦，一辈子有人伺候。

一九三七年七月七日，日寇发动全面侵华战争。伯父回家闲居，由于路上颠簸劳累，仅剩下的一点视力也消失殆尽，成了盲人。

一九六六年八九月间，我家的老照片十之八九化为灰烬。一九八五年六月十七日至一九八六年六月十六日，我作为日本国际交流基金会访日学者，应邀赴日一年。这期间，我造访了半个世纪前就读过的麻布小学，设法打听出海卓子先生的电话号码。一九三四年九月至一九三六年七月，她作为麻布小学附属幼儿园的保育员，曾教过我的两个弟弟。我在百忙之中，跟她见了几次面。她把我们当年留给她做纪念的这张全家福翻拍了六张，说是送给我们兄弟姐妹六人各一张。我大舅的小女儿万静卿替我放大并着了色，我将它装在镜框里，立在书桌旁的梳妆台上，"爬格子"累了，就停下手来，端详片刻，灵感油然而生，再接再厉。

全靠这张老照片，往事一桩桩地兜上心来。蒋作宾是一九三一年八月十三日出任日本公使的，后来升为大使。他和夫人张淑嘉曾偕幼子光临我们租住的小楼。一九三五年十二月，蒋大使回国就任国民政府内政部部长。一九三六年东京发生了"二二六事件"（日本法西斯军人武装政变事件）。父亲凭着二十年的外交官经历，意识到好景不长。照完这张合影后，母亲只身提前返回北平家中，以便雇人清扫尘封了两年的房间。七月初，父亲永远"下岗"了。

萧乾常说"是福是祸很难讲。"七月底我们举家回国之际,除了镜台,值点钱的东西统统运回来了。四姐和我分别入了坐落在东单头条的日本小学的五年级和三年级。当时六年级还有个姓钱的女生。开战后,再也没收过中国学生。当时谁也没有料到,一九三六年十二月会发生"西安事变",次年七月,卢沟桥一声炮响,全国人民奋起抗战。

倘若我们一家人在东京滞留到抗日战争爆发,就会沦为难民。王芝琛在《百年沧桑:王芸生与〈大公报〉》一书的第一四九页写道:"为什么朱启平划定为《大公报》中的右派记者,其实谁也说不清。难道是他英俊潇洒?还是一口流利的英文?再不然是西服笔挺?"在第一五〇至一五一页,又补充道:"一九九三年十一月二十二日,朱启平病逝于美国。"

萧乾担任中央文史馆馆长期间,二十世纪九十年代初,我曾陪着萧乾出席宴请朱启平的晚会。萧、朱二人是老同事,我和朱仅见过这一次,然而自一九三四年起,多次与他的夫人孙探薇晤面。她是我三姐的同窗。孙的父亲在中国驻日使馆任一秘,抗战发生后,他留下来充当"伪大使",孙探薇继续在圣心学院读到毕业,后与朱启平结为伉俪。我一直猜测,是岳父的历史问题连累了他。

三十年代,伯父的大女儿和新由于与上斜街的吴氏合不来,才到桃条胡同我们家来住的。她与我三姐同睡同吃同读,赛过亲姐妹。我三姐常韦、大堂姐夫马德田、萧乾、文和新这四位老人,先后于一九九三年一月十五日、一九九七年三月十七日、一九九九年二月十一日、二〇〇四年九月十日撒手人寰。马德田、文和新伉俪的两个女儿马梅和马燕举家到北京来定居。她们的父母生于斯、长于斯,五十年代因工作调动,才到哈尔滨去的。我的一对儿女远在美国,马氏姐妹比我的亲闺女还亲。

后记

一九九二年十一月,我的第一部散文集《梦之谷奇遇》由中国友谊出版公司出版。二十一年后,我删掉了三篇(《苦雨斋主人的晚年》《我所知道的钱稻孙》《不妨临时抱抱佛脚》),另补充了两篇(《在中日两国之间架起友好的金桥——池田大作其人其事》《抗日英雄刘粹刚》),由江苏凤凰文艺出版社有限公司重新出版。

我去过三次日本。第一次是一九三四年七月至一九三六年七月。那两年,八口之家全在日本。当时,父亲在民国驻日大使馆任职。他是一九一六年考上高等文官后,被派到日本去任职的,曾在神户领事馆任总领事,后在驻日大使馆任三等秘书。

一九三三年九月,我考入孔德学校一年级。次年四月,二姐文树新跟丫(《一个民国少女的日记》中写作丫,其实是杨晦先生,他曾在孔德学校教过文树新国语)一道赴上海,引起轩然大波,北平的小报也报道了消息。七月初父亲就从日本东京赶回家,把母亲和其他六个子女带到东京去读书。大姐文桂新和三姐文棣新入了圣心学校。四姐文檀新和我(当时叫文桐新,后来易名文洁若,大姐易名文馥若,三姐易名文常韦)插班入了麻布小学三年级和一年级。两个弟弟,文学朴和文学概,分别入了麻布幼儿园的梅班(大班)和桃班(中班)。海卓子先生正好负责大班。

在日本的两年,我最难以忍受的是被那些日本野孩子骂作"支那人"。两年后,当父亲宣布我们一家人即将在七月间回国时,四姐和我,以及两个弟弟,高兴得手舞足蹈。大姐和三姐知道父亲已被大使馆除名,所以闷声不响。回到北平,四姐和我入了位于东单头条胡同的日本小学校。一九三七年七月,北平沦陷。从这时起,直到一九四〇年三月,我是在沦陷了的北平就读于日本小学校的。我无时不意识到周围的同学是侵略者的后代。我发奋读书,暗自做着强国梦。

我第二次赴日,是一九八五年六月至一九八六年六月,作为日本国际交流基金会的客座研究员,在东京东洋大学以外国人研究员的名义研究一年日本近、现代文学。这时,中国已经强大了。在日本整整一年,没有遇到任何不愉快的事,没有听到"支那人"这个蔑视的称呼。

第三次赴日,是二〇一二年十月十一日至十七日。十二日,我在位于青森县弘前市的弘前学院大学所举办的国际学术专题报告会上用中文发表了题为"现代中国作家的挫折与信念——萧乾文学及其时代"的演说。由该校的顾伟良教授口译。与会者有从位于东京都港区的庆应义塾大学专程来的长掘祐造教授、早稻田大学中国现代文化研究所的研究员吴念圣、弘前大学(国立)人文学部的李梁教授、弘前大学农学生命科学部的农学博士张树槐教授等。弘前学院大学校长、医学博士吉冈利忠也参加了。

十月十五日,我们前往北九州市小仓北区,参观北九州市立松本清张纪念馆。我签赠给该馆以及藤井康荣馆长、柳原晓子专门学艺员各一部《日本的黑雾》(文洁若译)和《深层海流》(文洁若、文学朴合译)。还托他们转交给创价学会名誉会长池田大作先生各一部。因为松本清张先生和池田大作先生是忘年交。

十月十六日,我们(文洁若、顾伟良、柳琴、文静——文学朴的女儿)四个人参观了东京牧口纪念会馆和东京富士美术馆,吃罢午饭,下午一点半,到创价大学去,参观了周恩来樱,简称周樱。是为了纪念周恩来总理而栽的。二三十名创价大学的师生,挥着我国的五星红旗,热烈欢迎。我在致辞中说:"自从十年前翻译了池田大作先生的诗,我就想有朝一日拜访创价大学,看一眼周恩来樱。现在这个季节,樱花没有开,可是你们的明朗的笑脸就像盛开的樱花一样灿烂。"

十月十七日是我和柳琴回国的日子。一清早梶浦伸作主任就把刊有这个消息的《圣教新闻》(二〇一二年十月十七日)送到我们下榻的品川亲王宾馆来了。

此行给我印象最深的事是,由于近几十年来教育普及,培养了不少人才,在日本的大学教书。阎小妹女士就是其中的一位。一九八六年,我在东京结识了她。我知道她在研究日本江户时代的作家上田秋成的作品,就约她翻译《雨月物语》。此书于一九九〇年七月由人民文学出版社作为《日本文学丛书》的一种出版。如今阎小妹在信州大学(国立)教近世文学。当然不止是她。前文中提到的顾伟良教授、顾伟良夫人文学博士郑晓青(日本大学法学部中国语讲师),以及前文中提到的吴念圣、李梁、张树槐等人,都在日本的大学里教日本大学生。

在探讨日本战后经济起飞的问题时,我们应该注意到,起决定性作用的,归根结底是日本的民族素质。公民热爱集体,讲求公德。人的因素是第一位的,这是他们强国之本。